I0656400

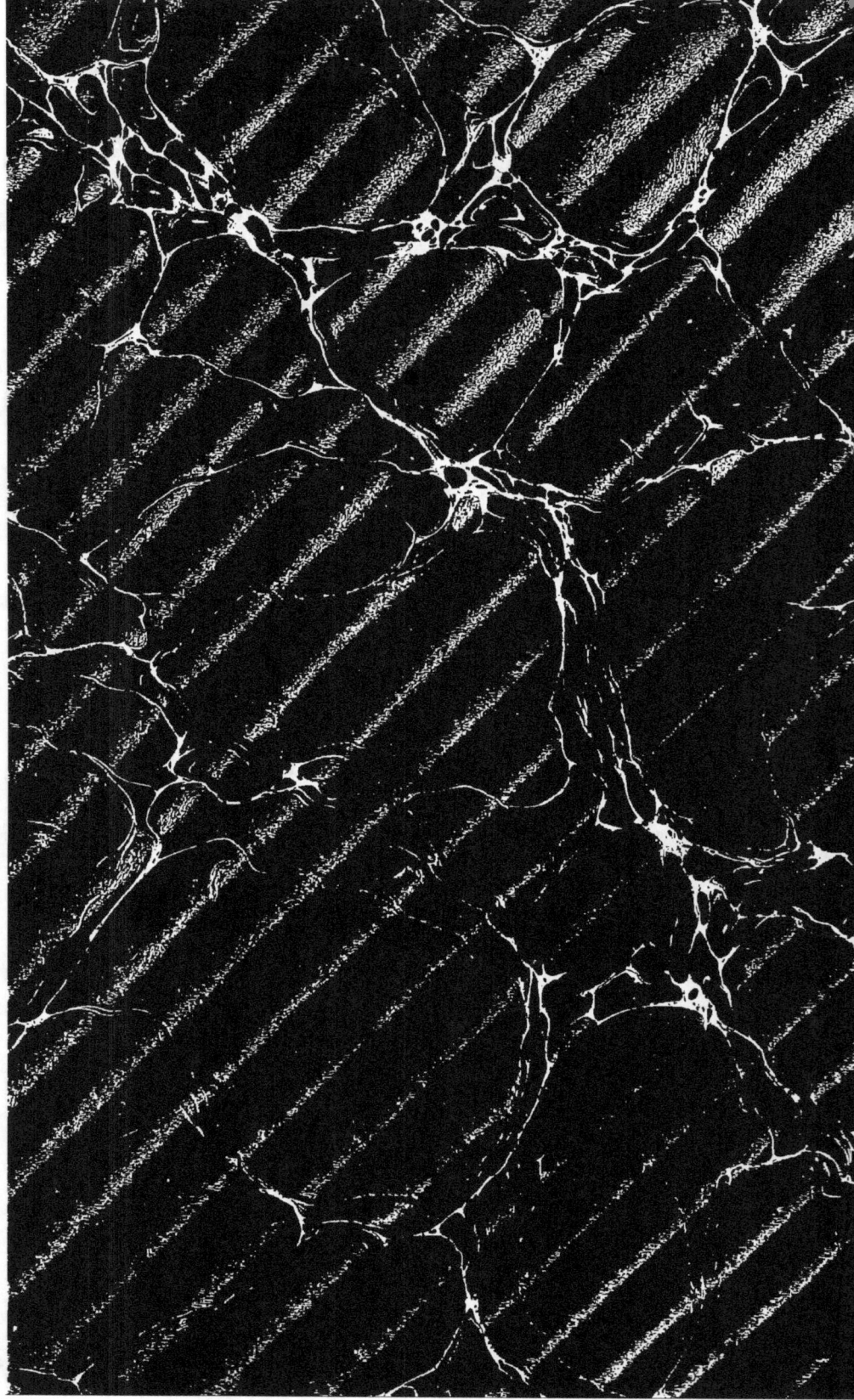

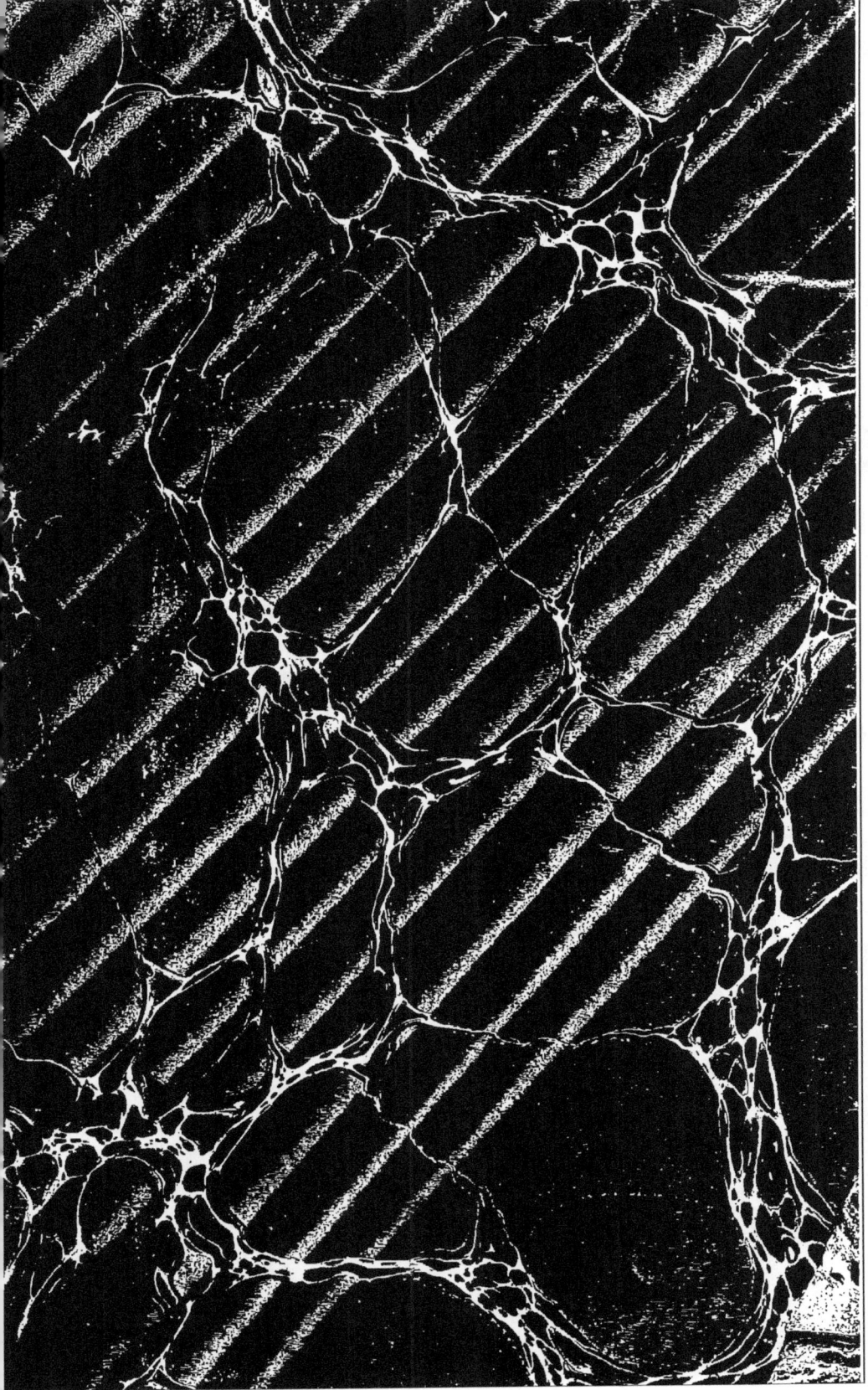

VOYAGE

AU PAYS DES ÉLÉPHANTS

O²ₖ
644

DU MÊME AUTEUR.

En vente :

Sous presse :

DE MADAME L. JACOLLIOT.

IMPRIMERIE E. HEUTTE ET Cie, A SAINT-GERMAIN.

VOYAGE

AU

PAYS DES ÉLÉPHANTS

PAR

L. JACOLLIOT

PARIS

E. DENTU, LIBRAIRE-ÉDITEUR

PALAIS-ROYAL, 17-19, GALERIE D'ORLÉANS

—

1876

PREMIÈRE PARTIE

COLOMBO — LES MONTS KOTMALES
KALTNA

VOYAGE

AU PAYS DES ÉLÉPHANTS

PREMIÈRE PARTIE.

A peine installé à Oriental-Hôtel, je donnai la clef des champs à mon Nubien Amoudou et au vindicara (bouvier) Kandassamy, en leur annonçant que pour leurs besoins et ceux des bufflones, je leur octroyais une haute paye de trois fanous par jours (90 centimes); avec cette somme ils avaient de quoi se loger, se nourrir, acheter le cambou (menu grain) des animaux et boire à satiété du callou, cette liqueur fermentée du cocotier, à laquelle ils portaient tous deux une tendresse égale.

Amoudou devait se borner à prendre mes ordres chaque matin ; il pouvait disposer librement du restant de la journée.

Depuis près de cinq mois, ces fidèles serviteurs ne m'avaient pas quitté un seul instant ; il n'était que juste de leur laisser pendant quelque temps la liberté de leurs mouvements.

Amoudou aimait peu à se séparer de moi : le brave garçon qui avait la garde de tous les effets, munitions et approvisionnements, était persuadé que je ne pouvais rien faire sans lui ; aussi pour l'engager à suivre Kandassamy, fus-je obligé de lui persuader qu'il ne pouvait sans de graves inconvénients abandonner la surveillance du vindicara (bouvier), des deux bufflones et de tout notre matériel de campement.

— Tu sais bien, lui dis-je, que je ne puis me fier à un autre qu'à toi,... de plus il faut que tu fasses réparer la charrette, nos provisions sont à compléter pour notre grand voyage dans les sauvages provinces de Kattragam et du pays des Veddahs, comment veux-tu que ton camarade, à qui tu reproches tous les jours son peu d'intelligence, puisse s'occuper de toutes ces choses ?...

Ces paroles levèrent toutes les difficultés ; la grosse tête crépue du Nubien s'illumina, et c'est avec un air d'importance véritablement comique que le vieux serviteur me répondit :

— Saëb a raison, l'homme jaune n'est qu'un

pauvre bouvier, et il n'entend rien à toutes ces choses. Je vais aller avec lui.

La charrette était arrêtée devant l'hôtel ; il transporta lui-même dans mes appartements tous les objets qui servaient spécialement à ma personne, et après les avoir installés à sa convenance, il rejoignit le vindicara. Tous deux s'acheminèrent vers la campagne afin de louer une petite case indigène avec un champ pour y parquer les bufflones.

En général, dans mes voyages, je fuis le plus possible la vie d'hôtel ; sous ces chaudes latitudes, il faut avoir soit le confort d'une maison entière, avec un nombreux personnel de domestiques, soit le laisser-aller du bengalow, ou du campement en plein air ; la vie intermédiaire du *lodging-house*, avec cette étiquette de mauvais goût que les Anglais transportent partout avec eux, prenant la prétention pour l'éducation et l'habit pour l'homme, n'a rien qui puisse séduire le caractère français, plus amoureux, quoiqu'on en dise, de vraie liberté que celui des autres peuples.

Faisant exception cette fois à la règle que je suivais d'habitude, j'étais descendu dans un de ces caravansérails européens qu'une Compagnie anglaise a établis sous le même nom, *Oriental-Hôtel*, dans tout l'extrême Orient, depuis Suez,

jusqu'à Yokohama,... un peu par besoin de cau-
serie, après de longs mois passés dans les jungles, beaucoup pour renouveler plus commodément mes approvisionnements, et étudier de près
le mouvement commercial de la capitale de
Ceylan.

Si le lecteur veut bien se rappeler les différentes circonstances de mes précédents voyages, il
comprendra les motifs qui m'obligeaient à me
priver des services d'Amoudou pendant tout le
temps de mon séjour à Colombo. Mon Nubien,
qui était la sobriété même, tant qu'il fallait diriger ma petite caravane, pourvoir à ses besoins
et veiller à sa sûreté, dès que nous étions en station dans une ville, ne savait plus résister à la
tentation des liqueurs fortes, et pendant tout le
temps du séjour ne cessait pas une minute d'être
sous l'influence de la boisson. Malgré les excita-
tions de l'alcool, il n'était point méchant, et les
écarts auxquels il se livrait étaient plutôt comi-
ques que dangereux. Mais il se rappelait son
pays, se livrait aux danses les plus excentriques,
épuisait tout son répertoire de chants nubiens,
et finissait toujours par se faire voler tout ce
qu'il avait sur lui, quand il n'était pas ramassé
par la police qui ne me le rendait que contre une
amende.

Le garder à l'hôtel eût été m'exposer de propos délibéré à de sérieux inconvénients, tandis qu'à la campagne ses excentricités étaient à peu près sans conséquence.

On pense bien que, dans ces circonstances, je ne lui confiais que fort peu d'argent, et je donnais directement au vindicara qui était relativement plus sobre, ce qu'il lui fallait pour sa nourriture et celle de ses animaux....

Après avoir pris un bain réparateur, et abandonné ma tenue de voyageur pour des vêtements plus civilisés, je me dirigeai vers la succursale de l'Agra-Banck de Calcutta, sur laquelle je possédais des lettres de crédit, et renouvelai ma provision de numéraire pour six mois.

Ceci va me servir tout naturellement de transition pour dire quelques mots sur un sujet que plusieurs lecteurs de mes premiers voyages, m'ont engagé à traiter.

« Ce qui arrête beaucoup de touristes désireux de visiter Ceylan et l'Indoustan, *m'ont-ils écrit*, c'est la peur de l'inconnu! Comment faut-il voyager? Combien coûterait le voyage? Quel serait le meilleur itinéraire à suivre? Les chaleurs prolongées ne sont-elles pas dangereuses pour les Européens? comment pourrait-on s'en garantir? »

Je vais répondre, non-seulement pour les amis inconnus qui m'ont fait part de leurs désirs,

mais encore pour tous ceux que ces matières in-
téressent, et qui pourraient être conduits à employer leurs loisirs et leur fortune, à parcourir ces
splendides contrées.

Il est des gens qui promènent leur ennui de
paquebots en paquebots, visitant pendant quelques heures tous les ports de relâche. Ils font le
tour du monde *simplement pour le faire,* et jugent
avec leurs préjugés, des mœurs, des coutumes,
dont ils ne peuvent voir du reste que la surface...
A ceux-là, je n'ai rien à dire : Cooks, de Londres,
les transportera à prix débattu, avec ou sans interprète, seuls ou en caravane, et ils connaîtront
les pays qu'ils auront visité à peu près comme
le voyageur qui ferait le tour des ports de l'Europe en paquebot connaîtrait cette contrée.

Quant à ceux qui désirent s'initier à la véritable civilisation de l'extrême Orient, aux coutumes réellement curieuses de ses peuples, faire
des études intéressantes, et amasser d'impérissa-
bles souvenirs, voici les conseils que je me per-
mets de leur donner.

Avant de faire aucune excursion, soit à Ceylan, soit dans l'Indoustan, il est de toute nécessité pour le voyageur français d'aller vivre une
année à Pondichéry. J'indique cette ville au lieu
des autres cités françaises, parce qu'en raison de
son importance, de sa population européenne et

créole plus compacte, de la présence du Gouverneur et d'un certain nombre de magistrats, officiers et administrateurs de tous grades, la transition entre la vie européenne et celle de l'Inde, sera moins brusque, et l'acclimatation aux mœurs nouvelles et à la chaleur, d'autant plus facile qu'elle ne se compliquera pas de nostalgie.

Ce qu'il faut combattre à tout prix, c'est l'ennui des premiers mois, ennui inévitable et qui m'a saisi si fort moi-même, que dans les premiers temps de mon arrivée, chaque jour je formais le projet de rentrer en Europe par le premier steamer.

Cela se comprend de soi, et ne doit pas être attribué à l'Inde, car la même impression serait ressentie avec une force égale dans n'importe quelle ville d'Europe, de France même, où on se rendrait seul et n'y connaissant personne, pour y vivre une année.

Le but de ce séjour est de s'habituer à la vie de l'Inde, au climat et surtout de se familiariser avec le tamoul vulgaire, qui se parle dans toutes les provinces du sud et à Ceylan.

Parler cette langue est d'une telle nécessité, que je n'hésiterai pas à conseiller l'abandon de tout projet de voyage, à quiconque refuserait de s'y soumettre.

I.

Rien de sérieux n'est possible sans cela, et puis... que feriez-vous, pendant vos longs mois d'isolement dans l'intérieur, au milieu des villageois indous et cyngalais, à la merci d'un domestique malabare, qui vous servirait d'interprète et de factotum, et qui pourrait un beau jour vous planter sous bois, dans la jungle, au milieu d'un marécage, et s'enfuir en vous volant vos bagages?

Les serviteurs indous qui parlent français, sont en général de fort mauvais sujets et habitués à exploiter les Européens qu'ils servent.

Tous de caste infime, quand ils ne sont pas parias, ils n'ont appris notre langage, qu'en roulant les ports à la suite des marins en goguette auxquels ils servent de sigisbés galants; méprisés de leurs compatriotes, qui les repoussent de leurs demeures et de leurs réunions, leur mauvaise réputation déteint sur ceux qu'ils conduisent, et le voyageur qui les emploie augmente, dans une proportion dont il ne se rend pas compte, la répulsion naturelle que les indigènes éprouvent pour les Européens.

Quelles observations, quelles études voulez-vous faire avec de pareils conducteurs, en admettant qu'ils vous restent fidèles jusqu'à la fin du voyage? Aussi ignorants que vicieux, ils sont incapables de vous renseigner sur la moindre ruine, sur le plus petit fait historique, et ne comprennent même pas les questions les plus simples que vous pouvez leur adresser sur les traditions du pays.

Les comprendraient-ils, qu'ils ne pourraient davantage vous satisfaire, car les Brahmes et les Indous de castes élevées, qu'ils seraient obligés d'interroger à leur tour pour vous répondre, pour rien au monde ne les admettraient à l'honneur d'une conversation avec eux... tout au plus consentent-ils à leur donner un renseignement de route.

Je chassais un jour à quelques lieues de Pondichéry et m'étais refugié, pendant les heures de forte chaleur, sous les banians qui entourent la vieille pagode de Villenoor. Un jeune Anglais, venu de Mangicoupam sans doute, sous la conduite d'un dobachy, dessinait l'antique monument; de temps en temps il adressait des questions à son domestique et notait les réponses sur un album placé près de lui. Les réponses du Malabare étaient à mourir de rire, le fin matois n'était jamais pris au dépourvu.

Je n'en veux citer qu'une qui s'applique admirablement à ce que je viens de dire.

A un moment donné, un Brahme étant sorti du Temple, l'Anglais pria son domestique de demander au prêtre à quel personnage célèbre était attribuée la fondation de sa pagode.

Le dobachy qui était paria, et qui comme tel n'aurait jamais osé pour son propre compte adresser la parole au Brahme, se tira de la situation avec beaucoup de finesse.

Se prosternant devant le Brahme il lui dit :

— Magnanime et saint Pundit, le seigneur étranger vous prie de lui indiquer le plus court chemin pour regagner le territoire anglais.

L'Anglo-Saxon, rogue et fier, regardait le Brahme sans daigner même le saluer.

Ce dernier fronça les sourcils, et, en prononçant quelques mots, indiqua du geste en passant un chemin qui s'étendait dans la direction du soleil couchant.

Traduisant avec un singulier à-propos, le dobachy dit à son maître :

— Le Brahme a répondu que son temple avait été bâti par le fils de Sourya, dieu qui préside au soleil.

Et l'Anglais d'écrire immédiatement le renseignement...

Lorsque le Brahme passa près de moi, je m'inclinai devant lui, et, le saluant selon le mode indou adopté du fils au père, je lui dis en tamoul :

— Saranai, Mouni ! (salut, homme vénérable).

En même temps le domestique qui m'accompagnait, et qui était Modely, caste très-estimée, s'était agenouillé sur le passage du prêtre. Ce dernier nous regarda en souriant et me répondit :

— Salam,iya (salut, mon fils).

Puis il ajouta immédiatement :

— Saranai,Pundit-Saëb (salut, seigneur de la justice).

Ces deux nuances ont besoin d'explication.

Saranai est le salut de l'inférieur au supérieur, et salam celui du supérieur à l'inférieur, du père au fils.

J'avais pris la formule du fils en saluant le Brahme, et il m'avait tout d'abord répondu avec la formule du père. Puis, comme il m'avait reconnu sans doute, j'étais alors chef du parquet à Pondichéry, il m'avait rendu ma politesse en employant à son tour la formule de l'inférieur au supérieur. Ma condescendance, et non ma qualité, était la cause de cette façon d'agir, car je puis affirmer que les autorités judiciaires ou administratives européennes sont fort peu de chose pour la caste orgueilleuse des Brahmes. Nous pouvons nous faire obéir puisque nous avons la force, mais nous ne recevons d'autres marques de déférence, que celles que nous savons nous attirer par notre respect des usages du pays. Tout le secret de bien voyager et de voyager utilement est contenu dans cette petite scène.

Il faut donc à tout prix fuir les domestiques de basses castes, qui peuvent vous abandonner dans des moments difficiles, et dont, dans tous les cas, vous n'obtiendrez que des renseignements absurdes sur les contrées que vous visiterez. Quand vous rentreriez avec votre album bourré de notes, ce ne sont pas vos impressions de voyage que vous publieriez, mais bien celles de votre dobachy.

Reportez-vous un peu à ce que vous écririez sur l'Angleterre, qui est cependant à nos portes, si, ignorant la langue, vous parcouriez toute cette contrée avec un interprète emprunté aux classes qui fréquentent les worke-houses. Quelle belle moisson artistique, littéraire, ethnographique et industrielle vous rapporteriez !... Oseriez-vous publier vos impressions greffées sur celles de votre cicérone ?

Que dire alors d'un voyage fait dans les mêmes conditions, dans un pays qui, comme l'Inde, repousse l'étranger, et est un livre fermé même pour l'habitant, qui ne veut pas se donner la peine de l'étudier.

De toute nécessité il faut parler le tamoul, et c'est à atteindre ce résultat, en même temps qu'à s'initier peu à peu aux coutumes et aux préjugés qu'il faut respecter, que doit être employée l'année de séjour à Pondichéry. A cette condition, le choix de domestiques honnêtes et de bonne caste qui refusent de servir les étrangers de passage, devient facile, et ils sont d'autant plus fidèles qu'ils savent que la connaissance de la langue, peut nous permettre de les surveiller, et, en cas de nécessité, de les remplacer promptement.

Je ne parle ici que du dobachy, ou homme de confiance, dont on peut difficilement se passer dans l'Inde, surtout en voyageant. Quant aux bouviers de la caste Vindicara, ils sont en général assez sobres, d'un bon service, et ne donnent que rarement des sujets de plainte ; il est bon, quand on les engage, de leur promettre, pour la fin du voyage, une gratification de huit à dix roupies (vingt à vingt-cinq francs), et cela suffit pour vous assurer le plus absolu dévouement.

Que le voyageur ne se laisse pas arrêter par cette nécessité d'apprendre la langue, la difficulté est moins grande qu'on pourrait se l'imaginer, et, si l'on veut bien s'en rapporter à mon expérience et aux conseils que je vais donner, je puis répondre qu'en moins d'un an on sera en mesure de commencer à voyager.

Tout Français qui débarque à Pondichéry n'y

est point considéré comme un étranger, il n'a qu'à faire des visites dans le monde créole et dans le monde officiel, pour être bien accueilli partout, et ses relations sont toutes créées.

Dès qu'il aura monté sa maison, ce qui ne lui coûtera qu'une somme relativement minime, j'en parlerai au chapitre des dépenses, il se mettra courageusement au tamoul, et voici le moyen le plus simple à employer pour arriver à un résultat rapide.

Il devra laisser de côté la langue savante, à laquelle il serait nécessaire de consacrer plusieurs années, et que la plupart des Indous ne comprennent que difficilement, pour s'attacher à l'idiome vulgaire, moins riche, moins chargé d'inversions et de difficultés syntaxiques que le tamoul élevé.

Qu'il ne se dise pas : Je vais apprendre une langue, l'esprit de l'homme est ainsi fait que souvent la seule pensée d'un travail ardu suffit pour le rebuter. Qu'il se garde de tout professeur qui le noierait dans les méandres de la lecture et de la prononciation ; ses domestiques doivent être ses seuls maîtres, et voici comment :

Le futur voyageur devra prendre un cahier de papier dont il divisera quelques feuilles en cinq ou six colonnes. Faisant venir alors près de lui son dobachy qui parle français, qu'il écrive sous sa dictée tous les mots tamouls nécessaires au service de la maison avec le mot français correspondant.

Service de la chambre à coucher.

Service de la salle à manger, du salon, du cabinet de travail.

Service du bain, de la cuisine, du jardin, de l'écurie.

Service des pankahs, ou éventails d'appartement.

Service du messager et du portier.

En deux cents lignes, à cinq mots par ligne, il possédera mille mots. Et mille mots forment à peu près le cinquième de tous les termes de la langue vulgaire.

Il n'est personne qui ne soit capable en quinze jours, avec une heure ou deux seulement de travail par jour, d'apprendre ces deux cents lignes ; au fur et à mesure que la mémoire les retient, il faut s'en servir pour commander ses domestiques ; on ne fait au début que des phrases très-simples :

Cadavé satou, ferme la porte.

Tattis vistou, lève les rideaux.

Neroupou conda, donne-moi du feu.

Velacou coloutou, éclaire les lampes.

Ingué va, viens ici.

Ingué po, va-t'en.

Po ! hors d'ici !

Ina velle? combien cela vaut - il?

Pani conda, donne-moi de l'eau, etc.

Peu à peu et sans qu'on y songe les mots nouveaux viennent s'ajouter à ceux que l'on possède déjà, et, au bout de deux ou trois mois, on s'aperçoit que sa provision d'expressions a plus que doublé, au bout de six on commence à comprendre les conversations des indigènes entre eux, et un an ne s'est pas écoulé qu'on est en état de tout dire et de tout entendre.

On ne parle pas certainement une langue irréprochable, mais ce que l'on sait est suffisant pour s'aventurer sans crainte au cœur de Ceylan et de l'Indoustan. Tous ceux qui ont usé de cette méthode ont vu leurs efforts couronnés d'un plein succès. On s'étonnera peu de cela quand on saura que chacun, dans l'Inde, à moins d'être appelé au dehors par des affaires urgentes, vit chez soi jusqu'à quatre heures de l'après-midi, moment où le soleil permet les promenades et les visites. Entouré alors de domestiques indigènes, ne trouvant pas l'occasion de parler français, le nouveau débarqué fait de jour en jour des progrès insensibles, et, chose qui n'arrive qu'à ceux qui apprennent les langues dans le pays même, les mots qui graduellement se fixent dans son cerveau, arrivent à lui représenter les objets qu'ils désignent, aussi bien que les expressions de sa langue maternelle. Arrivé à ce point, il est acclimaté, il connaît tous les préjugés indigènes qu'il faut respecter, il parle..., il peut commencer ses voyages.

A ce moment-là, le voyageur connaîtra aussi bien que moi les dépenses qu'il a faites et celles qu'il aura à faire ; mais, comme c'est en résumé ce chapitre intéressant qui pèse fortement sur les projets de tous ceux qui visiteraient l'Inde volontiers, s'ils savaient au juste combien pourrait leur coûter une pareille excursion, je vais dresser en quelques lignes le budget du voyageur dans l'Indoustan.

De Marseille à Pondichéry, par Suez, avec tous les faux frais, par Messageries nationales, la Compagnie la meilleure et la plus sûre de la ligne   2,000   »

Installation de sa maison à Pondichéry, avec les meubles légers du pays.   1,000   »

Une année d'existence à Pondichéry, avec cinq domestiques, une voiture et un cheval.   6,000   »

Sans voiture, avec un domestique de moins et une maison ne comportant pas d'écurie. 4,000   »
_____

9,000   »

La vie en voyage :

Un dobachy ou serviteur de confiance, par mois sans être nourri . .	15	»
Un vindicara ou bouvier, par mois sans être nourri.	10	»
Achat d'une charrette couverte. .	100	»
Achat de deux bufflones	60	»
Nourriture du voyageur, riz, fruits de toutes espèces, œufs, lait, poules, poissons, gibier à foison, carrys, légumes du pays, par jour	1	50
Nourriture des deux bufflones . .	»	40

La plus grosse dépense, comme on le voit, est celle du voyage de France dans l'Inde et du séjour d'un an à Pondichéry.

Sept mille francs si l'on n'a pas de voiture, neuf mille, si l'on veut se donner ce luxe. Quant aux excursions dans l'intérieur de Ceylan et de l'Indoustan, avec tout le confort désirable, elles ne coûtent pas, d'après les chiffres que je viens de donner, plus de mille francs par an. Mais, comme il faut compter sur quelques imprévus, séjour à l'hôtel dans les villes, renouvellement de quelques munitions, ou effets personnels, j'élève la dépense à dix-huit cents francs, cinq francs par jour, et je déclare que l'on peut sillonner l'Indoustan tout entier sans avoir à dépenser un centime de plus.

Il est bien entendu que, quand je parle de séjour à l'hôtel, j'entends un repos d'un jour ou deux, le budget que je viens de tracer ne s'accommoderait pas d'une station de plusieurs semaines dans les *Mansions* anglais, à vingt-cinq francs par jour.

Chacun, sur ce sujet, peut régler ses dépenses à sa convenance. J'avais à indiquer ce que peut coûter un voyage sérieux dans l'Inde, fait dans un but d'étude et d'instruction, je me suis acquitté de ma tâche de mon mieux, en citant ce que j'avais fait moi-même, trop heureux si ces renseignements peuvent donner à quelques-uns de mes aimables correspondants et de mes lecteurs, l'idée d'aller visiter ces contrées grandioses, toutes chargées de ruines gigantesques, de souvenirs légendaires et de mystérieuse poésie.

Dans mes précédents voyages (1), j'ai donné assez de détails sur les armes, les approvisionnements et les effets personnels dont il faut se munir, la manière de voyager et de se garantir de la chaleur, pour n'avoir pas à y revenir ici.

. . . .

En sortant de l'Agra-Banck, je me rendis

1. *Voyage au pays des Bayadères. Voyage au pays des Perles.*

chez Samuel Burton and C°, correspondant à Colombo de mes amis de Kaltna, et lui remis une lettre pour eux en le priant de la faire parvenir au plus tôt.

Depuis près de deux ans, M. Duphot chez qui, on s'en souvient, j'ai fait une longue station lors de ma première excursion à Ceylan, n'avait plus de comptoir à Colombo; il avait semé sur tous les coteaux de son immense propriété, de grandes quantités de café, et ces plantations nouvelles réclamant tous ses soins, il expédiait au négociant dont je viens de parler, qui à son tour les embarquait pour l'Europe, les denrées qu'il achetait dans l'intérieur.

En recevant ma lettre, le chef de la maison me demanda si je n'étais pas ce magistrat français de Chandernagor, que M. Duphot attendait depuis plusieurs mois? Sur ma réponse affirmative, la figure du brave Anglais se transfigura subitement; il me donna une vigoureuse poignée de main, et m'annonça que depuis trois semaines au moins, une voiture de mon ami stationnait à Colombo, pour me transporter à Kaltna.

— J'ai l'ordre, continua M. Burton en riant, de faire atteler à la première nouvelle de votre arrivée. Vous ne savez pas avec quelle impatience vous êtes attendu là bas.

Les chers amis ne m'avaient pas oublié, et en voyant l'empressement avec lequel leur correspondant me faisait part de la joie que leur avait causé l'annonce de ma prochaine arrivée, je me sentis doucement ému; tout un flot de souvenirs me revint au cœur, je me reprochai intérieurement d'avoir pu songer à stationner huit jours à Colombo, avant d'avoir revu mes sympathiques compatriotes, et bouleversant instantanément tous mes projets, ce qui est presque la loi générale des voyageurs, je résolus de partir le lendemain même pour Kaltna.

Comme je prenais congé de M. Burton, il me pria à dîner pour le soir.

J'allais m'excuser en raison du peu de temps qui me restait pour faire une certaine quantité d'achats indispensables, il fallait aussi que je prévinsse mes deux serviteurs de la décision que je venais de prendre afin qu'ils pussent s'occuper rapidement des menues réparations dont mon matériel avait besoin..., lorsque mon interlocuteur ajouta :

— Mistress Burton est française, et c'est un grand plaisir pour elle de recevoir ses compatriotes.

Après ces paroles je n'avais plus qu'à accepter, et rendez-vous fut pris pour six heures et demie. Mon hôte, comme la plus part de ses

compatriotes, avait son habitation à la campagne, loin du centre des affaires, et tout naturellement il m'offrit une place dans sa voiture.

J'avais encore plusieurs heures devant moi,
et je les employai à parcourir, mon parasol à la
main, les boutiques anglaises et les bazars indigènes. Je terminai assez rapidement mes em-
plettes dans une de ces immenses maisons
d'approvisionnements comme on en trouve dans
tous les ports de l'extrême Orient, où toutes les
marchandises connues et inconnues se donnent
rendez-vous. Rien n'est plus curieux et plus
pratique en même temps que ce genre d'établissement; en une demi-heure on peut s'y procurer
une série d'objets qui exigeraient plusieurs jours
de courses dans n'importe quelle ville d'Europe.
Demandez l'objet le plus rare, le plus étrange que
vous puissiez vous imaginer, vous n'étonnerez personne, et quelques minutes après vous serez servi.

Avez-vous besoin, par exemple, d'un faisan
truffé, on vous remet une longue boîte en fer-
blanc, avec la marque Rodel, de Bordeaux; le
délicieux oiseau est là, cuit à point, farci avec
l'odorant tubercule de Périgueux, et mollement
enseveli dans un lit onctueux de belle graisse
blanche épurée... Déposez la boîte dans l'eau
bouillante, ouvrez au bout de dix minutes...
Après avoir retiré le faisan, egouttez-le avec un

linge fin, découpez et mangez brûlant, en compagnie d'un ami, et la conversation aidant, il vous semblera pour un instant que vous êtes sur un petit coin de cette vieille terre de France, que les grandes végétations des tropiques, et les émotions du voyageur ne font jamais oublier.

Après avoir fait transporter mes achats à l'hôtel, je pris une voiture, dans le double but de visiter la ville et de me mettre à la recherche d'Amoudou et du vindicara.

Colombo est en même temps le siége du gouvernement et le centre commercial le plus important de Ceylan. Là s'exportent pour l'Europe des quantités vraiment extraordinaires d'huile de coco, de café, de cannelle, de poivre, d'arack, de cordamome, de plombagine, de cordes en fibre de cocotier, de dents d'éléphants, d'écaille de tortue, de bois de cerf, de peaux de tigres et de panthères, d'ébène, de bois de satin, de teck, de salsepareille, de sésame, d'arachides et de riz. Sur Maurice, la Réunion, Singapor et la Chine, on expédie les noix de coco fraîches, les noix d'arek, le bétel, le tripang, l'huile de poisson, la bourre de coco, et le cuivre rouge.

En retour la Grande-Bretagne envoie à sa colonie, ses produits manufacturés, ainsi que le vin, la bière, les alcools, les salaisons, et la parfumerie.

Il est inutile de dire que tout ce commerce d'exportation et d'importation, est entre les mains des Anglais, qui exploitent à qui mieux mieux l'indigène, et achèvent de lui prendre ce que le gouvernement ne lui a pas arraché par l'impôt.

Peu de gens se doutent en France de ce qu'est le commerce de l'Inde; on me permettra d'en dire quelques mots.

Je me sens mal à l'aise en abordant ce sujet, car je vais toucher à tant de turpitudes, à tant d'immoralité, que tout en restant au dessous de la vérité, je crains bien d'être taxé d'exagération et de parti pris... par mes compatriotes surtout.

A notre ancien chauvinisme national, a succédé depuis quelques années, une manière *de chauvinisme étranger,* qui nous fait priser outre mesure tout ce qui se passe chez les autres, sans le connaître la plus part du temps autrement que par ouï-dire, car presque toujours, avec notre amour du clocher, nous ne connaissons les autres peuples que par les choses qu'ils daignent nous apprendre d'eux.

Et soyez sans crainte, s'ils s'entendent tous admirablement pour parler de la vanité française, les Anglo-Saxons et les Allemands savent se taire habilement sur leur brutalité, leur rapacité et leur égoïsme.

Et ce qu'il y a de plus extraordinaire dans

cela, c'est qu'à force de crier, de nous accuser de corruption et de décrépitude aux quatre coins du globe, ils sont parvenus à créer même en France un parti qui demande notre régénération morale...

Allez donc courir le monde, étudier chez eux, ces hommes qui viennent sur nos boulevards crier contre nos mœurs, jalouser notre industrie qui est restée la première du monde par l'intelligence et le goût, allez peser leur honnêteté, leur moralité, et les nôtres, et vous me direz après, ce que valent ces envieuses déclamations.

La seule régénération que nous ayons à rêver, c'est de garder notre sol béni, où nous faisons quinze à seize milliards de récolte annuelle, nos richesses artistiques et industrielles,... avec un million d'hommes toujours prêts à recevoir les hordes d'Attila.

Tout d'abord je dois faire justice d'un préjugé. Les milliers d'Anglais qui sillonnent le monde en tous sens, répètent à qui veut l'entendre, avec un ensemble touchant, que le commerce français est cauteleux, indélicat, et, sans la moindre loyauté dans les transactions sérieuses, n'exporte que des marchandises de rebut.

On trouvera peut-être étonnant qu'une pareille entente puisse exister; je constate le fait parce qu'il est rigoureusement exact; j'en appelle

à tous ceux qui ont voyagé dans l'extrême
Orient. C'est un mot d'ordre, et il a fini par
porter ses fruits.

Rien n'est plus facile que de constater en
quelle médiocre estime notre commerce est tenu,
sur tous les marchés du monde où les Anglais
font la loi, et cependant la plupart de nos
articles sont de beaucoup supérieurs à ceux de
même nature que produisent ces derniers.

Quant à savoir si notre négoce est moins
honnête que le leur..., nous allons voir ce dernier à l'œuvre dans les pays où j'ai pu l'observer,
le prendre sur le fait...

Colombo, Madras, Bombay, Calcutta, sont
les grands centres où je l'ai vu manœuvrer. Ces
villes sont d'immenses entrepôts, où tout se vend,
s'achète, s'échange, se soustrait... avec des bénéfices énormes, qui doivent faire en dix ans, la
fortune de tous les associés d'une maison, tout en
leur permettant de gaspiller chaque année des
sommes fabuleuses pour leurs luxueux besoins.

Tous les négociants font en général deux
commerces, celui d'exportation et celui d'importation, et se chargent également de vendre à la
commission des marchandises qu'on leur envoie
d'Europe, en consignation.

Quelques-uns font spécialement ce dernier
genre d'opération.

Les uns et les autres font assaut d'une adresse qui les conduirait tout simplement, en France, en police correctionnelle. Là-bas ils n'ont à redouter... que la plus touchante des protections. Cela se conçoit : la suprême loi d'existence de l'Angleterre est de produire sans cesse, de vendre sans relâche, pas de temps d'arrêt, le repos serait sa ruine; il faut des milliards pour engraisser son sol stérile, et dès lors à bas toute loi protégeant la fortune des Indous, toute barrière opposant un frein aux spéculateurs, place au vol organisé, aux poufs, aux banqueroutes scandaleuses; les populations industrieuses sont sacrifiées aux chevaliers d'industrie, et foin de la morale qui ne s'est jamais vendue six pences la livre !

Pendant que le peuple anglais rançonne l'Indoustan, qu'il roule ses ballots de la Tamise au Gange, et du Gange au fleuve Jaune, il ne pense pas à demander de comptes à cette oligarchie égoïste qui le gouverne, et leurs seigneuries peuvent dormir en paix sur leurs fauteuils du Parlement.

Voyons d'abord le négociant en importation. Il reçoit tout ce que l'industrie humaine peut produire, mais son premier soin, quand il déballe sa marchandise, est d'en changer les marques et la provenance.

2.

Tout ce qui vient de France en premier choix est immédiatement coté comme article anglais, et à moins qu'il n'y ait un intérêt sérieux à lui laisser sa nationalité, on le pourvoit d'étiquettes pompeuses, des premières maisons de Londres, Manchester, Birmingham, etc..., le détaillant ou l'acheteur, indigène ou créole, ne doit pas être renseigné sur les lieux de provenance.

Fabricants de soieries de Lyon, on démarque vos étoffes, rubanniers de Saint-Étienne, on efface vos noms de vos produits, mais soyez sans crainte, vos *stamps* ne sont point perdus pour cela, vous allez voir l'usage qu'un honnête Anglais sait en faire. Vite un peu de colle au dos, et ils vont s'étaler sur ces soieries de rebut, sur ces rubans jaunes et vert-pomme dont Manchester a la spécialité.

Le tour fait, le profit en même temps que l'honneur de l'Angleterre sont sauvés, et le colon qui achète croit naïvement qu'elle fabrique les plus belles marchandises du globe, et John Bull montre complaisamment à son acheteur les rubans vert-pomme et les soieries éraillées en lui disant :

— Ces Français ne doutent de rien, ils croyent que je vais vendre d'aussi mauvaise marchandise, c'est bien la dernière fois que je *fais affaire* avec eux.

Voici maintenant la contre-partie.

Nous avons, dans l'Extrême Orient comme dans le monde entier, pour les modes, les gants, la parfumerie et les articles *dits* de Paris, une réputation dont les Anglais se moquent, mais qu'ils exploitent d'une autre façon. Ce qui est bon et beau est cher, et donne par conséquent peu de bénéfice à la vente de seconde main. Comment faire ?

On ne fait venir que de très-petites quantités de ces articles français, pour la haute aristocratie qui en connaît la valeur... et comme il y a des graveurs à Calcutta, on fait imiter toutes nos bonnes marques, que l'on applique par ce procédé sur des articles identiques, mais de provenance anglaise.

Tous les vins de Champagne, de Bourgogne, de Bordeaux, de Frontignan, tous ceux d'Espagne, tous les cognacs, n'arrivent dans l'Inde que flanqués de marques anglaises. Le producteur ne doit pas être connu, c'est un mot d'ordre !

Et l'Angleterre ose encore parler de sa probité commerciale, et traîner celle de la France dans la boue !

Sa probité commerciale vaut sa probité politique... Nous la verrons bientôt confisquer des royaumes avec le même sans-façon qu'elle escamote des marques de parfumerie et de cognacs.

Les Allemands qui ont trouvé le moyen bon en usent également avec une rare impudeur. J'ai vu vendre à Taïti (Océanie), comme prise de guerre, la cargaison du navire l'*August* : toutes les bonnes marques de Paris s'étalaient sur ces articles de rebut que Hambourg fabrique et exporte dans le Pacifique, comme produits français.

L'exportation donne de plus beaux résultats encore que la vente des marchandises européennes. Comme le négociant a les coudées franches, le travail facile sur cette matière, il s'agit simplement d'exploiter les Indous qu'on lui abandonne comme une race taillable à merci. Le gouvernement pille d'un côté... à lui le reste...

Quelques rares maisons achètent du producteur l'indigo, les cotons, la soie, le riz, les sésames, et courent eux-mêmes les chances de l'expédition et de la revente sur les marchés d'Europe, mais la grande majorité procède autrement, et se livre à un tripotage honteux, que nous flétririons chez nous par la banqueroute frauduleuse.

De propos délibéré, de gaieté de cœur, ces honnêtes gens achètent aux pauvres Indous, forcés de vendre, pour acquitter l'impôt et vivre, leurs marchandises sur lesquelles ils ne donnent que des à-compte, et qu'ils ne paient jamais entièrement.

Cela s'appelle la *dette du bazar*, car ce sont dans ces lieux que se font les grosses transactions.

Il est peu de négociant qui ne doive au bazar des sommes importantes, il en est dont la dette se chiffre par des millions.

Une autre opération consiste à charger un navire de compte à demi avec un groupe d'indigènes qui fournit le riz, l'indigo, toute la cargaison enfin. Le négociant anglais fait mettre les connaissements de la marchandise en son nom, et le navire n'a pas encore quitté le port de Calcutta que déjà le connaissement est négocié à une maison de banque, qui remet au négociant en espèces, les deux tiers de la valeur du chargement. La maison de banque expédie ces connaissements en Europe, fait vendre la marchandise, prélève les deux tiers qu'elle a avancés, plus un intérêt de douze pour cent, et son droit de commission, le frêt emporte le reste, c'est-à-dire qu'une bonne partie du troisième tiers reste dans la main du banquier... Celui qui a négocié les connaissements, remet un tiers, des fois moins, des fois plus, garde le reste pour lui, quitte à régler quand arrivera le compte de retour.

Que va-t-il se passer?

Au bout de cinq ou six mois, le producteur

vient réclamer, au négociant, un règlement définitif.

Une nouvelle comédie commence :

Cela ne s'est pas bien vendu en Europe..., les marchés étaient encombrés, et puis il n'a pas assez bien soigné ses produits... on les croyait de premier choix, et à l'arrivée ils ont été cotés en troisième qualité... Somme toute, ce n'est pas une bonne affaire... il faudra se rattraper sur les produits de cette année... On lui lit au besoin de prétendues lettres du commissionnaire d'Europe, pour lui prouver qu'on n'a pas encore reçu les comptes de retour. Et quand on a amené au point voulu, et suffisamment effrayé le pauvre diable à qui il faut de l'argent à tout prix pour continuer son exploitation, on lui lâche un nouvel à-compte, sauf toujours à régler plus tard, mais ce dernier règlement n'arrive jamais.

A la récolte nouvelle, le pauvre Indou passe par la même filière d'exploitation, et comme il est traité ainsi partout, et qu'il faut écouler ses produits s'il veut vivre et satisfaire le *collecteur*, il est obligé chaque fois de perdre une bonne partie de son travail.

Quant au commissionnaire, son petit métier est d'une simplicité sans égale.

Il reçoit d'Europe une consignation des marchandises de toutes sortes, soieries, nouveautés, modes, confections, merceries, vins et liqueurs, qu'il doit vendre pour le compte de son commettant, moyennant une commission de six à huit pour cent.

L'expéditeur est loin, il ne peut surveiller son envoi, rien de plus facile par conséquent que de l'exploiter.

Exemple :

Un commissionnaire reçoit de Bordeaux cinq cents caisses de Château-Laffitte, il en vend la moitié à quarante pour cent de bénéfice, ce qui est vulgaire dans l'Inde où la plupart des articles doublent de valeur, il garde pour lui au prix de facture les deux cent cinquante caisses qui restent, et s'en sert pour fournir des magasins de détail, dont il est le commanditaire ou l'associé. Alors dans le compte qu'il fournit à l'expéditeur, répartissant les quarante pour cent de la première moitié sur le tout, il lui porte les cinq cents caisses comme vendues à vingt pour cent de bénéfice seulement, le frustrant ainsi de vingt pour cent sur l'ensemble de la vente.

Ajoutez à cela la commission, le transport des marchandises, le magasinage, et vous arriverez à vous convaincre qu'une marchandise vendue dans l'Inde, à quarante pour cent de bénéfice, ne rapporte à son véritable propriétaire qu'environ dix pour cent, alors que le commissionnaire *qui est censé ne toucher que sa commission et les frais légitimes*, prélève au moins trente pour cent.

Et encore ce sont les maisons *honnêtes* (je parle au point de vue anglais), désireuses d'entretenir de bonnes relations avec l'Europe, qui agissent ainsi... Les autres, et elles sont nombreuses, se livrent à un tripotage beaucoup plus fructueux encore.

Il y a chaque année, dans l'Inde, sur toutes les marchandises, un mouvement de hausse et de baisse parfaitement caractérisé par saison. Profitant des moussons favorables, tous les navires d'Europe arrivent de septembre à décembre, ils remplissent les entrepôts de leur cargaison, et repartent avec les produits du pays.

Tant que dure la période d'arrivage, les marchandises ne se vendent généralement qu'avec un bénéfice minime de douze à quinze pour cent, souvent même lorsque vingt ou trente navires arrivent à la fois, elles ont à supporter de très-fortes baisses.

Dès que les navires ont repris la mer chargés de riz, de coton, d'indigo, d'opium, il n'y a plus d'arrivage régulier de six à sept mois au moins, et le prix des marchandises remonte avec rapidité jusqu'aux plus hauts cours. Ainsi chaque année, pour ne prendre qu'un exemple, j'ai vu la caisse de vermouth qui vaut à Marseille de huit à dix francs selon la qualité, se vendre dans l'Inde de six à huit roupies — quinze à vingt francs — d'octobre à janvier; à partir de ce moment, la hausse commençait à se faire sentir et atteignait graduellement les prix de dix, douze et seize roupies, — vingt-cinq, trente et quarante francs.

Si l'on se demande comment il se fait que l'on ne remédie pas à cet état de choses connu, par des arrivages plus fréquents, je répondrai que ce n'est pas le tout d'envoyer un navire dans l'Inde, chargé de marchandises européennes ; s'il ne veut se ruiner, l'armateur doit s'inquiéter de ce qu'il rapportera au retour, c'est pour cela que l'arrivage des navires doit concorder avec l'époque où les moissons terminées leur permettront de trouver un fret de retour.

C'est sur cette hausse et cette baisse que spéculent les honnêtes commissionnaires dont je parle.

Ainsi, pour ne prendre qu'une espèce qui s'appliquera à tout,

Un négociant reçoit en consignation dix mille caisses de vin de Bordeaux, il les porte à son expéditeur comme vendues au moment de l'arrivage avec un bénéfice de dix à douze pour cent seulement ; pour prouver son honnêteté il expédie les fonds retour du courrier, ne prend qu'une faible commission de deux à trois pour cent, laissant ainsi sept à huit pour cent à son expéditeur... et le tour est joué. Les dix mille caisses de Bordeaux n'ont jamais quitté son magasin, et il attend tranquillement les mois de juillet et d'août pour les vendre pour son propre compte avec des bénéfices de cinquante et soixante pour cent.

Tout cela se pratique au su et au vu de tous, et il ne reste personne pour s'en étonner, car il n'y a personne qui n'ait de pareilles choses sur la conscience.

Il en est d'autres qui, en donnant pendant quelque temps de forts bénéfices, attirent à eux de grandes quantités de consignations, puis tout d'un coup, ils liquident tout ce qu'ils ont, — et envoient des comptes de pertes à leurs expéditeurs en leur annonçant que des spéculations malheureuses les forcent à renoncer aux affaires.

Ils cessent en effet ce genre d'opération et avec cinq ou six cent mille francs, un million peut-être qu'ils ont soustraits ainsi, ils se livrent, sur une grande échelle, à l'exploitation des Indous, et au commerce d'exportation. Il faudrait une étude spéciale sur ces matières, et je ne voudrais point abuser de l'attention du lecteur en la retenant trop longtemps sur de pareils tableaux.

Qu'on ne les trouve point trop chargés...

J'ai présidé les tribunaux civils et de commerce de Chandernagor, à deux pas du territoire anglais, nos nationaux sont constamment en relations d'affaires avec les Anglais de Calcutta, et j'ai vu des choses que le respect professionnel, ne les ayant connues que comme magistrat, ne me permet pas de dévoiler... Que de turpitudes et d'immoralités grouillent sous ce masque uniforme de gentleman, sous cet hypocrite vernis de bon ton, dont se parent tous ces Anglo-Saxons, qui écument le monde, en parlant bien haut de leur honneur et de leur probité.

Mais, me dira-t-on, est-ce que la faillite n'offre pas un moyen de réprimer de pareils agissements?

La faillite en pays anglais n'est qu'un moyen de plus d'exploitation.

Votre maison ferme ce soir à quatre heures et suspend ses payements, sous la raison sociale *Grippesol Thomson and C°*, le lendemain, vous vous installez en face, sous la raison sociale *Grippesol Thomson and son*, et vous continuez vos opérations comme si de rien n'était, la simple adjonction de ces deux mots *et fils* constitue une nouvelle maison qui n'a rien de commun avec l'ancienne, et n'est pas responsable de son passif.

Telles sont la loi et la coutume !

Un entre-filet, dans les journaux, annonce que la Société Grippesol Thomson and C° a cessé d'exister et que le sieur Grippesol est chargé de sa liquidation. Et pendant ce temps-là, l'honorable et nouvelle maison Grippesol Thomson et fils a un million de roupies déposé à la Banque, et continue de plus belle ses fructueuses opérations.

Que vont faire cependant les créanciers de l'ancienne raison sociale ; s'ils sont Indous, on les envoie promener en leur jetant un os; s'ils habitent l'Europe on ne s'inquiète pas d'eux. Allez donc faire déclarer une faillite à Colombo ou à Calcutta, au prix où sont les sollicitors anglais et la justice anglaise. S'ils habitent le pays, il y a deux moyens de s'arranger avec eux, leur offrir de suite quatre anas par roupie, soit vingt-cinq pour cent, ou prendre l'*acte d'insolvance*.

En général on n'a pas besoin de recourir au second moyen, les créanciers acceptent l'offre et donnent quittance pour le tout, car ils savent parfaitement, pour avoir usé le plus souvent du même subterfuge, que quand un Anglais se décide à tâter de la faillite, c'est que ses mesures sont prises, et qu'on ne pourra lui faire rendre gorge.

Que faire en effet ?

Saisir les marchandises de la nouvelle maison Grippesol Thomson et fils, j'ai déjà dit que la loi la déclarait non solidaire de l'ancienne. On s'exposerait tout simplement à de lourds dommages-intérêts envers les honnêtes négociants qu'on aurait ainsi paralysés dans leurs opérations, et ce serait tout.

La loi anglaise accorde bien la contrainte par corps contre le failli frauduleux, mais les mœurs ont corrigé cette *exorbitante prescription* et la loi elle-même, en créant l'*acte d'insolvance* au profit des débiteurs malheureux, a pris soin de rendre sa première décision complétement illusoire.

Il n'y a, en pays anglais, qu'une seule catégorie de débiteurs, que nul ne protége, et que les *honnêtes gens* mettent au ban de la société *commerciale :* ce sont ceux qui en tombant en faillite tombent dans la misère, et qui n'ont pas su garder de quoi se rendre au temple de Thémis dans une voiture à deux chevaux.

On comprendra les sentiments qui me portent à me taire sur les agissements de la justice anglaise dans l'Indoustan; sir John Laurence, ancien gouverneur général à Calcutta, s'est prononcé sur ce sujet dans deux rapports célèbres, d'une façon que je n'oserais relater ici.

Supposons qu'on s'avise d'exercer la contrainte

par corps contre le liquidateur Grippesol, voici ce qui arriverait :

Grippesol est habile, il a mis deux ou trois ans à préparer son petit tour, ses livres sont chargés d'opérations malheureuses, il a des dettes de complaisance inscrites chez quantité d'amis, à qui il rendra le même service demain.... Il se présente alors devant un juge de la Haute-Cour commis à cet effet, qui, après examen, pour la forme, de ses livres, lui accorde le bénéfice de l'*acte d'insolvance*, qui le rend quitte de ce qu'il devait, non en ce sens qu'il ne doit plus, mais en ce sens qu'on ne peut plus le poursuivre.

Inutile de dire qu'en sortant de là, il refuse au créancier qui l'a forcé à aller à la Cour, les vingt-cinq pour cent qu'il lui offrait la veille, et que ce dernier le plus souvent se hâte de renouer des relations avec son ex-débiteur, ce qui est souvent le meilleur moyen de réparer ses pertes. Grippesol Tomson et fils enrichis feront peut-être dorénavant honneur à leurs affaires. Il n'est pas rare cependant de voir des maisons qui, alléchées par la facilité du gain, ont pris plusieurs fois l'*acte d'insolvance*. Les Anglais facétieux appellent cela : *faire blanchir son écurie*.

Le petit territoire de Chandernagor est entièrement enclavé dans les possessions anglaises, il faut à peine une heure en chemin de fer, pour se rendre de la ville française à Calcutta.

Ce voisinage a fait de notre établissement un asile naturel, dont profitent tous les faillis anglais, qui, en raison d'opérations par trop scandaleuses, craignent de ne pas trouver *sur le moment* chez leurs créanciers toute l'indulgence désirable. En général ce sont d'aimables gentlemen, qui, au lieu de suivre les habitudes reçues, de prendre les précautions ordinaires, trouvent plus commode de lever deux ou trois millions subitement, et de venir attendre en pays français que la mauvaise humeur de leurs créanciers se soit un peu calmée.

Pendant un mois ou deux, ils éclaboussent avec leurs purs-sangs et leur luxe insolent les honnêtes habitants de l'honnête petite ville, et tous les soirs le sollicitor qui arrange leurs affaires vient conférer avec eux.

Ils finissent par rendre le quart ou le tiers de ce qu'ils ont pris, moyennant cela on leur passe quittance, et ils rentrent la tête haute à Calcutta où ils sont reçus à bras ouverts.

Tout au plus dit-on de l'homme qui a agi ainsi : *a smart boy*, c'est un garçon très-fin ! Pendant leur villégiature forcée, ces messieurs, car ils sont toujours là en nombre assez respectable, se réunissent, se donnent des fêtes, et noient dans le champagne, des remords qui n'ont jamais existé. Je puis citer un fait auquel on croirait difficilement avec nos mœurs et nos idées...

Un beau jour, un jeune négociant, dont tout Calcutta avait longtemps admiré l'adresse et la chance heureuse dans les opérations les plus hasardeuses, fait lui aussi son voyage à Chandernagor ; la veille il avait négocié en banque pour plusieurs millions de connaissements...

Grand émoi sur la place... On parlait de demande d'extradition ; tous les journaux le menaçaient de Botany-Bay, une manière de Nouvelle-Calédonie anglaise... Notre homme n'en prit nul souci, et pendant qu'il se promenait sur les bords du Gange français, dans une calèche attelée à la Daumont, son homme d'affaires s'occupait à calmer les mécontents.

Quand il vit, au bout d'un mois, que les fureurs s'étaient un peu apaisées, il mit à exécution un projet d'une rare insolence qui partout ailleurs eût pu lui coûter cher.

Il invita à une grande fête tous ses amis de Calcutta et tous ses créanciers... L'idée fut trouvée tellement originale que personne ne manqua à l'appel ; tout le beau monde de Calcutta se rua ce jour-là sur Chandernagor. Rien ne saurait rendre une idée du luxe qu'il déploya. Toutes les dames reçurent des bouquets maintenus par des agrafes en or, le champagne frappé coula en ruisseau, il y eut musique, illumination, feu d'artifice et souper; à trois heures du matin, tous les gentlemen d'âge respectable se faisaient des confidences sous la table, et les ladys dansaient dans une salle de verdure éclairée à giorno, au milieu des feux de Bengale que les artificiers lançaient sans relâche dans l'espace... On se sépara avec effusion, et chacun souhaita à son hôte de le revoir bientôt à Calcutta. Il y a cela de curieux dans le caractère anglais qu'une fois l'invitation acceptée, il n'y avait pas un créancier qui n'eût considéré comme une marque de la plus mauvaise éducation la moindre allusion à la déconfiture de leur amphytrion.

Quelques jours après, notre homme obtenait une transaction favorable, et reprenait la suite de ses affaires.

Quelques mauvais plaisants prétendaient, à Chandernagor, que la fête était pour beaucoup dans l'arrangement qu'il avait obtenu... Ces dames avaient plaidé sa cause, on ne pouvait pas laisser croupir plus longtemps, sur le territoire français, un gentleman aussi accompli. Autrefois, ces messieurs chassaient, faisaient des excursions presque sur le territoire anglais, dont les limites ne leur étaient pas bien connues; une

3.

aventure qui s'est passée sous mes yeux vint les rendre plus prudents.

Une dame B***, abusant d'un blang-seing pendant une absence de son mari, retira de l'Agra-Banck une somme très-importante, et vint rejoindre à Chandernagor celui avec qui, selon le dicton anglais, elle aimait à entretenir des conversations criminelles.

Au retour du mari, l'Agra-Banck fut condamnée à lui restituer la somme comme indûment payée, et Mme B*** se vit infliger sept ans de détention.

Ce n'était pas le tout de la condamner, il fallait la prendre. La loi française ne reconnaissant pas le vol de la femme au mari et réciproquement, une demande d'extradition n'avait aucune chance de réussite.

L'Agra-Banck soudoya son cocher, et un jour qu'elle se promenait à la campagne sans la moindre défiance, le vindicara se rapprocha insensiblement du territoire anglais, puis mettant tout d'un coup ses chevaux au galop, en quelques minutes il franchit la frontière. De l'autre côté se trouvaient deux détectives qui s'emparèrent de leur proie.

A partir de ce moment, les *bank rupts* ne dépassèrent pas la ligne du quai, et même les poltrons ne sortirent plus qu'à pied.

A ceux qui s'étonneraient de me voir, chaque fois que j'en trouve l'occasion, fouiller à vif les plaies de l'Angleterre, je répondrai qu'il n'y a là de ma part qu'un ardent amour de vérité et de justice, et qu'il est temps que la France, dont la générosité chevaleresque est trop souvent trompée, connaisse enfin les peuples qui l'entourent, et choisisse mieux ses alliances.

Je viens de dire que la moralité politique des Anglais ne valait pas plus que leur moralité commerciale.... J'ajouterai que l'abaissement périodique de la France est dans le plan perpétuel de l'Angleterre, plan qui ne sera abandonné que le jour où une autre puissance pourra lutter avec elle d'influence maritime.

J'entends à chaque instant répéter :

« L'Angleterre doit se repentir aujourd'hui d'avoir laissé affaiblir la France, nous avons trop d'intérêts communs, pour qu'une véritable alliance ne soit pas profitable aux deux nations. »

A quelle école politique faudrait-il donc envoyer ces hommes à courte vue, pour leur apprendre que deux peuples rivaux sur les mêmes marchés, rivaux dans l'extrême Orient, dont les deux marines ont presque la même puissance, ne s'entendront jamais sans arrière-pensée,... et qu'en face des mêmes marrons Bertrand et Raton ne se mettront jamais d'accord pour les partager...

Quels beaux marrons nous avons retirés du feu, que l'Angleterre est venue ensuite croquer en nous jetant l'Europe sur les bras..,. Une partie des Antilles, le Canada, l'Ile de France, l'Inde, sont autant de joyaux arrachés à notre couronne, autant d'étapes sinistres de la haine et de l'astuce britanniques. J'ai dans toutes les parties du monde des amis intimes qui sont Anglais; comme hommes privés ils ont des qualités que je me plais à reconnaître; que de fois causant avec eux de toutes ces questions de rivalités, ne m'ont-ils pas dit : « Il y a trois peuples que politiquement nous haïssons dans le monde, parce qu'ils peuvent gêner notre expansion.

« La France, puissance maritime de premier ordre, qui, au premier homme de génie qu'elle aura à sa tête, président ou souverain, reprendra sa vieille politique coloniale, celle de Colbert.

« La Russie qui, quoi qu'elle en dise, s'achemine pas à pas vers l'Inde.

« L'Amérique, dont l'immense marine commerciale nous fait déjà concurrence pour les transports sur toutes les côtes. »

Est-ce que nos alliances ne sont pas toutes tracées par ces paroles ?....

L'alliance anglaise est impossible, j'en appelle à tous ceux qui ont vécu dans les pays anglais..... Nos voisins nous entraîneront à leur suite toutes les fois qu'il s'agira de leurs intérêts, comme en Crimée ; quand nous aurons besoin d'eux, ils ne nous donneront pas un schelling, pas un homme.

Quand avez-vous vu l'Angleterre à nos côtés dans un moment difficile pour nous...... Interrogez l'histoire et répondez.

Quand ne l'avez-vous pas vu contre nous diplomatiquement ou militairement ?... répondez également.

Il est vrai qu'elle n'a pas profité de la guerre de 1870 pour nous enlever quelque colonie ?.... Il ne faut pas trop lui en savoir gré, nous n'avons plus rien qui puisse la tenter.... elle nous a tout pris... et la Cochinchine n'est pas encore suffisamment assouplie et colonisée, pour qu'elle ait envie de s'en emparer ; de tout temps elle nous a laissé essuyer les plâtres, et achever la maison avant de s'y loger.

Nous avons des droits sur Madagascar, cette île splendide qui regorge de richesses, et dont le territoire est presque aussi grand que celui de la France ; chaque fois que nous avons voulu les faire reconnaître par les naturels, elle a couvert l'île de fusils et de munitions, et a soulevé quelques lièvres politiques en Europe pour détourner notre attention.

Le jour où nous voudrons sérieusement nous emparer de cette contrée, dont un coin voit flotter notre pavillon, elle nous suscitera une guerre sur le continent, car l'occupation de cette île est dans ses plans de domination maritime.

Rappellez-vous l'assassinat de Radama, le roi de Madagascar, qui avait demandé le protectorat de la France.

Nous vivons chez nous d'une vie étroite, nos journaux ne nous parlent que par hasard des choses du dehors, et nous ne nous doutons même pas de ce qui se passe dans l'extrême Orient.

Sur tous les points de ces contrées où l'Angleterre ne domine pas, elle expédie comme consuls ses hommes politiques les plus fins, avec un crédit illimité...... Partout ils s'appliquent à rabaisser la France dans l'esprit des populations, au profit de l'influence de leur nation. Si vous saviez comme ils ont joué habilement de la guerre franco-allemande... C'est à un point que nous étions insultés par les Cochinchinois et les Malais.

J'étais alors en Océanie, et je ne pouvais pas rencontrer un Kanaque qu'il ne me dise aussitôt en me narguant :

— Tirara Farani (fini les Français) !

Et tout cela partait des consulats anglais.

Lors de la guerre de Chine, les journaux de Calcutta nous représentaient comme des mercenaires nous battant à la solde de l'Angleterre.

Pour l'exposition de 1867, les feuilles en langue indigène, que le gouvernement de Calcutta fait rédiger pour les natifs, soutenaient qu'il n'y avait presque que des marchandises anglaises à cette fête de l'industrie.

Et quand je m'avisais de dire aux Anglais : Comment pouvez-vous écrire de pareilles choses ? ceux qui ne souriaient pas d'un air dédaigneux me répondaient :

— Ici tout le monde se rappelle Dupleix, le marquis de Bussy et leurs exploits; vous avez laissé trop de souvenirs, il ne faut pas que l'Inde puisse se reprendre à rêver de la France !...

Et de propos délibéré on nous représentait comme un peuple de cinquième ordre, vivant à la remorque de l'Angleterre.

Nos navires de guerre ne font pas une apparition tous les dix ans dans les ports de l'Inde; ils ne vont jamais à Calcutta,..... le Foreing-office a fait comprendre très-clairement que cela ne saurait lui plaire.

La première fois que les magnifiques steamers des Messageries françaises ont abordé à

Calcutta, jamais les Anglais n'ont été si furieux, et les indigènes si étonnés...... Pour un peu, on eût dit à ces derniers que c'étaient des navires qu'on nous avait prêtés.

Ce fut un jour de légitime orgueil pour tous les Français, lorsqu'on vit l'*Erymanthe* remonter le Gange, le pavillon aux trois couleurs flottant à sa corne, et venir s'embosser devant Garden-Rich, toute la ville était descendue sur les rives du fleuve.

Je terminerai ces explications déjà trop longues, qui m'ont entraîné beaucoup plus loin de Colombo que je ne me l'imaginais tout d'abord, par le récit d'un fait qui montrera à quel point la haine du nom français est enracinée même dans les classes anglaises les plus élevées.

Une maison dont je tairai le nom,... non par respect pour elle, mais pour ne pas l'imiter dans le rôle de scandale qu'elle a joué dans cette affaire, s'était engagée envers un négociant de Marseille à charger un navire pour son compte, de certaines marchandises à un prix convenu et débattu d'avance.

Le navire quitte la France et arrive dans l'Inde.

La maison de Calcutta ne trouvant plus son bénéfice à le charger, soit à cause de la hausse des articles qu'elle devait envoyer, soit pour toute autre raison, demanda une expertise pour visiter le bâtiment, déclarant qu'elle ne se fiait pas à sa solidité.

Le consul général de France, M. Lombard, fut chargé de désigner trois experts qui, d'un commun accord, décidèrent que le navire était en parfait état de navigabilité.

La maison de Calcutta provoqua devant la justice anglaise un nouvel examen, et les experts anglais déclarèrent que le navire ne pouvait pas tenir la mer.

Sur ce, refus définitif de charger.

Protestation du capitaine, qui avise son armateur par dépêche. Il reçoit l'ordre de rentrer de suite à Marseille, sans faire escale dans aucun port intermédiaire et de se munir préalablement à Calcutta d'un certificat prouvant qu'il n'avait fait faire aucune réparation à son navire.

A son arrivée à Marseille, le bâtiment fut soumis à une visite *officielle* et le rapport qui s'ensuivit déclara qu'il était dans le plus parfait état.

Il n'y avait pas à en douter, le négociant de Marseille avait été victime d'une odieuse machination. Heureusement pour lui, le contrat avait été passé sur cette place, de plus la maison de Calcutta avait des valeurs saisissables en France ; le procès pouvait donc avoir lieu à Marseille.

Après tous les délais nécessaires à la défense, après des mémoires sans nombre pour et contre, le tribunal de commerce de cette ville condamna les auteurs de cette fraude bien et largement établie, à d'énormes dommages-intérêts, deux ou trois cent mille francs, je crois.

La maison de Calcutta paya, après confirmation de cette sentence en appel et rejet de son pourvoi en cassation, mais il lui fallait une revanche. On a tout ce que l'on veut dans l'Inde anglaise *avec de l'argent*, et voici comment elle s'y prit.

Le gouvernement français, paraît-il, s'était ému de cette affaire, et des renseignements avaient été demandés à notre consul général sur les expertises et les faits qui s'étaient passés dans l'Inde.

La partie judiciaire de ces renseignements avait été communiquée au tribunal de commerce de Marseille.

La maison de Calcutta, sous prétexte que la perte de son procès était due à cette circonstance, attaqua le consul général de France devant le juge anglais.

Ce magistrat n'était pas compétent.

1° Parce que la diffamation ne saurait résulter de pièces diplomatiques et judiciaires;

2° Parce que, y eût-il eu diffamation, elle ne

pouvait être reprochée au consul général Lombard qui n'avait fait que transmettre des dépêches et n'était pour rien dans le fait de la communication au tribunal de Marseille;

3° Parce qu'un juge anglais n'a pas le droit d'apprécier les motifs du jugement d'un tribunal français, sur des faits qui se sont passés en France;

4° Parce que ni la personne du consul de France, ni ses actes ne relevaient de la justice anglaise en raison des immunités diplomatiques.

Malgré cela, il y avait là matière à jouer un excellent tour au consul général français, et un bon Anglais ne laisse jamais perdre ces occasions.

L'honorable juge, dans un arrêt longuement motivé, commença par reconnaître la diffamation comme existante et ayant causé le plus grave préjudice au crédit et à la réputation de l'estimable maison de Calcutta. Puis, prenant thèse de cela, il traita le consul de France, le représentant d'une nation amie, comme un vil calomniateur, ne lui ménageant ni les insultes, ni les accusations les plus perfides... Ceux qui écoutaient le prononcé du jugement, étonnés d'une pareille audace, s'attendaient à une condamnation et prévoyaient déjà les complications diplomatiques qui allaient naturellement en découler... Mais master John est fin : après avoir déversé à plaisir la boue sur le représentant de la France, l'honorable juge comprit très-bien qu'il ne pouvait, sans s'attirer des désagréments sérieux, fouler aux pieds tous les principes du droit des gens, et il termina brusquement son arrêt en regrettant que son incompétence, *ratione materiæ et personæ, en raison de la matière et de la personne,* ne lui permît pas de flétrir notre consul par une condamnation.

Quelle hypocrisie et quel étrange abus des choses les plus respectables !

Ce ne fut pas tout. Les journaux anglais, soudoyés, reproduisirent les insultes des plaidoiries et du jugement dans leurs colonnes et, pendant trois mois, outragèrent indignement notre représentant à Calcutta, à une roupie la ligne.

Sous le coup de ces émotions, M. Lombard, homme doux, conciliant, accessible à tous, estimé et aimé de ses compatriotes, fut frappé d'une attaque de paralysie ; il regagna la France où une suprême douleur lui était réservée... C'est lui qui, il y a deux ans, sans pouvoir ni faire un geste, ni pousser un cri, de son fauteuil de malade, vit tomber sa femme sous les coups de l'assassin Lethauvers. Chacun peut se rappeler les épouvantables péripéties de ce drame..., dont l'assassinat de Mᵐᵉ Lombard ne fut que le dénoûment.

Voyagez, mes chers compatriotes, voyagez...
Ce n'est pas sur vos boulevards ni dans vos
théâtres que vous apprendrez à connaître l'étranger; il faut le voir évoluer chez lui en toute
liberté.

Vous apprendrez que presque partout la
France est jalousée, détestée; ce n'est pas en
vain que notre pays tient dans les arts le sceptre
du goût, de l'originalité, de l'invention. Quel
est le peuple qui peut montrer au monde une
pareille pléiade de sculpteurs, de peintres, d'ar-
chitectes et d'ouvriers industriels? Quel est celui
qui voit éclore chaque année autant d'œuvres lit-
téraires dans tous les genres? celui qu'on visite
le plus, qu'on commente le plus, qu'on dénigre
le plus?... Ce n'est pas en vain que nous possé-
dons le sol le plus fertile de l'Europe, que notre
agriculture nous nourrit et exporte encore de
ses produits... Ce n'est pas en vain que nous ai-
mons le droit et répugnons à la force; ce n'est
pas en vain que nous prêchons constamment au
monde ces grandes idées de fraternité et de progrès moral que nous nous efforçons de faire
passer dans nos mœurs... et l'étranger qui passe
chez nous, en examinant d'un œil curieux l'activité intelligente de notre production, le goût de
nos travailleurs, notre amour de l'épargne,
notre réelle honnêteté et le bien-être de toutes

les classes, sent poindre en lui la plus vivace de toutes les haines, celle qui naît de l'envie, et il rentre chez lui en rêvant le démembrement de la France.

Ce n'est qu'au dehors que le Français apprendra à connaître toutes ces choses, au dehors seulement qu'il saura à quel point il ne doit compter que sur lui.

Mais aussi il rentrera dans la vieille maison gauloise que lui a léguée son père, transfiguré au contact de ses ennemis, et il sentira peu à peu renaître avec vigueur cet âpre et exclusif amour de la patrie, que pendant ces dernières années nous avions un peu trop négligé pour cet amour de l'humanité qui n'est plus que du cosmopolitisme inintelligent, en face des autres peuples qui applaudissent encore au droit de conquête et aux guerres d'invasion.

Comme conclusion :

Je dirai que le rôle commercial et politique de l'Angleterre a toujours été d'abaisser l'influence de la France sur le continent et de ruiner, dans les autres parties du monde, notre prospérité coloniale.

Ce rôle n'a pas changé !...

Quant au sujet spécial, qui m'a fait perdre de vue pendant quelque temps les rivages de Ceylan,... j'ajouterai que le jour où l'Angleterre appliquera à ses faillis les sévères, mais justes lois de nos codes, elle pourra parler de sa probité commerciale. On juge la moralité d'un peuple à la moralité de ses institutions...

Certains penseurs prétendent :

« Que là où la loi ne réprime pas certains abus, c'est que ces abus n'existent pas. »

Il n'y a là qu'un pitoyable jeu de mots, et il serait plus juste de dire :

« Là où la loi ne réprime pas certains abus, c'est que ces abus sont dans les mœurs. »

En Turquie, en Égypte, dans tout l'Orient enfin, les lois qui protègent la dignité de l'enfance et de la femme contre certains attentats... n'existent pas. Y a-t-il au monde une contrée où il y ait plus de vices, plus d'immoralité?

La révolte contre la loi et les pronunciamentos sont tellement dans les mœurs de l'Espagne que tous les gouvernants qui se succèdent accordent infailliblement l'*indulto* à des gens qu'ils devraient fusiller.

Il est temps de m'arrêter sur ce chemin.

J'ai tenu à écrire les pages qu'on vient de lire, car il m'a semblé utile de détruire certains préjugés, certaines illusions qui nous portent toujours à juger nos ennemis avec une générosité dont il est temps que nous ne soyons plus les dupes....

Je vais reprendre le cours de mes pérégrinations et offrir à mes lecteurs de plus riants tableaux.

J'errais depuis longtemps dans les rues de Colombo, le long des bazars indigènes et sur les bords de la mer, lorsque, perdant l'espérance de rencontrer Amoudou ou le vindicara, je me résignai à ne les voir que le lendemain matin à l'heure où je leur avais donné rendez-vous, et j'ordonnai au cocher indigène que j'avais loué de rentrer à l'hôtel. Le soleil baissait rapidement à l'horizon et j'avais juste le temps de me mettre en tenue de soirée ; c'est la loi des dîners anglais, et ma qualité de voyageur ne pouvait m'y soustraire.

Autant je blâme cette coutume dans les caravansérails cosmopolites dont les Anglais parsèment leurs colonies, autant je la trouve naturelle et de bon ton dans les maisons particulières. Les négligences de toilette, quand on dîne chez les autres, que certaines gens considèrent comme une marque d'indépendance de caractère, sont simplement des signes de mauvaise éducation.

Pendant le cours de mes longs voyages, j'ai toujours eu au fond d'une petite valise ce fameux vêtement noir complet, qui est le même partout et que l'on pourrait fabriquer à l'emporte-pièce pour tous les hommes et tous les pays. Gibus, le célèbre inventeur, était représenté dans ma tenue par ce ressort à boudin, couvert de soie, dont tous les chapeliers du monde n'ont pas encore pu changer la forme.

A l'heure indiquée, j'étais sur le seuil de la maison de commerce de M. Burton, et je recommandais au cocher de venir me prendre dans la soirée chez mon hôte, lorsque ce dernier, qui s'avançait pour me recevoir, me dit que la voiture de M. Duphot, envoyée pour me conduire à Kaltna, était remisée chez lui et entièrement à ma disposition.

Un élégant bogghy stationnait tout attelé devant la porte. Je pris place aux côtés de M. Burton, et le vindicara malabare rendant les mains, les deux chevaux s'élancèrent d'une bonne allure dans la direction du rivage.

Arrivés près du fort, vaste redoute défendue par deux cents pièces de canon, où sont situés tous les services de la guerre et de la marine, et qui pourrait loger quinze mille hommes au besoin, nous prîmes, sur la gauche, une route qui contournait les talus, et nous nous trouvâmes tout à coup en face de l'Océan indien où le plus magique de tous les spectacles vint frapper nos yeux.

Le soleil se couchait au loin, versant des flots de pourpre et d'or sur l'immense nappe d'eau; pas un nuage ne venait jeter une tache d'ombre

4

sur l'azur profond du ciel; aux limites de l'horizon, quelques navires, dont les voiles blanches miroitaient sous la lumière, semblaient naviguer dans un incendie, tandis que, plus rapprochés de nous, des centaines de macouas ou pêcheurs indigènes, montés sur leurs légers catimarons, regagnaient le rivage en dansant sur la lame qui, de minute en minute, se chargeait de teintes plus sombres.

Je jetai un rapide coup d'œil du côté de l'intérieur : sur les hauts sommets du pic d'Adam couverts d'une éternelle végétation, les derniers rayons du jour décroissaient avec une vertigineuse rapidité, et la nuit de l'équateur, nuit sans crépuscule, avait déjà étendu sur la terre et les flots son voile étoilé, qu'on apercevait encore dans l'ouest, une légère bordure rougeâtre qui semblait s'agiter au sommet de la vague, dernier adieu de l'astre qui se levait déjà sur un autre hémisphère.

Le chemin que nous suivions était garni de Cyngalais des deux sexes qui, après avoir porté dans les bazars de Colombo des fruits et des légumes, regagnaient leurs cases perdues sous bois, en fredonnant quelque refrain malabare. De distance en distance, sous les grands arbres qui allongeaient leurs racines presque dans la mer, nous rencontrions de petites boutiques de

feuillage dans lesquelles les tchandos ou distilla-
teurs indigènes débitaient aux passants l'arack
et les liqueurs fermentées extraites du palmier et
du cocotier. Avec la disparition du soleil, l'air se
refroidissant subitement dans les vallées supérieures des monts Kotmalès, avait donné naissance à ces délicieuses brises de terre qui viennent chaque soir, toutes chargées des senteurs
des cannelliers, des ébéniers et des champs de
vétivert, rafraîchir les rivages de la côte ouest de
Ceylan.

Sur l'ordre de son maître, le vindicara avait
mis ses chevaux au pas; on ne dînait qu'à huit
heures chez M. Burton, et nous avions plus de
temps qu'il ne nous en fallait, pour franchir les
quatre milles qui séparaient Colombo de l'habitation de mon hôte, et jouir du calme et poétique spectacle qui nous entourait.

— Que dites-vous de nos soirées de Ceylan?
me dit mon compagnon rompant le silence que
nous avions gardé jusqu'alors.

— Je n'en sais aucunes qui puissent leur être
comparées, lui répondis-je. Ici, tout se trouve
réuni pour créer la plus magique des situations :
à deux pas de nous, les flots viennent mourir
sur le rivage avec ce doux et mélancolique murmure de l'Océan au repos; vos brises du soir
semblent parler au milieu de cette végétation in-

comparable; pas un de ces bosquets n'est solitaire; aux pieds des arbres, la fourmilière
humaine rit et chante avec une insouciance de la
vie qui finit par vous gagner, les pilons à carry
retentissent en cadence sur le mortier plat, préparant le repas du soir, tandis que dans l'épais
feuillage des tamariniers et des flamboyants, les
oiseaux chanteurs mêlent leurs notes aiguës aux
mille bruits qui s'élèvent de la terre et des eaux...
Y a-t-il longtemps que vous habitez cette île en-
chanteresse ?

— Je suis arrivé ici il y a vingt ans comme
master (second lieutenant) à bord d'un navire de
commerce; léger d'argent, mais avide de me
faire une place au soleil, la fortune m'a souri et
je pourrais rentrer en Angleterre, mais j'ai une
famille nombreuse à élever, mes fils sont encore
en bas âge, et je veux les mettre un jour à la
tête de ma maison, et puis... je ne quitterais pas
facilement ces lieux où j'ai lutté, souffert, tra-
vaillé, où je me suis marié, où j'ai vu naître mes
quatre filles et mes sept garçons... Oh! certainement, je mourrai à Ceylan.

Pendant que mon interlocuteur parlait, je le
regardais avec un indicible étonnement. Cette
expansion, cette sensibilité me semblaient étranges
pour un Anglais... J'avais toujours vu ses compatriotes conserver avec les étrangers et surtout

les Français, une réserve voisine du dédain, et, en quelques mots, mon compagnon venait de me faire l'histoire de sa vie. Je ne pus m'empêcher de lui faire part de mes réflexions.

Il sourit et me répondit avec la même franchise :

— Je dois ma situation actuelle à un Français, le père de M. Duphot qui, avant d'envoyer son fils à Ceylan, me chargeait directement de toutes ses affaires à la commission... Je caressais depuis longtemps l'idée d'établir à Colombo un grand magasin de fournitures pour la marine ; au bout de quelques années de relations, je me hasardai à lui faire part de mes projets ; c'est un homme très-original, qui me répondit retour du courrier ces simples mots :

« Je vous envoie, à titre de prêt pour cinq ans, au taux de l'Inde, une somme égale à celle que vous auriez pu prélever sur les achats que vous faites depuis quatre ans pour mon compte. » Sa lettre contenait une traite de quatre mille livres sterling.

Quand je lui rendis cette somme, il me répondit qu'il était encore mon obligé.

De plus, ma femme est votre compatriote ; voilà, *Dear sir*, l'explication que vous m'avez demandée.

4.

Tout à coup une petite rivière nous barra le passage.

— C'est le Kalané, me dit mon hôte, nous voilà bientôt arrivés.

L'attelage prit la droite du cours d'eau, et quelques minutes après nous déposait au pied d'un perron, garni d'ayas (bonnes d'enfants), de babys, de jeunes filles et de jeunes garçons qui battaient des mains à l'arrivée de leur père.

Mme Burton nous attendait sous la vérandah. Aux premiers mots de son mari, elle me tendit la main avec un charmant sourire, et quelques minutes après, nous étions dans la salle à manger.

Je passai là, à causer de la France et des amis que j'allais revoir, une de ces bonnes soirées qui comptent dans la vie du voyageur, et dont il aime à se rappeler, lorsque, errant dans les jungles, au milieu du calme des nuits que troublent seuls les cris lointains des fauves, seul et pensif, il aime à revoir ses souvenirs...

Il était près de minuit, lorsque je pris congé de mes hôtes, et montai dans la voiture qui devait le lendemain me conduire à Kaltna.

Le cocher était un métis portugais, descendant des premiers conquérants du pays.

Quand je lui demandai son nom, il me répondit avec emphase :

— Don Joaquin Borbosa.

Je ne pus m'empêcher de sourire, bien que je connusse de longue date l'incomparable vanité de tous les métis de cette race.

Lorsque nous eûmes dépassé les rives du Kalané, le temps était si calme, la nuit si belle, que je résolus de faire un mille ou deux à pied, et je descendis de voiture en priant le *senor* Joaquin de me suivre lentement tout en restant à portée de la voix.

De chaque côté de la route, les cases en feuillage étaient aussi gaies, aussi animées, et les boutiques de tchandos aussi garnies de buveurs qu'au départ.

Le Cyngalais, comme la plupart des peuples de l'Indoustan, est un noctambule enragé : craintif à l'excès, et l'imagination farcie de croyances aux mauvais esprits de toutes espèces, il ne se hasardera jamais la nuit dans des lieux déserts, à moins qu'il ne soit accompagné d'un Européen (car nous passons pour réfractaires à l'action des démons), mais le long des chemins habités et dans les villages, il ne se décide à prendre du repos que le plus tard possible, égayant ses veillées par le jeu, la boisson, le chant et des contes sans fin, que des rapsodes ambulants récitent chaque soir sur les places des aldées, ou dans les carrefours.

Je marchais déjà depuis plus d'une heure, ayant à repousser à chaque instant les charmantes agaceries de quelque brune Cyngalaise, qui venait m'offrir un citron plié dans un feuille de bétel, ce qui est l'invitation ordinaire aux doux plaisirs auxquels préside Cama, le dieu de l'Amour, et jugeant que je pouvais avoir fait les deux tiers du chemin, j'allais remonter en voiture, lorsque j'entendis à cinquante pas devant moi un tel tumulte, mélangé de cris et d'éclats de rire, que la curiosité me poussa vers le groupe animé d'où partaient tous ces bruits.

A mesure que je me rapprochais, il me semblait reconnaître une voix qui dominait toutes les autres, et bientôt il ne me fut plus possible d'en douter. C'était Amoudou qui, dans son état habituel, pérorait et se disputait au milieu d'une assemblée assez nombreuse, avec des pêcheurs des castes Macoua et Karawé. Je fis immédiatement quelques pas en arrière, et ordonnant à Joaquin de s'arrêter, je revins tout doucement près du groupe, comme un flâneur attiré par le bruit.

Mon Nubien, en proie à une colère comique, était en train de montrer le poing aux assistants qui se tordaient de rire, en leur disant dans un tamoul fantastique, auquel il mélangeait certains jurons français qui lui étaient familiers :

— Moi n'a pas tête de mouton, entendez-vous,

mauvaises bêtes... veni ici, sauvages! moi casser les reins à ça.

— Mais si, mais si, hurlait la foule en trépignant de joie, tu as de la laine sur la tête, donc tu as une tête de mouton.

— Toi veni tous, à Chandenaguy, continuait le noir (c'est ainsi qu'il prononçait Chandernagor), moi f...ourer tout ça au Thana (prison).

— Il a raison, dit un des plus acharnés agresseurs, ce n'est pas de la laine qu'il a sur la tête, c'est de la bourre de coco.

— Po nai! (arrière, chiens), fit en ce moment Amoudou, grinçant des dents et serrant les poings, comme pour s'élancer sur la foule.

Le Cyngalais n'est pas brave, et devant l'agression imminente, chacun se recula à une distance respectueuse.

Je jugeai qu'il était prudent d'intervenir pour éviter des désagréments, peu sérieux sans doute, car, dans l'état où il se trouvait, mon Nubien était hors d'état de faire du mal, même à un enfant, mais il allait infailliblement se faire ramasser par quelque pion de la police indigène, et je me souciais peu d'avoir à le réclamer le lendemain à la geôle.

En me voyant, la foule s'écarta respectueusement pour me livrer passage.

— Amoudou, fis-je, sur le ton habituel du commandement.

En entendant ma voix, le Nubien cessa de gesticuler comme par enchantement, il se retourna de mon côté, et ma vue acheva de lui rendre, sinon sa raison, du moins assez de sang-froid pour comprendre mes paroles et me suivre.

A ce moment, le vindicara Kandassamy, qui s'était blotti dans le fourré en me voyant arriver, se hasarda à se montrer.

— Saranaï Doré (salut, maître), me dit-il d'un ton piteux, le pauvre diable s'attendait sans doute à recevoir des reproches.

— Où est votre case et le parc des bufflones ? lui demandai-je aussitôt.

— Ici même, derrière la boutique du tchandos.

— Et quel est celui de vous deux qui a eu la belle idée de placer le campement près du marchand de callou ?

— C'est moi qui ai conseillé cela à Maté Amoudou (ou chef Amoudou), répondit sans hésiter le vindicara. Maté Amoudou aime toujours boire, quand je lui dis qu'il a assez bu, il se fâche... et si le campement est loin, je suis obligé de surveiller les bufflones, et je ne puis jamais boire. Alors j'ai dit : Mettons le campement près du tchandos, nous pourrons boire et surveiller les bufflones...

Je ne pus, on le conçoit, m'empêcher de rire de la naïveté de l'explication. Kandassamy était loin d'être dans le même état que le Nubien, je lui ordonnai d'emmener son camarade dans leur case, et de lui rappeler le lendemain matin qu'il devait se trouver à Oriental-Hôtel dès la première heure.

Je poursuivis mon chemin, sans m'occuper autrement de ce léger incident, qui se renouvelait à chaque station que je faisais dans les centres habités. Dès que le nègre a touché aux liqueurs fortes, rien ne peut le guérir de la passion dont il se prend pour elles, heureusement encore que sous mes yeux et en cours de voyage, mon Nubien était d'une sobriété exemplaire.

Je n'étais guère à plus d'un mille de Colombo, lorsque j'aperçus, sur une petite plage de sable, baignée par les flots de l'Océan, dont l'écume s'argentait sous les rayons de la lune, un grand feu, autour duquel une vingtaine de Cyngalais des deux sexes étaient accroupis, demi-nus, surveillant sans doute la cuisson de leur souper.

De loin, je supposai que ce devait être des pêcheurs qui s'étaient attardés en mer, mais en me rapprochant, je reconnus que ce groupe d'individus appartenait à la caste méprisée des Rhodias, qui sont les parias de Ceylan. Trois ou quatre jeunes filles, qui n'avaient d'autres

vêtements que leurs longs cheveux, bien qu'elles
fussent déjà dans l'âge de la puberté, chantaient, en s'accompagnant de la kenmora,
quelques stances du chant populaire, que le poëte
paria Tirouvallouver a composé en l'honneur
de l'Amour.

Sur les côtes du Malabare et de Coromandel,
au pays tamoul et à Ceylan, les versets suivants
de ce poëme sont dans toutes les bouches .

On les chante les jours de mariage, le vindicara
les fredonne en conduisant ses bœufs, le macoua,
dans ses courses aventureuses à la poursuite des
saumons noirs du cap Comorin, mêle leur
harmonie à l'harmonie des flots ; les bayadères
les redisent le soir, lorsque, prêtresses de
l'amour, elles laissent, en dansant, tomber leurs
derniers voiles, comme une suprême provoca-
tion...

« O fleur anicha, salut! salut la plus belle des fleurs,
mais celle que j'aime est encore plus belle que toi.

* *

« O mon cœur, n'hésite pas, si tu compares ses yeux
aux fleurs les plus suaves, ce sont ses yeux qui sont les
plus beaux.

* *

« Son teint a la fraîcheur du bouton près d'éclore,

ses dents sont semblables à des perles, ses yeux percent comme un javelot. Son corps répand les plus doux parfums.

**

« Quand mon amante paraît revêtue de tous ses joyaux, la fleur de lotus, jalouse de sa beauté, cache sa tête sous les eaux.

**

« C'est l'heure de l'amour, l'aya a répandu des fleurs dont elle a coupé les tiges sur le lit de ma maîtresse, à la taille flexible.

**

« Les esprits des eaux, ne pouvant distinguer entre le visage de ma bien-aimée et la face diaphane de la lune, errent pleins de trouble dans les sombres régions.

**

« Mais son visage n'est pas souillé par des taches comme celui de l'astre des nuits, comme lui il ne va pas en croissant et en décroissant tous les jours.

**

« O lune, si tu pouvais être comparée à ma bien-aimée, je t'aimerais aussi d'amour; puisses-tu éclairer longtemps son gracieux visage.

**

« O lune, voile ta face, que tu n'apparaisses plus à nos yeux, si jamais tu avais la prétention d'égaler la beauté de ma bien-aimée, qui fait pâlir celle du lotus sacré.

**

5

« Sais-tu que les feuilles de rose, et le duvet du cygne, suffiraient à blesser les pieds délicats de ma bien-aimée ? »

Nos langues du Nord rendent mal cette poésie exagérée de l'extrême Orient; l'expression étant toujours le résultat des sensations ressenties, il s'ensuit que nous manquons complétement de mots capables d'exprimer toutes les nuances du sentiment oriental.

L'origine de la caste Rhodia, à Ceylan, est à peu près la même que celle des parias sur la Grande-Terre. « Autrefois la caste Rhodia, a dit l'orientaliste Dubois de Jancigny, composée de gens dégradés pour avoir conservé les habitudes carnivores de leurs ancêtres ou pour crimes de haute trahison, n'était admise à payer ses taxes qu'à distance. Ils mangent tout ce qui tombe sous leurs mains, même les cadavres d'animaux.

« Quand un Rhodia voyait un goéwansé — haute caste — il était tenu de le saluer et de s'éloigner. Le caractère des Rhodias correspond naturellement à leur triste destinée; ils sont complétement dénués de moralité. Leurs habitude et leurs mœurs présentent une analogie frappante avec celles de nos bohémiens. La distinction ignominieuse qui séquestrait cette race du reste de la nation, et les vexations de toute espèce dont elle était l'objet depuis plus de deux mille ans, ont pris fin avec la dynastie qui maintenait cette dégradation déplorable. Il est à remarquer que les femmes de cette race maudite passent pour les plus belles de l'île. »

Aujourd'hui, bien que la loi anglaise n'ait pas donné sa sanction à l'état misérable auquel les anciennes coutumes du pays ont condamné les Rhodias, je n'ai point vu que nulle part leur situation soit moins dégradée qu'autrefois. Toutes les castes s'entendent à merveille pour les repousser de leur société, et eux-mêmes ont une telle conscience de leur infériorité qu'ils ne font aucun effort pour surmonter le préjugé qui les atteint. Sans demeure fixe, errant sans cesse d'une contrée à l'autre, ils ne tiennent aucun compte des usages, des coutumes religieuses et civiles de leur pays ; de là vient que les Indous conservent pour eux une horreur comparable à celle qu'ils éprouvent pour les animaux les plus immondes.

Ces noms génériques de Rhodias et Parias comprennent, dit Dubois, une foule de castes nomades qui grossissent le nombre des êtres dégradés et avilis qui pullulent parmi les peuples de l'Inde et de Ceylan.

Une des plus répandues parmi ces tribus porte

le nom de Kouravers. Elle est divisée en deux branches : la profession des uns est le commerce du sel qu'ils vont par bandes chercher sur la côte et qu'ils transportent dans l'intérieur du pays sur de petits ânes dont ils ont des troupeaux considérables ; ils échangent cette denrée contre des grains d'un bon débit sur la côte et reviennent à leur point de départ.

Toute leur vie s'écoule ainsi à courir d'un lieu à un autre sans jamais se fixer nulle part. D'autres fabriquent des corbeilles, des nattes d'osier et de bambou, et sont obligés de voyager sans cesse également pour écouler leurs produits.

Les Kouravers ont pour causer entre eux un langage particulier qu'eux seuls comprennent. Enfin leurs mœurs, leurs habitudes, leurs usages ont le plus grand rapport avec ceux de ces bandes errantes, connues en Angleterre sous le nom de Gypsies, et en France sous le nom de Bohémiens.

Leurs femmes disent la bonne aventure à ceux qui les consultent. Tandis que la personne qui veut savoir son horoscope, assise en face de la devineresse, lui tend la main, celle-ci, frappant sur un petit tambour, fait l'évocation de ses dieux ou de ses démons, et prononce tout haut avec précipitation une longue suite de mots baroques. Cette préparation faite, elle a l'air de suivre avec une attention scrupuleuse tous les linéaments de la main du sot crédule qui la consulte et finit par prédire le bien ou le mal qui doit lui arriver.

On a fait bien des recherches pour savoir d'où sortirent primitivement ces troupes vagabondes qui parcourent l'Europe en disant la bonne aventure. Il serait, je crois, d'un haut intérêt ethnographique d'observer de près les Kouravers et les Rhodias de l'Inde, et de comparer leurs mœurs, leurs usages, et surtout leurs langages avec ceux de nos bohémiens.

Ce sont aussi les femmes de ces tribus qui impriment ces figures de fleurs et d'animaux dont la plupart des jeunes Indous se font bigarrer les bras. Les Rhodias sont également fort adonnés au vol. Ils apprennent par principe l'art de voler adroitement et sont habitués dès leur enfance dans la pratique de toutes les ruses de cette profession. A cet effet, leurs parents les instruisent à mentir obstinément, et les exercent dès leur bas âge à souffrir toutes sortes de tourments et de tortures plutôt que d'avouer leurs méfaits. Loin de rougir de leur profession, ils s'en font gloire, et lorsqu'ils n'ont rien à craindre, ils se vantent publiquement des vols adroits qu'ils ont accomplis en différents lieux.

Du temps des rajahs, ceux qui étaient pris

sur le fait et auxquels les juges des chauderies avaient fait couper le nez et les oreilles ou le poignet droit, montraient avec ostentation leurs mutilations et leurs cicatrices comme une preuve de leur bravoure, et ce sont ceux-là que leurs camarades choisissaient le plus volontiers comme chefs de tribu.

Dans certains États de l'Inde soumis à des princes du pays, dit l'orientaliste que nous avons cité plus haut, *les voleurs étaient, jusqu'à un certain point, autorisés par le gouvernement qui tolérait leurs déprédations moyennant une redevance convenue, ou à condition qu'ils payeraient au receveur du district la moitié de la valeur de tout le butin qu'ils pourraient faire.*

Le père du dernier rajah qui régnait encore il y a quelques années dans le Maïssour, sous le protectorat des Anglais, avait à son service un bataillon régulier de ces Kouravers qu'il employait non à combattre en compagnie de ses troupes, mais à ravager le camp ennemi pendant la nuit, à enlever adroitement les chevaux, escamoter les bagages des officiers, enclouer les canons et faire le métier d'espions.

En temps de paix, on les envoyait dans les États voisins pour voler au profit de leurs maîtres et épier les démarches des chefs qui y gouvernaient.

Les petits princes du pays, que l'on désignait autrefois sous le nom de paliagares, ont toujours eu à leur service un certain nombre de ces larrons.

Dans les provinces où les gouvernants avaient de secrets intérêts à protéger ces sortes de gens, les pauvres habitants n'avaient d'autres moyens de se mettre à couvert de leurs déprédations que d'entrer en compromis avec les chefs de bande et de leur payer une taxe annuelle qui était en général d'une demi-roupie et d'une volaille par maison; moyennant cette redevance, les villages étaient assurés contre le pillage.

Il est une de ces tribus que les villageois paisibles redoutent plus que toutes les autres; c'est celle des *Soukalers*. La croyance populaire leur prête l'habitude, à l'époque de certaines de leurs fêtes, d'immoler des victimes humaines. Lorsqu'ils doivent faire cet horrible sacrifice, ils enlèvent furtivement, *dit-on*, la première personne qu'ils rencontrent et, l'ayant conduite dans quelque lieu désert, ils creusent une fosse dans laquelle ils l'enterrent jusqu'au cou; ils forment ensuite, avec de la pâte, une espèce de lampe qu'ils lui mettent sur la tête; ils la remplissent d'huile et y allument quatre mèches; après quoi les hommes et les femmes se prennent par la main et, formant un cercle, dansent autour de la victime en poussant de grands cris et en chantant jusqu'à ce qu'elle expire.

Je n'ai pu, par moi-même, vérifier l'exactitude de cette légende, toujours est-il que quand vous stationnez le soir dans les villages de la côte malabare, il est rare que vous n'entendiez pas raconter les choses les plus étranges sur le compte de cette caste maudite ; les hommes ne prononcent son nom qu'en tremblant, et les jeunes mères, pour forcer à l'obéissance un enfant indocile, n'ont qu'à le menacer des Soukalers.

Le rejet de la caste pour crimes et délits dans l'ordre religieux et civil est la cause à peu près générale qui a donné naissance à toutes ces tribus déclassées, mais il en est quelques-unes qui, pour d'autres motifs, sont, de leur plein gré, retournées à la vie sauvage.

Pour n'en citer qu'un exemple, j'ai rencontré dans les sauvages provinces de l'ouest de Ceylan et dans les montagnes de Maïssour, sur la Grande-Terre, quelques tribus isolées, connues sous le nom de Pakanattys. Leur langage est le telinga. Elles faisaient partie, dans l'origine, de la caste des Couroubas ou bergers, et s'adonnaient à l'agriculture. Il y a environ un siècle que ces Couroubas embrassèrent le genre de vie que leurs descendants mènent encore, et qui parait avoir pour eux de si grands charmes qu'il serait impossible aujourd'hui de les ramener à la vie sédentaire et réglée.

Une insulte grave, que leurs chefs de caste reçurent du soubedar qui gouvernait la province, fut dit-on la cause de leur départ : n'ayant pas obtenu une réparation proportionnée à l'offense, ils ne crurent pouvoir mieux se venger, qu'en désertant tous en masse de la province, et en abandonnant entièrement les travaux de l'agriculture.

Depuis ce temps, ils n'ont jamais eu l'idée de reprendre leur ancien genre de vie, et ils errent sans cesse d'un lieu à un autre sans se fixer nulle part.

Quelques-uns de leurs chefs, avec lesquels j'ai conversé, m'ont assuré que cette caste de nomades comptait plus de deux mille familles qui errent dans le sud de l'Indoustan, un petit nombre seulement ont franchi le détroit et se sont transportées à Ceylan.

Les chefs s'assemblent de temps en temps pour terminer les différends qui s'élèvent entre leurs subordonnés. Cette caste des Pakanattys est la plus tranquille et la moins malfaisante de toutes les tribus errantes. Quoique les individus qui la composent aillent toujours par bandes, le vol et le pillage sont inconnus parmi eux, et si quelqu'un

5.

s'en rendait coupable il serait sévèrement puni.
Ils sont tous plongés dans la plus affreuse misère; c'est à peine si les plus fortunés d'entre eux
possèdent quelques bufflones et quelques maigres vaches dont ils vendent le lait.

La plupart sont herboristes et, dans les divers
pays qu'ils parcourent, ils font des collections de
plantes, de racines et de substances médicinales
ou propres à la teinture, ou employées comme
médicaments pour les bestiaux. Ils vendent ces
simples aux marchands des villes et des villages,
aux mestris ou médecins indigènes, et ce petit
trafic les aide un peu à vivre; ils suppléent à ce
qui leur manque par la chasse, la pêche et la
mendicité.

Ils vivent entièrement isolés de la société et
n'ont de rapports avec elle que pour les besoins
les plus indispensables; ils voyagent par groupes
de dix, vingt, trente familles, et logent toujours
sous des tentes d'osier et de bambou qu'ils portent partout avec eux. Chaque famille a sa tente
longue de sept ou huit pieds sur quatre ou cinq
de large et autant de hauteur, dans laquelle les
pères, les mères, les enfants, les poules et quelquefois les cochons logent ou plutôt s'entassent pêle-
mêle, car c'est là leur seul abri contre le mauvais temps et les injures de l'air. Ils choisissent,
pour asseoir leur camp, les bois ou les lieux isolés,

afin que personne ne puisse savoir ce qui se passe parmi eux. Outre leurs nattes d'osier et leurs effets de campement, ils ont soin de se munir de petites provisions de grains et de tous les ustensiles de ménage ordinaires pour préparer et faire cuire leurs aliments. Ceux qui ont des bêtes de somme les chargent de la plus grande partie de leur bagage; mais les malheureux qui n'ont pas cette ressource sont réduits à transporter eux-mêmes tout ce qu'ils possèdent.

J'ai vu souvent, en chassant dans les lieux déserts, dans les forêts ou la jungle, un pauvre Pakanatty porter en chancelant sa tente, les vases de terre qui composent tout son ménage, et quelques provisions; sa femme, presque nue, le suivait avec la meule à piler le grain sur la tête, un enfant sur le dos, emmaillotté dans un morceau de toile grossière, et un autre au sein, tandis qu'un troisième marmot de cinq ou six ans venait par derrière, ployant sous un faix de menu bois... Ému par ce triste spectacle, je m'avançais pour leur faire l'aumône de quelques roupies, mais à ma vue ils s'enfonçaient dans la jungle avec rapidité, et le chien étique qui les suivait, à peine disparu, revenait sournoisement passer la tête au milieu des hautes herbes, comme pour observer l'intrus qui se permettait de troubler ses maîtres dans leur solitude.

Chaque fraction de cette grande tribu a ses habitudes, ses lois, ses coutumes, ses usages particuliers, chacune forme une petite république indépendante, se gouvernant par des règlements qui lui sont propres. On ne sait jamais rien dans le public de ce qui se passe parmi elles. Les chefs des tribus sont élus et destitués à la pluralité des voix. Ces chefs sont chargés, pendant tout le temps que durent leurs fonctions, de faire exécuter les règlements, de terminer les différends, de faire punir les délits et les crimes ; mais, quelque énormes que soient ces derniers, ils n'emportent jamais la peine de mort ni la mutilation. Ils exposent seulement le coupable à subir des amendes pécuniaires, de sanglantes flagellations, ou autres corrections corporelles.

Dans le début, cette classe des Pakanattys était moins méprisée que les autres tribus de vagabonds par les Indous, on se souvenait qu'ils avaient autrefois appartenu à la grande caste des cultivateurs, mais peu à peu ils adoptèrent l'usage de la viande, et se nourrirent sans discernement des espèces d'animaux les plus dégoûtantes, hommes et femmes se mirent à boire du calou, de l'arack, et finirent par tomber dans une telle dégradation qu'ils sont aujourd'hui confondus avec les Parias et les Rhodias.

La petite tribu de Rhodias, que je venais de rencontrer, s'adonnait à la divination et à la vente des drogues, destinées à préserver des mauvais esprits et à guérir, en même temps, de toutes les maladies connues et inconnues.

Arrivé en face du campement, je m'arrêtai pour écouter le chant des jeunes filles. Cette mélodie bizarre, que l'Océan accompagnait du murmure léger de ses flots assoupis, ces ombres qui se projetaient sur le rivage, prenant des teintes fantastiques, sous les lueurs intermittentes du feu que trois ou quatre vieilles femmes attisaient de leurs bras décharnés, les hurlements des chacals attirés par l'odeur qui s'échappait des *tiselles* de terre, tout, jusqu'au grondement de quelques chiens étiques, qui dormaient dans le sable et répondaient faiblement à leurs congénères de la jungle, donnait à ce spectacle quelque chose d'étrange, qui vous transportait dans le domaine du rêve et des fantastiques apparitions.

Le bruit de la voiture, qui me suivait à quelques pas, avait décelé ma présence, les chants cessèrent et les instruments se turent comme par enchantement. Après quelques paroles échangées à voix basse entre les chefs, une des jeunes filles se détacha du groupe et s'avança

près de moi; elle pouvait avoir de treize à quatorze ans, l'âge où la femme arrive, sous ces
latitudes, à la plénitude de sa beauté.

On ne sait pas à quelles merveilles de formes
atteignent parfois ces femmes, qui s'élèvent sans
nulle entrave, baignées d'air et de soleil, sous
l'ombrage des grands bois de Ceylan et de l'Indoustan.

La jeune Rhodia s'arrêta à quelques pas de
moi, entre les palmiers qui bordaient la route,
elle était nue... nue comme l'enfant qui joue
au réveil au fond de son berceau, nue comme
Hébé et Psyché, ces deux poétiques rêveries
de la vieille Grèce... et comme l'enfant et les
déesses antiques, elle portait sans honte, et le
sourire aux lèvres, sa chaste nudité. Ses grands
cheveux noirs, dans lesquels elle avait noué de
distance en distance des bouquets d'immortelles
jaunes, tombaient en boucles soyeuses sur ses
épaules, et de là, ruisselaient sans art autour de
son corps, dont ils faisaient ressortir la pureté
du contour et la netteté des formes.

Éclairée à grande lumière par cette lune de
l'Équateur qui donne des nuits plus belles que
certains jours du Nord, au milieu de cette végétation sans pareille, la fraîche et gracieuse
apparition me fit involontairement songer à ces
âges de poésie naïve, où les forêts, les jardins et

les eaux étaient peuplés de nymphes et de naïades.

— L'étranger veut-il connaître, par le feu auquel préside Agni, par les astres auxquels préside Indra, par les vents auxquels préside Vhaya, les secrets de sa destinée? murmura la jeune fille d'une voix douce.

— N'est-ce pas Kama, qui préside à l'union des fleurs, qui t'envoie près de moi? répondis-je dans son langage, et en employant la poétique exagérée de l'Orient; une aussi belle fille que toi ne peut rencontrer que des présages heureux.

Je la suivis.

Sous ces chaudes latitudes, le soleil par les yeux, les innombrables plantes odoriférantes par l'odorat, portent au cerveau des sensations toujours vives, et en harmonie avec l'admirable nature qui vous entoure, aussi le dernier des Indous naît-il poëte, il ne parle pas, il chante et entoure toujours l'idée la plus simple d'une périphrase imagée.

Jamais une femme ne dira à son amant : «Je t'aime; » ces quelques mots, qui chez nous sont le plus tendre des aveux, ne seraient ici que l'expression de la plus froide indifférence. Il faut qu'elle décrive ses sensations, qu'elle compte les battements de son cœur, qu'elle enveloppe le bien-aimé de paroles caressantes, et elle le fait

souvent avec un tel bonheur d'expression, une
telle vivacité de sentiment, que l'exagération des
mots disparaît, car elle ne dépasse pas la fougue
de la passion.

La dernière des filles Parias, qui vous accoste
à la brune, le long des sentiers déserts, rougirait
de s'exprimer dans cet ignoble langage, qui a
cours en Europe, chez les femmes de condition
honteuse... Elle s'en vient, enveloppée dans un
grand pagne blanc, longeant les bosquets de
lauriers-roses et de mimosas qui croissent le long
des routes comme des buissons incultes, elle
s'approche de vous en hésitant et vous dit à voix
basse :

« Saëb (Seigneur), as-tu donc perdu ton
chemin, que tu erres encore à cette heure par la
campagne ?... Tu n'as pas de bâton avec de petites clochettes ou des anneaux qui chantent,
pour éloigner les ponpous (serpents). Vois comme
la nuit est obscure... si tu crains les fâcheuses
rencontres, viens te reposer dans ma case de
feuillage, j'ai des pastilles de djagre au gin-
gembre et des *moutais* de toutes espèces à t'offrir,
mon eau de citron au miel se rafraîchit dans sa
gargoulette, et en aspirant l'odorante fumée du
houkah (1), tu pourras te reposer sur de fines

(1) Sorte de narguileh, fait avec une noix de coco évidée.

nattes du Travencor, et demain, au soleil levant,
tu ne craindras plus de t'égarer dans les sentiers
déserts... » Si vous vous êtes laissé emporter par
l'attrait de la chasse, loin de tout centre habité,
si la fatigue vous gagne, si par une nuit sans lune,
vous ne pouvez retrouver votre chemin... quels
que soient votre caractère, vos mœurs, acceptez
sans crainte l'hospitalité de la brave fille de la
jungle, elle vous conduira dans sa petite case
abritée sous quelque tamarinier, dont l'odeur
éloigne les serpents, elle vous répandra de l'eau
fraîche sur le corps, lavera vos pieds endoloris,
et après vous avoir servi un souper, composé de
carry, de goyaves, de mangues et d'ananas
coupés fraîchement sur leur tige, elle vous pré-
parera un lit de feuilles sèches, recouvert de
nattes odoriférantes, tressées avec du jonc et des
tiges de vétivert, vous donnera le houkah tout
allumé... et pendant que vous sentirez le sommeil envahir vos paupières, que la petite lampe
en terre rouge, suspendue à un fil de coco, com-
mencera à vaciller devant vos yeux... la pau-
vrette ira s'accroupir dans un coin et veillera
sur votre repos, prête, une badine à la main, à
frapper tout scorpion ou serpent qui d'aventure
se dirigerait vers votre couche... Et pendant tout
ce temps, pas un geste, pas un propos ne vien-
dront blesser vos yeux et vos oreilles; esclave

timide et dévouée, *elle ne sera pour vous que ce que vous voudrez qu'elle soit...*

En arrivant avec la jeune fille près du campement des Rhodias, cette dernière s'arrêta près du brasier, prit quelques morceaux de charbon ardents dans un tesson de terre, et me fit signe de la suivre... Elle s'arrêta à l'extrémité de la plage que bordait l'Océan, et après avoir cueilli quelques brins d'arbustes qui croissaient çà et là, elle s'accroupit sur le sable, en me faisant signe de l'imiter.

Dès que nous fûmes assis en face l'un de l'autre, la jeune Rhodia, rejetant en arrière son abondante chevelure, se mit à commencer une incantation monotone, dans une langue inconnue, pleine de sons bizarres.

Quand elle eut terminé cette invocation aux puissances occultes, elle reprit en tamoul :

« Esprits des cieux, esprits des airs, esprits des bois, esprits des eaux, soyez-moi favorables.

« Esprits des planètes, soyez-moi favorables.

« Esprits des bois, qui présidez aux transformations des arbustes, ne me maudissez pas pour avoir coupé ces tiges vertes.

« Adoration à Agni !

« Agni, esprit du feu, faites connaître votre présence. »

En disant cela, elle jeta sur la braise ardente

le petit faisceau de branchage qu'elle avait cueilli et se mit à regarder avidement les tiges légères qui se tordaient sous l'action du feu.

Prenant alors une poignée de sable fin de la main droite, elle la jeta dans l'air en s'écriant :

« Adoration à Vahya !

« Vahya, esprit qui présidez aux vents, indiquez votre volonté. »

Et elle suivit de l'œil la poussière légère que la brise fit tourbillonner quelques secondes dans l'air.

Puis, se renversant à demi, les regards dirigés vers le ciel, dans une posture qui faisait encore mieux valoir les irrésistibles séductions de son corps frais et jeune, elle murmura à voix basse, comme si elle eût craint de troubler les terribles esprits auxquels elle s'adressait :

« Grahas, Boutamys, Prétas, esprits des planètes, esprits infernaux, esprits des cadavres, esprits de la décomposition, soyez-moi favorables !

« Chaktys, sombres déités femelles, soyez-moi favorables !

« Marana-Devy, qui présidez à la mort, soyez-moi favorable !

« Voici l'heure où les esprits des eaux hantent les abords des étangs déserts.

« Varouna, esprit qui présidez aux eaux, soyez-moi favorable ! »

En prononçant ces dernières paroles, elle se leva et, joignant les deux mains, elle puisa un peu d'eau dans l'Océan et la répandit sur les charbons embrasés en disant :

« Oblation à tous les esprits.
« Esprits de l'univers, soyez-moi favorables ! »

Et elle suivit avec attention les légères spirales de fumée et de vapeurs que la braise rendit avant de s'éteindre.

Elle me prit alors les deux mains qu'elle pressa pendant quelques minutes dans les siennes, puis, interrogeant la paume de la droite, la charmante devineresse me prédit, suivant l'usage, toutes sortes de prospérités mélangées de déboires que je devais finir par surmonter toujours.

Rien ne saurait rendre l'étrange poésie de cette scène. A droite l'Océan, complétement calmé par la fraîcheur de la nuit, ressemblait, sous les rayons de la lune, à un vaste plateau d'argent ; à gauche, les Rhodias, étendus autour du foyer qui ne jetait plus que quelques lueurs vacillantes, se livraient au repos ; la brise, qui avait molli, n'envoyait plus que des risées intermittentes, le silence n'était troublé que par les cris lointains des chacals et les hennissements des chevaux de mon attelage qui s'impatientaient de cette station prolongée...

Lorsque la jeune Cyngalaise eut terminé ses opérations magiques, je lui glissai dans la main quelques roupies ; elle parut émue et attacha sur moi ses grands yeux pleins de provocantes interrogations. Son métier ne se bornait pas à dire la bonne aventure, et ses charmes délicats appartenaient au premier venu qui consentait à les payer... Elle recevait d'ordinaire de un à deux fanons (trente à soixante centimes) pour cette triste besogne qui devait n'avoir rien d'agréable pour elle ; je lui avais donné dix fois autant, et la pauvre enfant avait cru, en voyant cette somme, que je lui payais d'avance des plaisirs dont elle ne pouvait être que l'instrument passif et résigné. Par la plus brutale des profanations, elle ne devait jamais connaître ni les entraînements de la passion ni les joies de la maternité.

Dans toutes les tribus Rhodias, un certain nombre de jeunes filles sont destinées à la prostitution et, dès la plus tendre enfance, pour que l'abus des plaisirs ne les flétrisse pas prématurément et que des grossesses trop répétées ne viennent pas interrompre le rendement du hideux métier, le mestri (médecin) de la tribu les soumet à une série d'attentats qui ont pour but, d'un côté d'empêcher la formation des ovaires, et de

l'autre de supprimer entièrement le siége des
sensations naturelles.

Ainsi cette belle fille qui, debout devant moi,
réunissait toutes les perfections extérieures que la
nature jette à profusion sur la femme pour assurer, par l'amour, la reproduction des espèces
qu'elle se plaît à créer, n'avait plus rien de ce
qui fait *la mère*... Une main sacrilége l'avait
profanée... elle n'avait plus de rôle dans l'ensemble humanitaire, qui se transforme, se per-
fectionne et se perpétue; elle était un anneau
brisé dans la grande chaîne de la vie... Et peut-
être, dans ses heures de douleur solitaire, en
était-elle réduite à envier le sort de la tigresse
qui, dans la jungle, est au moins libre d'allaiter
ses petits...

Ces abominables pratiques n'ont d'autre cause
que la profonde misère dans laquelle sont plon-
gées ces pauvres castes de Parias et de Rhodias
qui forment à peu près le cinquième de la population totale de Ceylan et de l'Indoustan.

Lorsque vous entendez dire, lorsque vous
voyez écrire par certains anglomanes qui n'ont
jamais quitté Calcutta ou Bombay, qui ne connaissent de l'Inde que ce que les Anglais y ont
fait dans leur intérêt égoïste,... que l'Angleterre
accomplit dans cette contrée une mission civilisatrice, demandez-leur donc ce qu'elle a fait pour

les quarante millions de misérables qui n'ont pas un pouce de terrain au soleil, que les hautes castes flétrissent comme impurs, qui vivent de racines de bambous, d'herbes et de *charognes*, qui prostituent leurs femmes et leurs filles pour quelques caches (centimes) et qui meurent dans la pourriture et la lèpre, demandez-leur donc ce que l'Angleterre a fait pour les Parias?

Et cependant ces gens-là n'ont pas de préjugé de caste, *ils n'ont pas de caste,* on pourrait en faire ce que l'on voudrait, et ils accepteraient tout... Pourquoi les Anglais ne les appellent-ils pas à la vie civilisée? pourquoi les chassent-ils de leur armée indigène? pourquoi les chassent-ils de leurs hôpitaux? pourquoi leur prohibent-ils l'entrée de tous les lieux où ils admettent les Indous des castes reconnues? pourquoi les repoussent-ils de toutes les fonctions publiques qui sont le partage exclusif des autres indigènes?

C'est parce que les rajahs les traitaient ainsi et que les hautes castes les tiennent comme plus impurs et plus vils que les chacals...

Et pour attirer les hautes castes à elle, ou tout au moins pour éviter de faire de l'humanité qui ne rapporte rien, l'Angleterre a adopté le préjugé à ce point qu'un Paria, un Rhodia qui porterait des sandales serait condamné à l'amende et à la prison par ses juges.

Ces malheureux n'ont même pas le droit de se couvrir les pieds.

Quand je dis que l'Angleterre n'a rien fait pour eux, je me trompe... elle leur a expédié ses marchands de Bibles!

J'aurai occasion de raconter, en leur temps, quelques traits curieux sur le mode d'*évangéliser* adopté par les missionarys dans l'Inde; qu'on me permette, *pour le moment*, d'invoquer l'autorité de M. de Warren, ancien officier de l'armée anglaise, pour montrer que le voile religieux ne cache ici qu'une exploitation de plus.

« Le tableau que j'ai essayé de donner de Bellary comme chef-lieu politique important civil et militaire de la présidence de Madras, ne serait pas complet si j'oubliais de parler de la Société des *Missionnaires protestants pour la propagation de la foi*, qui a ici un établissement et une chapelle. Ce corps ne relève point de l'Église anglicane et professe des nuances d'opinions religieuses tout à fait distinctes. C'est un saint-simonisme religieux mitigé, une communauté prédicante et commerçante gouvernée par certains chefs élus de la communauté mère qui siége à Londres. Chaque individu qui y est admis renonce, en prenant les ordres, à sa liberté et à toute propriété individuelle. Sa personne, comme sa fortune, appartient à la communauté;

c'est la Société qui lui donne une compagne choisie dans la famille d'un de ses membres, qui le remarie s'il devient veuf, qui trouve des maris pour ses filles ou pour sa veuve s'il vient à mourir.

« Il ne peut rien posséder en propre, et il doit compte à la Société de tout ce qu'il gagne comme prêtre, comme banquier, comme industriel ; mais, en retour, elle assure son existence ; on ne le laissera jamais manquer du nécessaire, rarement même d'un élégant confortable. Enfin, pour exciter et développer ses moyens, on lui fait une existence proportionnée à son utilité. Mais, que suit-il de tout cela? ce n'est plus un prêtre. Son amour conjugal et paternel le porte naturellement à désirer d'améliorer la position matérielle qu'il doit partager avec sa famille et, pour y parvenir, à s'efforcer avant tout de bien mériter de la Société et de ses chefs en avançant leurs intérêts.

« Il est peut-être venu dans l'Inde avec l'honnête intention de prêcher l'Evangile, mais, séduit par ses affections, occupé d'études spéciales que ses chefs lui ont imposées, absorbé par ses transactions de banque ou ses spéculations commerciales, il tient des registres, dirige une correspondance, professe la chimie, fait du

6

papier, imprime, relie, bâtit des maisons et oublie son métier de missionnaire.

« C'est une fourmi ouvrière, patiente et laborieuse qui augmentera le capital, étendra l'influence et les relations commerciales de la république industrielle à laquelle elle appartient, mais qui, s'il en faut juger par le passé, ajoutera peu au domaine du christianisme sur les bords du Crishna et du Gange. »

J'ajouterai que ces gens-là ont trouvé le moyen d'exploiter jusqu'aux pauvres Parias et Rhodias qui ne possèdent rien, ne récoltent rien et n'ont d'autre liberté que celle de mourir de faim ; ils les flattent, les accablent de promesses, les envoient par bandes récolter dans les jungles des plantes médicinales : salsepareille, datura et autres, et au retour... ils les payent avec des bibles et leur bénédiction...

Quand je regagnai ma voiture, après avoir pris congé de la jeune devineresse, je trouvai Joaquin qui, couché en travers des chevaux, dormait profondément dans la poussière de la route ; je m'empressai de le réveiller en lui reprochant son imprudence.

Il me répondit simplement :

— C'est moi qui ai dressé ces deux intelligents animaux, et rien au monde ne les ferait avancer d'un pas lorsque je suis couché devant eux.

Il rendit la main, et nous partîmes comme un tourbillon dans la direction de Colombo.

Dix minutes s'étaient à peine écoulées que je me trouvais devant le perron d'Oriental-Hotel.

Il était près de trois heures du matin, la fraîcheur s'était bien établie, je me hâtai de gagner mes appartements; j'avais un tel besoin de repos que je n'aperçus que comme une ombre vague le métis qui me servait, border le moustiquaire de mon lit, et remplacer par un globe bleuâtre qui ne laissait filtrer qu'une lumière adoucie l'enveloppe de cristal de la lampe de nuit...

En ouvrant les yeux, le lendemain, la première personne que j'aperçus fut Amoudou qui, accroupi sur la natte qui garnissait la chambre, attendait patiemment mon réveil.

Sans faire la moindre allusion à son équipée de la veille, je lui annonçai le changement survenu dans mes projets et notre départ pour Kaltna.

— Il est inutile, ajoutai-je, de faire commencer les menues réparations de la charrette, nous aurons tout le temps là-bas d'y songer. Sois donc à la porte de l'hôtel avec le vindicara et les buflones au coucher du soleil pour charger les différents approvisionnements dont j'ai fait emplette hier; nous nous mettrons en route de façon à arriver chez nos amis demain matin à la première heure.

A cette nouvelle, mon Nubien laissa éclater une de ces joies immodérées, qui se traduisaient par des éclats de rire sans fin, et des danses grotesques que ma présence ne parvenait pas toujours à modérer.

Le gaillard n'avait jamais oublié le temps que nous avions passé, lors de notre premier voyage à Ceylan, sur la charmante habitation de Kaltna (1), et la jeune Malabaresse avec laquelle il s'était uni à la mode du pays, avait toujours primé dans son cœur, toutes les conquêtes qu'il avait faites depuis.

Quand il se fut un peu calmé, il me fit une demande à laquelle je m'attendais ; le fameux ballot de foulards, acheté dans Radha-Bazar, à Calcutta, chez Dourga-Chorone, s'était épuisé depuis longtemps, à fournir de petites écharpes de ceinture aux brunes Cyngalaises que nous avions rencontrées sur notre route de Jaffnapatnam à Colombo, et il désirait le remplacer.

Mon pauvre Nubien était si laid avec sa grosse tête crépue, ses gros yeux à fleur de tête, son nez épaté, sa bouche lippue fendue jusqu'aux deux oreilles et son teint du plus beau noir, que le foulard du Bengale était son unique moyen de séduction. C'eût été trop cruel de le priver de

(1) *Voyage au pays des Bayadères.*

ses principaux avantages, aussi lui accordai-je immédiatement la somme dont il avait besoin pour refaire sa petite pacotille.

Après quelques courses en ville pour me munir de certains objets que j'avais oublié d'acheter, je fis une visite à M. Burton qui me remit plusieurs commissions pour nos amis, et je rentrai à l'hôtel pour terminer mes préparatifs. A cinq heures, je dînai dans mon appartement, car la tenue de voyage que j'avais endossée de nouveau ne me permettait pas de me rendre à la table d'hôte; et, un peu avant le déclin du jour, je prenais, avec tout mon monde, la route des montagnes.

Kaltna était située dans le prolongement d'une des grandes vallées des monts Kotmalès. Quarante-cinq milles, environ quinze lieues, nous en séparaient; en réglant le pas des chevaux sur l'allure de ma charrette que je ne voulais pas laisser en arrière à cause de mes armes et de mes munitions, et avec une station de deux heures dans la nuit pour faire manger et boire les animaux, nous devions arriver au petit jour à destination.

Je fis prendre la tête à Kandassamy et à Amoudou, afin que Joaquin n'eût pas à retenir constamment ses chevaux.

Une heure après notre départ, le terrain com-

6.

mença à s'élever insensiblement, et nous quit-
tâmes le chemin de Colombo au fort de Dam-
boul, pour nous engager sur la droite dans un
sentier juste assez large pour donner passage à
nos voitures, et que les planteurs de café des
Hauts entretiennent tant bien que mal pour leurs
relations avec la capitale de l'île.

La nuit était si épaisse qu'on n'y voyait plus
à deux pas devant soi; autant que je pouvais en
juger, notre petite route serpentait aux flancs
d'une suite de coteaux boisés; par instant, les
lianes et les branches qui formaient berceau au-
dessus de nous, descendaient si bas qu'elles
nous frôlaient le visage, et de grands oiseaux de
nuit, que nous troublions dans leur retraite, battaient le feuillage de leurs ailes en poussant des
cris plaintifs.

Le silence! ce silence des grands bois suspendus aux flancs des montagnes, n'était troublé
que par le bruit d'un torrent qui roulait au loin
dans la vallée... les pas de nos animaux... et les
refrains que de temps à autre le vindicara Kandassamy répétait d'un ton nasillard pour éloigner
les mauvais esprits. C'était l'époque des récoltes
du sorgho et de la maturité des cannes à sucre,
et les oiseaux chanteurs qui égayent les nuits de
l'Inde par d'interminables concerts délaissaient
en ce moment les coteaux pour la plaine.

Nous marchions depuis plusieurs heures déjà au milieu de cette obscurité, lorsque tout à coup un hurlement lointain, répété par l'écho des vallées, parvint jusqu'à nous.

— Un jaguar! s'écria Joaquin, et subitement il arrêta ses chevaux.

— Il n'y a pas de danger immédiat, répondit Amoudou qui, les narines au vent et l'oreille tendue, avait retrouvé, en quittant Colombo et les boutiques des tchandos, toutes ces merveilleuses qualités qui faisaient de lui, en voyage, le plus précieux de tous les serviteurs,... le jaguar est au moins à deux milles de nous sur la droite, écoutez... les cris montent des vallées inférieures; il suit les cours d'eau, à la recherche des cerfs, des pécaris et des chèvres sauvages qui viennent s'y abreuver.

— C'est vrai, répondit le métis portugais, nous n'avons rien à redouter de celui-là, mais avant deux heures, en traversant la chaîne de Samanala pour redescendre sur le versant qui regarde Ratnapour où se trouve situé Kaltna, nous assisterons à un étrange concert, et beaucoup plus rapproché de nous, je vous assure.

— Cette contrée est donc infestée de jaguars? interrompis-je.

— Et de panthères, continua le métis, aussi

est-il d'usage de ne traverser cette partie de la montagne que de jour.

— Pourquoi ne m'as-tu pas averti au départ?

— Je ne suis qu'un pauvre Half-caste (1), Saëb, et vous ne m'avez pas fait part de vos projets; vous avez dit : partons pour Kaltna, et j'ai tenu les chevaux prêts.

— Penses-tu que nous puissions être attaqués par les fauves?

— Les jaguars n'attaquent que les piétons, Saëb, mais les panthères noires, très-abondantes sur ce versant, peuvent sauter inopinément sur les bufflones, la terreur alors s'emparerait des chevaux et, comme le chemin que nous suivons se termine à pic du côté de la vallée, nous pourrions être précipités dans le ravin.

— Que faut-il faire? crois-tu qu'il soit prudent de continuer notre route?

— Quand j'ai vu que le Saëb voulait partir de nuit, j'ai cru qu'il connaissait la contrée et que son intention était de s'arrêter au bengalow de Tanie-Kalloo et d'y attendre le lever du soleil.

— Je suis déjà allé à Kaltna par Kaltura, mais je ne connais pas la route que nous parcourons. S'il y a un bengalow près d'ici, le plus

(1) Sang-mêlé.

sûr est, en effet, d'y passer la nuit. A quelle distance en sommes-nous en ce moment ?

— Nous y serons rendus avant une demi-heure.

— Est-ce une station du gouvernement ?

— Non, c'est un refuge en briques, que les anciens rajahs avaient fait construire pour que les voyageurs surpris par la nuit pussent s'y mettre à l'abri des bêtes féroces.

— Il doit tomber en ruines alors ?

— Non, car les planteurs de café qui envoient leurs coolies sur ces sommets ont intérêt à le conserver ; lorsque quelques-uns d'entre eux s'attardent, ils ne rentrent pas à la plantation et couchent dans le refuge. Malgré cela, il ne se passe pas de semaine sans que les jaguars et les panthères en dévorent un ou deux.

— C'est bien, dirige-nous vers le bengalow.

— Nous n'avons qu'à continuer notre marche ; il est situé sur le bord même de la route et adossé à la montagne.

Kandassamy reçut l'ordre de presser ses buffones, et nous continuâmes à gravir la pente de plus en plus raide qui serpentait devant nous. La lune n'allait pas tarder à se lever et j'appelai de tous mes vœux le secours de sa bienfaisante lumière. J'avais déjà passé trop de nuits dans la jungle avec ma charrette et mes deux domesti-

ques pour que dans une autre situation le voisinage des jaguars, moins dangereux en réalité
qu'on ne pourrait le supposer, pût m'inquiéter
beaucoup. J'avais, en effet, acquis cette convic-
tion basée sur une expérience assez longue, que
les fauves qui, de nuit, attaquent infailliblement
le piéton, ainsi que venait de le constater le métis,
sont effrayés par la vue des charrettes, et qu'ils
fuient devant cette machine roulante comme devant un ennemi inconnu, mais je n'avais jamais
campé en pleine montagne, sur des chemins déserts dominant de sept à huit cents mètres les
vallées inférieures, au fond desquelles nos ani
maux affolés par la présence d'un tigre ou d'une
panthère, pouvaient nous précipiter en un instant. J'étais, on doit le penser, sous le coup des
plus sérieuses préoccupations.

La culture du café, qui a pris une très-grande
extension à Ceylan, tout en envahissant peu à peu
les plateaux des montagnes, n'a pas eu pour résultat de diminuer le nombre des dangereux animaux qui les infestent, car les vallées nombreuses,
impropres à la plantation et qu'il serait impossible à l'homme de défricher tellement leurs flancs
sont escarpés, leur offrent des asiles impénétrables.

Aux premiers cris du jaguar que nous avions
entendus, succédèrent bientôt une foule d'autres plus rapprochés, et bien qu'ils se fissent

toujours entendre à une assez grande distance
de nous, les chevaux et les bufflones commençaient à humer bruyamment l'air, qui devait apporter à leurs sens plus subtils des émanations
qui nous échappaient.

Tout à coup une légère bande de lumière vint
caresser la cime des grands bois, et, peu à peu,
la lune se dégageant du feuillage, illumina les
vallées et les monts. En face de nous, à une distance de deux cents pas environ, se dressait la
tour carrée et massive du bengalow de Tanie-
Kalloo— l'eau du Kalloo— ainsi nommée parce
que la rivière du Kalloo prenait sa source aux
pieds de ce refuge.

Quelques minutes après, voitures et animaux
étaient remisés dans une sorte de cour envahie
par les lianes et les plantes grimpantes, et
pour que ni chevaux ni bufflones ne pussent
s'échapper dans un moment de panique, nous
barrâmes avec la charrette l'ouverture entièrement dépourvue de portes.

Joaquin et Kandassamy reçurent l'ordre de
donner aux bêtes leur nourriture habituelle et de
s'installer auprès d'elles pour les calmer.

Il était temps d'arriver, les hurlements des
fauves se succédaient avec une telle intensité que
les vindicaras ne pouvaient presque plus domi-
ner leurs attelages.

Armé de ma carabine à balle explosible, je gravis, suivi d'Amoudou, l'escalier intérieur de la tour; parvenu au sommet qui couronnait en terrasse trois étages successifs, je m'avançai près du parapet et jetai avidement les regards sur le paysage qui m'entourait.

Rarement il m'a été donné de contempler un spectacle plus imposant et plus grandiose. Aussi loin que la vue pouvait s'étendre, on n'apercevait que des pics de montagnes revêtus de forêts éternelles, au milieu desquelles l'éclatante lumière de la lune, qui est plutôt un soleil de nuit dans ces contrées, jetait des traînées de clartés et d'ombres véritablement fantastiques. Alors que les sommets et les arêtes des vallées étaient largement illuminés, les bas-fonds étaient encore plongés dans la plus profonde obscurité; çà et là quelques roches nues s'élevaient comme de blanches pyramides au-dessus des forêts. On eût dit de gigantesques monuments funéraires qui dominaient une nécropole de Titans.

Du fond des vallées qui s'étendaient comme un flot noir aux flancs escarpés des montagnes, mille cris de jaguars, de panthères, d'éléphants sauvages et de chacals, ce compagnon habituel des grands carnassiers qui lui abandonnent leurs reliefs, montaient sans relâche jusqu'à nous, adoucis par l'éloignement et l'épais rideau de lianes d'arbustes et de multipliants qu'ils étaient obligés de percer.

Ces harmonies sauvages me rappelaient les premières nuits que j'avais passées sous bois ou dans la jungle, lorsque je commençai mes voyages dans l'Indoustan; au moindre bruit, je sautais sur mes armes; le glapissement d'une hyène, le beuglement lointain d'un buffle suffisaient pour que je fisse arrêter ma charrette, je faisais le guet des heures entières, m'attendant, à chaque instant, à être attaqué, l'obscurité me donnait parfois des rêves voisins de l'hallucination et, aux premières lueurs du jour, j'étais tout étonné de me retrouver vivant.

Depuis, sans rien abandonner de cette prudence vigilante qui doit toujours diriger la conduite des voyageurs dans ces contrées, je n'éprouvais plus ces sensations étranges qui paralysent la pensée et surtout les bras à l'heure du danger, je savais par vingt exemples que les fauves redoutaient plus encore notre présence que nous la leur, et qu'à de très-rares exceptions, ils n'attaquaient jamais les premiers.

Un tigre se jettera sur un éléphant, sur une bufflonne, sur un cheval, sur un piéton isolé, mais il n'est pas d'exemples qu'il ait jamais osé, ainsi que je l'ai dit plus haut, attaquer une charrette et les animaux qui la conduisent.

7

Surprise dans son réduit, la panthère affolée s'élancera tout d'abord sur votre attelage, mais, effrayée par le bruit, d'un second bond elle disparaîtra dans la broussaille. Et encore l'aventure est-elle des plus rares, car cet animal, craintif à l'excès, au premier bruit déménage du fourré où il repose bien avant que vous soyez arrivé près de lui.

Depuis quelques instants déjà, je contemplais les changements imprévus que la lune, en s'élevant lentement dans le ciel, apportait dans l'éclairage des différents plans des montagnes, j'allais m'envelopper dans une couverture pour me reposer jusqu'au jour, lorsque Amoudou, qui était retourné vers ses deux camarades pour manger un peu de riz grillé dont ils avaient fait une provision en cas de besoin, revint près de moi.

— N'entendez-vous rien, Saëb, sur la gauche du bengalow? me dit-il à voix basse.

Je prêtai l'oreille, mais il me fut impossible de percevoir aucun bruit dans la direction qu'il m'indiquait. Les rugissements, qui éclataient à intervalles inégaux, partaient tous des ravins inférieurs.

J'en fis la remarque au Nubien.

— Il y a des totahs-veddahs (1) là-haut, me

(1) Chasseurs de tigres.

répondit-il, car j'entends distinctement des cris semblables à ceux que poussent les jeunes chevreaux quand ils sont séparés de leurs mères.

— Il n'y a rien d'étonnant à cela, tu sais bien que toutes les montagnes de Ceylan sont garnies de chèvres sauvages.

— Saëb a raison, et si les cris allaient soit en s'éloignant, soit en se rapprochant, j'en conclurais simplement que c'est un de ces jeunes animaux égarés qui cherche à rejoindre le troupeau dont il fait partie, mais depuis plus d'une heure que Kandassamy et moi écoutons, nous avons remarqué que les plaintes partaient toujours du même point.

— Eh bien?

— Si les cris partent du même point, c'est que l'animal est attaché, Saëb.

— Pris au piége, tu veux dire?

— Non, attaché par les totahs-veddahs qui s'en servent comme d'appât pour attirer le jaguar.

— Quoi? tu penses que quelques-uns de ces sauvages de l'ouest sont en ce moment dans ces montagnes?

— Je n'aurais pas pensé à ces gens-là, si le vindicara Joaquin ne nous avait pas dit en bas qu'il y en avait beaucoup ici, depuis que le Tchoto-Saëb (grand chef, gouverneur de Co-

lombo) avait promis trois roupies par peau de
jaguar.

— Chassent-ils avec des piéges ou au fusil ?

— Joaquin n'a pas dit, Saëb.

— A quelle distance estimes-tu qu'ils soient
du bengalow ?

— A un demi-mille environ, plus loin on ne
pourrait pas entendre les cris du chevreau. Si le
Saëb veut permettre, Amoudou prendra la carabine et ira voir les totahs-veddahs.

En prononçant ces dernières paroles d'un ton
suppliant, comme un enfant qui veut obtenir
une grâce, la voix de mon nègre tremblait d'émotion, ses instincts de chasseur de fauves se ré-
veillaient avec violence; dans ces moments-là, il
devait revoir, comme dans un rêve fugitif, les
sauvages déserts de la Nubie où dans sa jeunesse il accompagnait son père, qui conduisait
des caravanes, du pays des Barabras à Aden et à
La Mecque. Sa figure se transfigurait, cette
épaisse et primitive nature, à laquelle il fallait
toujours les émotions de l'alcool ou les courses
aventureuses, devenait presque intelligente aux
heures de danger; mais c'était une intelligence
féroce qui animait ses traits, et, dans ces moments d'exaltation, Amoudou, si je lui en avais
donné l'ordre, eût aussi bien tué un homme
qu'une bête fauve.

En temps ordinaire, quand il voyait pleurer un enfant, il avait des larmes plein les yeux.

Quel singulier problème que l'existence de ces Africains crépus, au corps athlétique, au cerveau étroit, sauvages, sanguinaires dès qu'ils sont réunis en bande, et s'attachant comme des chiens à un maître dès qu'ils sont isolés !

Est-ce une race qui finit ?

Est-ce une race qui commence ?

Est-ce un des anneaux primitifs des transformations humaines, dont la science n'a pu encore découvrir les secrets ?...

Séduit par l'imprévu de l'aventure, je résolus d'accompagner Amoudou dans son excursion. Je savais qu'en s'occupant surtout de la protection de ma personne, Amoudou ne se laisserait point entraîner à une poursuite sous bois ; les jaguars, dont nous entendions par instants les rugissements, étaient à plus de deux milles de là dans les vallées du Kalloo, plus giboyeuses que les sommets ; à tout prendre, le projet n'offrait pas grand danger, et si quelque panthère isolée, attirée par les cris du chevreau, venait à se rencontrer sur notre route, il y avait gros à parier qu'elle regagnerait le ravin et n'attendrait pas les quatre coups de carabine et les douze coups de revolvers que nous avions à son service.

Je possédais une magnifique carabine de De-

visme, calibre quatorze millimètres, que j'avais
commandée exprès, le fusil de chasse, système
à bascule, que je prêtais à Amoudou quand il
était de sang-froid et dans les occasions importantes, était du même numéro, de telle sorte
qu'un type unique de balles explosibles suffisait
pour les deux armes.

Avec de tels moyens de défense, une promenade de sept à huit cents mètres au plus n'était
certainement pas un acte trop imprudent. J'ajouterai que par les nuits les plus noires, Amoudou
n'avait jamais manqué sa bête.

Que de fois le soir, dans nos campements
près des villages, me voyant encore endormi et
à l'abri de tout danger, près d'un lieu habité, ne
s'est-il pas glissé dans la jungle pour se livrer à
ses goûts pour les chasses de nuit; quand je me
réveillais le matin, j'apercevais, séchant sur une
corde de coco attachée à deux tamariniers, une
magnifique peau de tigre toute sanglante encore,
tandis qu'Amoudou, honteux d'avoir transgressé
mes ordres, se grattait l'oreille dans un coin,
prêt à recevoir les reproches que je ne manquais
jamais de lui adresser.

Après avoir changé les balles de nos revolvers et garni les cartouchières, nous nous glis-
sâmes silencieusement entre les roues de la charrette qui barrait l'entrée du bengalow, et nous

commençâmes à gravir avec précaution le sentier qui conduisait aux plateaux supérieurs.

Joaquin et Kandassamy dormaient.

Après avoir franchi une distance d'environ deux cents mètres, je commençai à percevoir distinctement les cris plaintifs du pauvre animal dont les oreilles plus exercées d'Amoudou avaient été frappées depuis longtemps.

Mon Nubien me distançait de quinze pas environ pour éclairer la marche, le corps à demi-courbé, le doigt sur la détente de son arme, il glissait comme une ombre le long des buissons de mimosas et de cactus qui bordaient la route. Les gémissements du chevreau, de minute en minute, s'accentuaient davantage, et je jugeai que nous ne devions pas être très-éloignés du lieu où la pauvre bête était attachée, lorsque Amoudou s'arrêta subitement et, se retournant de mon côté, me fit signe avec la main d'approcher.

Un peu en avant de nous, un makara, sorte de hibou de grosse taille, faisait entendre son *hulu-lement* lugubre.

— Qu'y a-t-il? fis-je à voix basse en rejoignant mon nègre, as-tu pressenti quelque danger nouveau ?

— Entendez-vous le chant du makara?

— Eh bien!

— Je ne puis m'expliquer la présence de cet

oiseau sur ces hauts sommets. Avez-vous jamais entendu ses cris quand nous parcourions les montagnes de la côte malabare?

— Je n'en ai pas souvenance.

— Cet animal ne vit que de rats d'eau, son vol est très-pesant, et c'est à peine s'il peut s'élever à plus de cinq ou six kalpas (coudées) de terre, il ne quitte jamais les abords des marécages et des petits ruisseaux où il trouve abondamment sa pâture, et je le crois incapable d'accomplir le tour de force de s'élever jusqu'ici.

— Que présumes-tu de cela?

— Je pense, Saëb, que les totahs-veddahs qui sont en embuscade doivent nous avoir entendus, et que, ne sachant pas s'ils ont affaire à quelques-uns des leurs, ils lancent ce signal pour s'en assurer.

— Ainsi tu penses que ce sont les totahs-veddahs qui imitent le cri du hibou?

— Ça même, Saëb.

— Avançons avec précaution, nous allons savoir bientôt à quoi nous en tenir.

— Je pense qu'il ne serait pas prudent d'aller plus loin.

— Pourquoi cela?

— Parce que, dans le cas où ce serait un signal, les totahs-veddahs, ne recevant pas de réponse, pourraient nous envoyer une balle, s'ils ont des fusils.

— Je ne suis pas de ton avis, ces pauvres sauvages sont doux et inoffensifs, et ils sont incapables de tirer sur des hommes.

— Qui nous dit qu'à travers les broussailles ils pourront nous distinguer à temps, et qu'ils ne prendront pas le bruit que nous faisons en écartant les branches pour celui de quelques bêtes fauves?

— Que faire alors?

— Je vais répondre à leur appel.

Amoudou, se plaçant alors deux doigts dans la bouche, imita à son tour avec une rare perfection le cri du makara.

Ce cri lui fut renvoyé immédiatement du même point où nous l'avions déjà entendu.

— Vous voyez bien, Saëb, dit le Nubien triomphant, que ce sont les totahs-veddahs. Je vais changer le signal.

En disant cela, il lança dans l'espace un glapissement plaintif, comme celui du chacal.

La dernière note venait à peine d'expirer dans son gosier que la réponse lui arrivait de la même manière.

— Nous pouvons avancer maintenant, fit Amoudou.

Cent pas plus loin, à un détour du sentier,

nous nous trouvâmes en face d'un petit plateau sur lequel le pauvre bouquetin était attaché et geignait à fendre l'âme ; à quelques pas de lui, un ruisseau descendait le versant en murmurant. Sur le plateau, le cours du petit torrent devenait plus tranquille, et ses deux rives, couvertes de plantes aquatiques, étaient, en divers endroits, piétinées fortement, ainsi qu'aux gués où passent les bestiaux.

Nous étions en face d'un abreuvoir des fauves. Les indigènes qui avaient répondu aux cris d'Amoudou ne se montraient nulle part.

En ce moment, un rugissement terrible se fit entendre au sommet de la côte, et avant que j'aie eu le temps de la réflexion, Amoudou, me saisissant par le bras, m'entraînait à l'extrémité du plateau, dans un épais fourré de bambous et de caféiers sauvages.

— Vite, Saëb, vite ! le tigre vient boire au ruisseau, me dit-il.

Avec une admirable présence d'esprit, il avait choisi le côté qui ne nous mettait pas sous le vent de la bête.

Instinctivement, nous nous plaçâmes de chaque côté d'une touffe énorme de ces arbrisseaux qui bordaient le plateau, et la main sur nos armes, dans la position du tir, nous attendîmes.

Les hurlements continuaient de plus belle, mais sans se rapprocher trop rapidement de nous; l'animal ne semblait point pressé de gagner l'abreuvoir.

— Prenez bien garde à vous, Saëb, me dit à voix basse mon Nubien qui étudiait depuis un moment les inflexions des cris que nous entendions,... c'est une tigresse qui parle à ses petits; ils doivent être bien jeunes, deux mois à peine, car je les entends qui miaulent comme de jeunes chats. Si la mère devinait notre présence, nous aurions à peine le temps de lui envoyer un coup de carabine qu'elle serait sur nous.

Je dégageai mon revolver de sa gaîne, et le mis à portée de la main dans la ceinture de ma cartouchière.

Amoudou ne s'était pas trompé dans ses prévisions, car au bout de quelques instants je distinguai moi-même les cris des petits, qui se mêlaient aux hurlements de la mère.

La tanière de la terrible famille ne devait pas être très-éloignée de là; toutes les femelles de jaguars et de panthères sont dans l'usage de mettre bas dans le voisinage des cours d'eau, car, s'il leur est facile d'apporter de la nourriture à leurs petits quand ils commencent à manger, il n'en est pas de même du boire, et il faut que les jeunes animaux puissent satisfaire ce besoin le plus près possible de leur gîte, afin de se mettre facilement à l'abri en cas d'alerte.

Ce n'était pas la première fois que j'allais me trouver en face d'un tigre; malgré cela, je n'essayerai pas de dissimuler l'émotion poignante qui s'était emparée de moi, et, pour dire même toute la vérité, je regrettai sincèrement d'avoir quitté le bengalow. Bien heureux sont ces voyageurs qui vous expédient, entre deux repas et le cigare aux lèvres, des quantités vraiment formidables de jaguars, de panthères, de caïmans, voire même d'éléphants sauvages, et cela sans plus d'émoi que s'ils se trouvaient dans une garenne. Je n'ai pas cette corde-là... la présence des fauves m'a toujours donné le frisson, et je n'ai jamais aimé à affronter le danger sans nécessité. Il se peut aussi que la facilité avec laquelle j'avoue mon émotion vienne de ce que je l'ai réellement ressentie, et en face de véritables tigres, tandis que ces hécatombes d'animaux féroces dont je viens de parler *ne sont, la plupart du temps, que des effets de paysages équatoriaux.*

Le pauvre chevreau tremblait de tous ses membres et ne geignait plus.

Lorsque la tigresse déboucha du sentier sur le plateau, d'un bond elle se jeta sur lui et l'étrangla.

Je sentis mes tempes se gonfler et le sang m'af-

fluer au cerveau avec une telle force que je fus
pendant quelques secondes sans distinguer ce
qui se passait devant moi; en ce moment, si
l'animal eût chargé, j'eusse certainement été incapable de tirer un coup de fusil avec quelque
sûreté.

Mais cela dura peu, l'imminence du danger
amena rapidement une réaction favorable, et
toute hésitation ayant disparu, j'épaulai mon
arme, prêt à tout événement.

Connaissant la sûreté de coup d'œil d'Amoudou, je résolus de ne point tirer le premier; je
ne pouvais lui communiquer cette décision, car
le moindre bruit nous eût trahis, mais je savais
que mon brave Nubien ne résisterait pas à la
tentation de commencer le feu dès que la bête se
présenterait dans une bonne position.

Je détournai légèrement la tête pour voir ce
qu'il faisait : la jambe tendue, le corps légèrement incliné, le fusil à l'épaule, il était aussi immobile que les troncs d'arbre qui nous entouraient; à le voir ainsi au milieu du feuillage
sombre, on eût dit une de ces statues de granit
noir que l'on rencontre parfois dans les immenses solitudes de l'Indoustan, à demi cachées par
les lianes et les parasites grimpants, derniers
vestiges des civilisations disparues.

Quand je reportai mes regards sur le plateau,

la tigresse s'abreuvait à longs traits dans le cours
d'eau, et quatre petits, à peine gros comme des
chats, jouaient autour d'elle sur le cadavre du
bouquetin, avec une désinvolture et une grâce
qui me firent presque oublier pour un instant la
terrible situation dans laquelle nous nous trou-
vions. Quand elle eut fini de boire, elle se retourna lentement, avec cette molle élasticité qui
caractérise les félins et, allongeant doucement une
de ses pattes, la tigresse se mit à pousser ses petits du côté du ruisseau comme pour les engager
à boire ; sa voix usait de grondements pleins de
tendresse, mais les jeunes animaux, sans se sou-
cier de ce qu'elle voulait d'eux, continuaient à
sauter et à folâtrer dans l'herbe, léchant le sang
de l'animal que leur mère venait d'immoler.

Ce spectacle était grandiose et plein d'une
âpre poésie.

Le mouvement qu'elle fit pour attirer près
d'elle sa progéniture lui fut fatal, elle se présenta
à nous tout à coup par le travers,... un éclair
brilla dans la nuit, immédiatement suivi d'une
détonation qui roula comme un coup de ton-
nerre dans les ravins... Amoudou venait de
tirer, et la pauvre tigresse s'était affaissée sur
elle-même sans faire un mouvement, sans pousser un cri... Effrayés par le bruit, les quatre petits s'étaient réfugiés près d'elle, et la fumée ne

s'était pas encore dissipée, qu'Amoudou se précipitait hors du fourré en dénouant le chomin ou pièce de toile qui lui entourait les hanches ; je le suivis immédiatement le revolver à la main et ma carabine sur le bras gauche, et j'arrivai juste au moment où, s'emparant des petits, il les mettait dans sa pièce de toile qu'il nouait par les quatre coins.

Au même instant, quatre Cyngalais entièrement nus apparurent du côté opposé ; en m'apercevant, ils se couchèrent à plat ventre dans l'herbe en me faisant le schaktanga ou prosternation des six membres (les deux pieds, les deux genoux et les deux mains).

C'étaient les totahs-veddahs qui venaient de quitter leur embuscade.

Après m'avoir ainsi salué, ils se relevèrent.

L'un d'eux, se détachant du groupe, s'avança de quelques pas et me dit en tamoul de la côte :

— Depuis quatre nuits les Totahs couchent dans la montagne pour surprendre le tigre, et voilà que le mouloucou (homme noir qui a de la laine sur la tête, *textuellement mouton*) a tué la bête et a pris les petits, les Totahs n'auront pas de riz pour leur famille.

— Combien le Tchoto-Saëb de Colombo te donne-t-il par tigre ? lui répondis-je.

— Trois roupies pour les mâles, quatre pour les femelles, et une roupie par petit.

— Ce qui fait que cette nuit vous auriez, tes compagnons et toi, gagné huit roupies (vingt francs.)

— Oui, Saëb.

— Comment auriez-vous fait pour tuer la bête?

A cette question, l'indigène rentra sous bois et revint, avec un de ces antiques fusils à pierre que, lors des transformations des armes européennes, les capitaines de la marine marchande ont exportés dans le monde entier.

Je ne pus m'empêcher de rire en voyant ce respectable débris; la crosse brisée était rajustée grossièrement avec des chevilles de bois dur, et quelques tours de corde très-serrés maintenaient les platines qui avaient perdu leurs vis.

— Si tu n'as que cela pour tuer les fauves, dis-je à mon interlocuteur, tu finiras certainement par te faire dévorer.

— Le tigre ne tuera pas le Totah avant que son heure soit venue.

— Annonce à tes camarades que nous n'avons fait que chasser pour eux. Tu peux prendre la bête et ses petits, excepté un que je désire garder et que je te paye deux roupies.

Cette décision à laquelle ils ne paraissaient

pas s'attendre;combla de joie les pauvres gens,
et ils firent éclater leur allégresse en venant tour
à tour se prosterner à mes pieds avec toutes sortes de protestations de dévouement et de reconnaissance.

Ils gagnaient ainsi deux mois de riz au moins
pour eux et leurs familles.

Ces pauvres indigènes, derniers représentants
de la race primitive de Ceylan, sont repoussés
par toutes les autres castes, les impurs Rhodias
eux-mêmes se croiraient déshonorés par leur
seul contact. Réduits à vivre dans les vastes
forêts des provinces de l'Est, ils n'ont d'autres
moyens d'existence que la récolte des fruits et
dés racines sauvages et la chasse des bêtes
fauves.

Ils ne touchent pas de primes pour la des-
truction des animaux féroces aussi souvent que
le grand nombre de ces derniers pourrait le
faire croire; car, mal armés et d'une complexion
débile, il leur arrive huit fois sur dix de blesser
seulement leur terrible ennemi et d'être obligés
de se réfugier dans les arbres pour éviter ses at-
teintes.

Dans la dernière partie de ce voyage, en passant par les districts sauvages de Ouellassé,
Vedah et Matalé, j'aurai occasion d'étudier chez
elle cette singulière race d'hommes qui ne pré-

sente aucun des caractères ethnographiques qui distinguent les populations de Ceylan et de l'Indoustan...

J'avais choisi le petit tigre que je voulais conserver comme un souvenir de cette excursion; ce devait être une des premières sorties des pauvres petits animaux, car leurs dents ne faisaient que percer, et leurs griffes étaient encore inoffensives.

Les totahs-veddahs étaient en train d'écorcher la mère que la balle explosible d'Amoudou avait frappée droit au cœur, et rien ne nous retenant plus sur le plateau, je jugeai qu'il était temps de regagner le bengalow.

La lune s'inclinait au loin du côté de l'Océan et n'allait pas tarder à nous quitter, les ravins de la montagne se couvraient de nouveau d'ombre et de mystère, un silence profond avait peu à peu succédé au sinistre concert des jaguars et des panthères qui, sans doute, avaient regagné leur gîte, une rosée abondante perlait sur les feuilles et me faisait frissonner sous mes légers vêtements; tout indiquait que le jour n'allait pas tarder à paraître, succédant à la nuit presque sans crépuscule.

Le fusil sur l'épaule, car nous n'avions plus à cette heure aucun danger à redouter, je repris avec Amoudou le chemin du refuge de Tanie-Kalloo.

A propos de cette chasse, il est un fait que je dois faire connaître, car il ne me paraît pas avoir été relevé d'une manière exacte ni par la science, ni par les voyageurs.

On croit généralement que quand la femelle d'un tigre, d'un jaguar ou d'une panthère paraît, le mâle n'est pas loin, et qu'en combattant l'une on s'attire l'autre sur les bras, le fait n'est vrai que dans certains cas, et je puis affirmer que cette opinion est celle de tous les chasseurs indigènes.

Quand on attaque une femelle, on ne risque d'avoir le mâle sur les bras qu'à l'époque des amours. Dès que cette saison a cessé, mâles et femelles s'en vont chacun de leur côté, et ce sont des histoires fabriquées à plaisir que celles qui représentent les mâles comme allant chercher la nourriture de leurs femelles pendant l'allaitement, et plus tard celle des petits quand ils commencent à manger.

La femelle nourrit seule, conduit seule, protége seule sa progéniture.

Les animaux féroces n'ont pas plus l'instinct de la paternité que les animaux domestiques, et si d'aventure quelque voyageur a pu rencontrer un tigre près d'une femelle qui conduisait ses petits, c'est un fait de pur hasard qu'on a tort de généraliser.

Certains oiseaux, seuls, sont arrivés à la notion de ce devoir naturel.

Les buffles et les éléphants placent, il est vrai, les jeunes animaux de leur race au centre du troupeau pour les défendre contre toute agression, mais ceci se fait en commun et sans distinction *de parenté*, si je puis m'exprimer ainsi.

En arrivant au bengalow, je trouvai Joaquin et Kandassamy en proie à une terreur indescriptible; réveillés en sursaut par les coups de feu et ne nous voyant plus près d'eux, les pauvres diables s'imaginaient que nous étions allés poursuivre les jaguars dans les ravins et que nous avions été dévorés.

Je donnai l'ordre d'atteler immédiatement, il fallait partir de suite si nous voulions arriver avant les fortes chaleurs du milieu du jour.

Quand nous passâmes près du plateau où s'était passée la scène que je viens de décrire, les totahs-veddahs avaient terminé leur besogne; grelottant sous la rosée, ils s'étaient réunis autour d'un feu de broussailles, et attendaient les premières lueurs du matin pour descendre à Colombo.

Les pauvres gens nous accueillirent par de frénétiques hourrahs.

— Tu as été bon pour les Totahs, me dit le chef de la bande, que Siva t'accompagne dans tous tes voyages et te fasse retourner bientôt au pays des ancêtres. Puisses-tu mourir entouré des fils de tes fils, et que cette transmigration soit pour toi la dernière.

— Salam (1), Totahs-Veddahs, répondis-je. Je souhaite que la mort vienne bientôt terminer vos souffrances actuelles et que Iama, qui juge les hommes près du fleuve Mandagny, vous fasse la grâce d'une renaissance heureuse dans la caste des hommes libres.

Ces souhaits qui, sous toute autre latitude, auraient paru plus que singuliers, étaient les meilleurs que je pouvais adresser aux pauvres Cyngalais. L'universelle réprobation dont ils sont les victimes depuis tant de siècles a fini par leur persuader à eux-mêmes que, sur cette grande échelle de la vie que la métempsycose fait parcourir à toutes les âmes, c'est à peine s'ils sont parvenus à franchir un degré de plus que les animaux, et ils considèrent leur situation misérable comme une conséquence fatale du rang qu'ils occupent parmi les créatures vivantes. Aussi, loin de redouter la mort, l'appellent-ils de tous leurs vœux comme le signal de la régénération.

Si la religion brahmanique à laquelle ils ap-

---

1. Cette formule sert indifféremment pour dire bonjour ou adieu.

partiennent ne faisait pas descendre l'âme du suicidé dans le corps des chacals, des vautours et autres bêtes immondes, je ne mets pas en doute que la plupart de ces infortunés, ne cherchassent immédiatement à conquérir une vie plus heureuse, en mettant fin d'eux-mêmes à leur triste existence.

Chaque fois que dans mes voyages j'ai rencontré sur mon chemin quelques tribus de ces misérables, je n'ai pu m'empêcher de remarquer à quel point *la justice*, *l'équilibre* si vous aimez mieux, des grandes lois qui dirigent cet univers, échappait à notre faible intelligence, et tout en murmurant les deux slocas suivants de Manou, ma pensée posait à *l'infini* une interrogation sans réponse !

« ..... L'eau s'élève vers le soleil en vapeur, du soleil elle descend en pluie; de la pluie naissent les végétaux alimentaires, et de ces végétaux les animaux.

⁂

« Chaque élément acquiert sa qualité de celui qui le précède, de sorte que plus un être est éloigné dans la série, et plus il a de qualités.

⁂

Manou, liv. I et III. Slocas, 20 et 76.

Il est singulier de remarquer combien cette opinion du vieux législateur indou, qui fait naî-

tre les végétaux de l'eau et les animaux des végétaux, se rapproche des doctrines de l'école na-
turaliste de Darwin.

Rapprochez cela de la métempsycose, qui
dans l'Inde fait passer l'âme des animaux dans
le corps des hommes de race inférieure, qui conduit graduellement ces hommes impurs d'abord,
jusqu'aux classes supérieures, par une série de
transmigrations fatales, et vous comprendrez
comment les Indous ne considèrent leurs nombreuses castes que comme le produit d'une clas-
sification scientifique et naturelle...

Nous avions quitté les totahs-veddahs depuis
un quart d'heure à peine, lorsqu'une longue
bande pourpre et or, illumina tout à coup l'horizon, et, en quelques minutes, l'astre radieux
que tous les peuples en enfance ont considéré
comme une divinité bienfaisante, jeta, sur la nature encore endormie, ses flots fécondants de lumière.

Nous atteignions en ce moment un des sommets les plus élevés du Samanta-Kounta.

Il faut avoir vu, sous les latitudes voisines de
l'Équateur, du haut d'une montagne, couverte de
la plus luxuriante végétation, l'apparition du jour,
pour en comprendre toute la splendeur : sur notre
gauche s'étendait une longue suite de vallées
et de pics escarpés, garnis de multipliants, de

tamariniers, de goyaviers, de flamboyants rouges et de tulipiers aux fleurs jaunes; çà et là quelques bois de fer avec leur feuillage de cyprès, se détachaient de l'ensemble avec une teinte plus sombre, et du fond de chaque ravin s'écoulaient vers la plaine, une foule de ruisseaux et de rivières, qui miroitaient sous la lumière comme des coulées d'or et d'argent.

A droite, aux confins de l'horizon, l'Océan bordait de ses flots d'un bleu sombre, les contours sinueux de l'île, tandis qu'à nos pieds s'étendait l'immense plaine de Ratnapour, arrosée par le Kalloo.

Ce n'était plus le petit cours d'eau que nous avions vu sortir des flancs d'un rocher au pied du bengalow, le ruisseau était devenu fleuve.

Comme nous commencions à nous engager sur l'autre versant, nous nous trouvâmes tout à coup en face d'un étang à demi enfoui sous bois, dans lequel les femmes d'un petit village que nous apercevions à mi-côte, étaient en train de faire les ablutions prescrites par la loi religieuse. Ce ne fut qu'un éclair sous la feuillée, et le charmant paysage s'évanouit aussi vite qu'il nous était apparu.

— Voilà l'habitation de Kaltna, me dit le métis, en étendant la main du côté d'un massif de verdure qui se détachait dans le lointain au penchant d'un coteau.

Bien que mes yeux ne pussent distinguer autre chose que les vagues contours des Forêts qui abritaient ce lieu charmant, tout un monde de souvenirs me revint à la mémoire, et ce fut avec une véritable émotion que je contemplai ce petit coin de terre où, trois ans auparavant, j'avais passé deux des mois les plus heureux de ma vie.

Q'il me tardait d'arriver et de presser sur mon cœur ces chers amis qui m'attendaient avec une impatience égale à celle que j'avais de les revoir...

— Il nous faut encore quatre heures pour arriver, dit Joaquin, qui sembla deviner mon impatience, la route fait de nombreux circuits pour éviter les pentes, et les chevaux ne peuvent aller qu'au pas.

Je venais de passer deux nuits presque sans sommeil, une fatigue que je ne pouvais vaincre paralysait tous mes membres, et je résolus de prendre quelque repos. C'était encore le meilleur moyen d'abréger une route trop longue au gré de mes désirs.

Je quittai la voiture où je ne pouvais m'installer à l'aise, et, me glissant sous la tente de feuillage de ma charrette, je ne tardai pas à

8

m'endormir. Je m'éveillai au milieu d'un concert de hourrahs, de cris d'allégresse et de coups
de fusil; je me précipitai hors du véhicule; tous
les travailleurs de Kaltna, en habits de fête, entouraient nos voitures, M. Duphot, sa charmante
femme et toute sa jeune famille, étaient à deux
pas de moi...

DEUXIÈME PARTIE

KALTNA. — POINTE DE GALLES
KATTRAGAM.

DEUXIÈME PARTIE.

Je ne raconterai pas, dans tous leurs détails,
les différentes péripéties de mon séjour à Kaltna.
La plupart des souvenirs intimes qui me sont si
chers, et que j'aime à me rappeler pendant les
heures *impatientes* du repos actuel,... n'auraient
certainement pas, pour d'autres, les charmes
dont je me plais à les parer ; et puis, il y a les
nécessités du voyage et du *livre*, j'ai parlé si
longuement de Kaltna lors de mon premier
séjour à Ceylan, que je ne puis pas, quelque
plaisir que j'aie eu à revoir ces lieux enchanteurs,
y arrêter trop longuement l'attention du lecteur.

Avec quelle joie je revis, et le lac aux caïmans,
et mes anciens hôtes, les Tchaléas, du village de

Tembapoor et les petits sentiers où j'avais naguère promené ma rêverie, à la poursuite des Naṣicornes, des Coprophages, des Xylophiles, des Actéons et des grands scarabées aquatiques dont j'enrichissais ma collection... Ce ne fut pas sans émotion également que je renouai connaissance avec l'intelligent Nirjara, l'éléphant chéri de la plantation, qui m'avait autrefois accompagné avec ses maîtres jusqu'à Nallandé sur la route de Kandy à Trinquemalé[1].

Chaque pas que je faisais sur les rivages ombreux du Kalloo, et dans ces belles vallées de Ratnapoor, en faisant revivre le passé, augmentait d'autant les jouissances du présent.

Et puis quelles soirées charmantes nous passions en famille, lorsque les travaux des champs étaient terminés, que les éléphants et les buf- flones étaient rentrés dans leur koraly, et que de toutes parts, les cases de feuillage, retentis- saient des chants des coolis, préparant leur sou- per. Nous nous réunissions sous la vérandah de la vaste habitation, et nous nous reposions des chasses et des excursions du jour, par d'intermi- nables causeries, qui nous conduisaient souvent jusqu'à la première heure du matin. Les nuits étaient si calmes, si embaumées par les senteurs d'ébéniers, d'acacias, de girofliers, de tous ces arbustes et de toutes ces fleurs des tropiques,

1. *Voyage au Pays des Bayadères.*

dont les parfums ne se développent que sous la fraîcheur du soir, que nous ne nous retirions qu'à regret dans nos appartements. N'avions-nous pas la sieste obligée des heures chaudes, pour retrouver, dans le milieu du jour, le temps que nous dérobions au sommeil.

Le second jour de mon arrivée, mon ami me proposa de visiter en détail sa propriété, qu'il avait augmentée dans une proportion extraordinaire. Il possédait environ quinze cents hectares de plaines, vallées et montagnes. Dans les plaines et les vallées, il cultivait, selon l'exposition, l'indigo, le coton, l'opium, la canne à sucre, et surtout le riz, qui occupait à lui seul, plus des deux tiers du terrain. Dans la montagne, il cultivait le café. Depuis deux ans il s'était déchargé des soins principaux de la correspondance européenne sur M. Burton, l'ancien agent de son père, pour s'adonner entièrement à l'agriculture, et il occupait à cette heure, près de trois cents coolis Indous, de la côte Malabare.

Ces Indous habitaient, avec leurs familles, une vingtaine de petits villages, disséminés çà et là, suivant les besoins de la culture ; ils étaient dirigés dans leurs travaux par six de ces surveillants, métis d'Anglais et de Cyngalaises, qui ont à Ceylan la spécialité de ces fonctions.

Ces pauvres métis anglais, on les rencontre à

foison de Ceylan à l'Hymalaya ; ils habitent
pour la plupart de mauvaises cabanes de bambous, travaillant juste assez pour se nourrir avec
leur vieille mère indigène, et, le reste du temps,
se livrant à la débauche et à l'ivrognerie. Que
voulez-vous qu'ils fassent ? Repoussés par leurs
pères parce qu'ils ont la tache du demi-sang,
méprisés des Indous qui ne veulent pas les accepter comme leurs, n'ayant ni traditions de famille, ni traditions sociales, flétris du nom de
Topas, ils ne peuvent développer leurs bonnes
qualités, et ne sont, sur cette terre de l'Inde, que
les représentants des vices des deux races.

J'aurai occasion de revenir sur ce sujet et de
montrer ce que vaut la philanthropie de John
Bull, toujours prêt à hurler dans ses meetings
pour l'émancipation des nègres, quitte à jeter dans
la rue ses propres enfants, parce qu'ils sont nés
de mères indigènes....

Deux magnifiques chevaux de montagne, tout
sellés, piaffaient, en nous attendant, sous les
mains des cavalères, et nous achevions de boire
un délicieux *mouloucoutanie*, sorte de con-
sommé de mouton et de volaille, lorsqu'un des
surveillants des caféières vint apporter à M. Duphot, la note des coolis morts pendant le mois
qui venait de s'écouler : sur cent vingt travailleurs employés à cette culture, trois avaient été

mangés par les tigres, un quatrième était mort
de la dyssenterie.

— C'est un mauvais mois, me dit mon ami,
à qui je demandais si ce chiffre représentait
la moyenne ordinaire de la mortalité par les
fauves. Je perds chaque année, par les jaguars
et les serpents, environ le vingtième de mon
personnel.

— C'est effrayant! N'avez-vous donc aucun
moyen de prévenir de pareils accidents?

— Aucun. Les coolis travaillent nu-pieds
dans les rizières, et quiconque est mordu par le
cobra ou le trigonocéphale est un homme mort.
Je suis étonné même qu'il n'y ait pas plus d'accidents.

— Et les tigres?

— Quant aux tigres, les vallées en sont infes-
tées. Et comme les cafés sont tous plantés à
mi-côte, il suffit qu'un cooli s'attarde après le
coucher du soleil, pour qu'il ait grande chance
d'être dévoré. J'ai beau donner les ordres les plus
sévères pour que tous les travailleurs descendent
à cinq heures, la nonchalance et le fatalisme
des Indiens sont tels que je n'ai pas encore pu
me faire obéir. Fort heureusement que ce versant est beaucoup moins dangereux que celui
qui regarde Colombo.

— J'en sais quelque chose.

— Comment cela?

— Amoudou a tué un tigre dans la nuit qui a précédé le jour de notre arrivée à Kaltna ; nous avons tellement été occupés depuis hier à causer de nous, de nos souvenirs, de la France, que je n'avais pas songé à vous faire part de cette aventure...

— Joaquin ne vous a donc pas indiqué le bengalow de Tanie-Kalloo.

— Nous y avons passé une partie de la nuit; mais sur le matin, entendant les vagissements d'un chevreau, mon Nubien a deviné un piége des totahs-veddahs, et la curiosité a été plus forte que la prudence.

— Il est heureux que tout se soit bien passé, mais vous avez joué gros jeu. Traversez tant que vous voudrez nos montagnes en voiture, vous ne serez pas attaqué. A pied, c'est différent ; et bien que je connaisse toutes les passes et les lieux que les fauves fréquentent de préférence, je ne tenterais pas le passage à moins d'absolue nécessité. Pendant trois ans je suis allé par cette route une fois par semaine à Colombo ; ma voiture était toujours attelée avec des Tatous, des Nielguerries, qui, nés dans les Gaths, ne s'effrayent pas de la présence du tigre, et je n'en ai jamais aperçu un seul.

— Vous me faites songer à une chose que la

joie de vous revoir m'avait fait complétement oublier; nous avons ramassé un orphelin sur le lieu du combat.

— Un jeune tigre?

— Précisément. Amoudou doit sans doute en prendre soin... A propos de mon Nubien, savez-vous ce qu'il est devenu? Je ne l'ai pas revu depuis mon arrivée.

— Ne vous inquiétez pas de lui, me répondit en souriant mon ami; le gaillard a retrouvé ici une vieille connaissance; il a fait transporter ses bagages dans la petite case de la belle, et je crois bien que depuis hier soir il n'a guère été en état de se présenter devant vous...

Tout était prêt pour le départ. Après avoir visité la plantation, nous devions aller à la chasse des hérons roses en remontant le cours du Kalloo. Le fusil en bandoulière nous nous mîmes en selle, et, rendant les mains, nous partîmes dans la direction des rizières. A cinq pas derrière nous, les deux cavalères suivaient sans effort le trot de nos montures.

Que vous soyez à cheval ou en voiture, les Bohis, qui sont les premiers coureurs de l'Inde, suivent toujours les animaux dont ils ont la garde, quelle que soit leur allure. Pendant la saison des moustiques, ils se tiennent en tête et chassent avec un faisceau de crins ces maudits

insectes qui se logent dans les yeux et les narines
des chevaux. Je tenais par-dessus tout à visiter
et à étudier les rizières, car le riz est la grande
richesse de l'Inde, et c'est à peu près, avec les
menus grains, l'unique nourriture des Indous.
Il n'est pas sans intérêt de voir comment cette
précieuse graine est cultivée. Cela me permettra
d'exposer les causes de ces terribles famines qui
désolent périodiquement cette immense contrée.
Ces famines, inconnues à l'époque de la domination brahmanique, ont fait leur apparition
avec la domination mogole, et atteint leur apo-
gée sous le *règne civilisateur* de l'Angleterre.

Avant d'aborder le point spécial de ce débat,
je vais emprunter les documents spéciaux relatifs
à la culture, à M. Lamairesse, qui occupait les
délicates et importantes fonctions d'ingénieur en
chef des ponts et chaussées de l'Inde française
à l'époque où j'étais-moi même conseiller audi-
teur à la cour d'appel de Pondichéry :

« On ne se figurerait que très-imparfaitement
la condition des Indous des diverses classes, si
on n'avait une idée de leur agriculture, qui fait
le fond de leur richesse et leur principale industrie.

Le café, l'indigo, l'opium, la canne à sucre,
le bétel, les arachides, sont cultivés sur une vaste
échelle et donnent lieu à un commerce d'expor-

tation très-important ; toutefois nous laisserons de côté ces cultures industrielles, dont la description serait trop longue, et nous parlerons seulement de la culture du riz et de celle des menus grains, qui forment à peu près exclusivement la nourriture de toute la population.

Les terres à riz se divisent, pour la culture, en deux catégories : terres *en boue* et terres *en poussière*. Les premières sont des terres grasses, essentiellement argileuses, se mettant en bouillie à l'humidité, et cultivées en boue, par conséquent ayant besoin d'être irriguées jusqu'à la récolte. Ce sont celles qui donnent le plus grand revenu net. Les terres en poussière sont des terres sèches, plus ou moins grasses, terreuses, soudeuses, friables et mêlées de sable. Elles ne sont pas ensemencées ni cultivées en boue. Elles sont toutes à simple récolte, tandis que les précédentes donnent deux récoltes *quand l'eau ne manque pas pour les irrigations*.

Culture des terres en boue. — La première opération est le labourage. Pour une récolte de nelly (1), il faut au moins cinq labours. Chaque labour consiste à passer la charrue sur le champ une fois en longueur, une fois en largeur. La

---

1. Riz en vert en grains non douécortiqués.

9

charrue, d'une simplicité grossière, se compose seulement d'une pièce de bois pointue servant d'araire qu'un ou deux bœufs chétifs tirent par l'intermédiaire d'un long manche également en bois.

Le premier jour on commence par mettre sur le champ cinq centimètres d'eau, le deuxième jour, on laboure; le lendemain on l'arrose de cinq centimètres également, et le quatrième jour on laboure pour la seconde fois; on herse le lendemain de chaque labourage, c'est-à-dire que l'on casse les mottes sous les pieds.

Pour faire le premier labour, d'un demi-hectare dans un jour, il faut six charrues et deux *coolies* qui broient les mottes de terre.

Au troisième labourage on rectifie les *va-rappous*, petites levées de vingt-cinq à trente centimètres de large sur quinze à vingt-cinq de haut qui divisent le champ en parcelles, et on les règle avec soin.

Dans un demi-hectare il y a en général neuf parcelles, chacune de cinquante mètres carrés. Ces dimensions peuvent varier. On adosse aux *varappous* de la boue en talus pour arrêter les filtrations qui pourraient avoir lieu par les fissures, ou des trous d'une parcelle à une autre.

En labourant, on dispose la terre en pente

pour faciliter l'écoulement des eaux depuis les parcelles hautes jusqu'aux basses.

Fumage. — Le premier jour on fume avec des feuilles de porcher ou d'autres arbres. On les laisse se macérer et se décomposer pendant huit jours. Au quatrième labourage, on les remue et on les retourne. Cela fait, on donne le cinquième labour ; on laisse séjourner cinq centimètres d'eau pendant un jour, et ensuite on sème. Le jour de l'ensemencement, on commence par niveler le terrain boueux avec une planche de deux mètres de long, trente centimètres de large et quatre centimètres d'épaisseur, traînée au moyen d'une chaîne par deux hommes, s'il s'agit d'une petite étendue, et par deux bœufs en cas contraire ; le conducteur est placé sur la planche et sert par son poids à l'opération ; on passe la planche une seule fois. On sème aussitôt qu'il y a trois centimètres d'eau mêlée de boue ; un homme suffit pour niveler et semer.

On ensemence avec force par aspersion à la volée, en donnant au bras un mouvement circulaire ; les graines s'enfoncent dans la boue, l'eau reste dessus.

Le lendemain de l'ensemencement on lâche l'eau, ce qui dessèche superficiellement la terre ; le troisième jour la germination commence ; le cinquième jour on fume légèrement ; on arrose à la hauteur de trois centimètres pendant quinze jours, puis de cinq centimètres jusqu'au trentième, et ensuite de dix centimètres.

Si la terre est féconde et bien amendée, une graine peut pousser plusieurs rejetons, et par suite donner autant d'épis. Souvent on est obligé de détacher les rejetons les uns des autres pour les replanter ensuite.

Trente jours après l'ensemencement, au plus tard, on fait le premier sarclage; il faut pour cela douze coolies par hectare. Après l'ensemencement on garde l'eau pendant trente ou quarante jours, après lesquels on voit poindre la verdure.

On prend dans le champ des plants où il y en a trop et on les transplante ailleurs, aux endroits où les graines ne sont pas levées. A cette époque les plantes, dans un terrain bien arrosé et fertile, ont quarante centimètres de hauteur et trente centimètres seulement dans les terres médiocres.

Dans le Tadjaore et autres pays irrigués par le Cavery, on ne cultive le riz que par transplantation et jamais par ensemencement, excepté dans les terres hautes.

Au moment de la transplantation, les beaux semis en pépinière ont de quarante à cinquante centimètres de haut.

On y met, dans le commencement, les eaux sur cinq à dix centimètres de hauteur, on les augmente graduellement et jusqu'à vingt centimètres, hauteur que l'on maintient jusqu'à maturité.

Pendant la culture, on change l'eau assez souvent dans le but d'engraisser la terre du limon des crues qui, avec les souches pourries des précédentes cultures, remplace avantageusement les meilleurs fumiers. On n'y fait presque partout qu'une récolte par an. Les cultures sont magnifiques. On compte de un litre à un litre et demi de débit contenu par seconde et par hectare.

Sur le territoire de Pondichéry, à partir de la transplantation, on doit, de règle et d'urgence, garder toujours cinq centimètres d'eau au moins. On entretient l'humidité pendant quatre mois et cinq jours après la transplantation.

Rien de beau comme une plaine verdoyante de riz bordée de tiges d'arbres de hautes futaies.

Moisson. — La dessiccation des épis et des tiges en annonce la maturité; dès que les riz jaunissent, c'est-à-dire de quinze à vingt jours avant la récolte, on retire l'eau. Quand la terre est assez sèche, on coupe à la faucille par un temps sec et chaud, sans exposer les épis à l'égrainage ni à la germination par l'humidité.

On bat les épis le jour ou le lendemain de la
coupe, suivant les circonstances, en les frappant
contre l'aire par paquets de vingt centimètres
d'épaisseur qu'on entoure et saisit à une extrémité avec un fort lien en paille ; puis on secoue
les gerbées et on les donne à fouler aux bœufs ;
ceux-ci, au nombre de sept, réunis de front par
une seule corde, foulent à la ronde les pailles.
On récolte par hectare de vingt à soixante hectolitres.

Culture en poussière. — Dès que les premières pluies ont assez mouillé la terre pour la
rendre meuble et permettre de labourer en poussière, on lui donne de cinq à six labours à quinze
jours d'intervalle, on va quelquefois jusqu'à dix
labours, si la pluie favorise ou si la terre exige
des façons ; on fume de un à quatre mois avant
l'époque des semailles au moyen de dix à vingt
charrettes de fumier à l'hectare, suivant que la
terre est bonne ou médiocre, ou bien avec deux
ou trois charretées de marc d'indigo.

Une fois que les labours dont il a été parlé ont
rendu la terre meuble et humide, mais non
boueuse, on sème 144 litres de riz Chambas ou
Karres bien secs, puis on passe la charrue une
seule fois de manière à recouvrir les sillons sur
la semence. Si la terre ensemencée est légère et

sans liaison, on la fait fouler par des troupeaux de moutons ou de bœufs, de même qu'on passe le rouleau chez nous sur les terres.

La terre, réduite en poussière par ces labours, reste légèrement humide pendant les trois premiers mois qui suivent l'ensemencement sans jamais devenir boueuse.

Après sept jours, la germination commence; il faut arroser le vingtième jour si la terre est sèche, et le trentième si elle est humide. Ensuite on donne les autres soins comme aux terres argileuses.

On obtient de quatorze à quinze hectolitres et même, exceptionnellement, jusqu'à trente hectolitres en Chambas et de dix à quarante-huit hectolitres en Karres (espèces différentes de riz).

On ne peut faire par an qu'une récolte de riz; mais si la terre est assez humide, on sème, quinze jours avant la coupe du riz, une sorte de menus grains (mil ou sorgho), dont on obtient une récolte à raison de quatre à six hectolitres par hectare.

Partout où il y a des moyens d'irrigation tels que les étangs, rivières, canaux, sources et autres, si les terres sont argileuses ou susceptibles d'être labourées en boue, on cultive ordinairement les riz en boue.

Dans les mêmes terres on cultive aussi le bétel, les diverses variétés des bananiers et les cannes à sucre en divisant la terre par des tranchées parallèles de cinquante centimètres de profondeur et en les arrosant assez souvent. Les deux dernières cultures se font aussi dans les terres à menus grains. Les terres à riz privées de ressources d'eau suffisantes, et c'est la majeure partie, sont cultivées en poussière et arrosées par les pluies et avec l'eau des puits au besoin, mais ce dernier moyen est souvent ruineux.

Menus grains. — Il y a une très-grande variété de menus grains.

Voici de quelle manière on cultive l'espèce la plus commune : le combou.

On donne cinq labours au moins et plus suivant la nature du terrain. Après le deuxième ou troisième labour, on met sur la terre, pendant quatre ou cinq nuits, deux ou trois cents moutons que l'on y fait circuler tantôt en troupeau, tantôt éparpillés. A défaut de cela, on est obligé de fumer avec dix charrettes de fumier à l'hectare ou deux charretées de marc d'indigo. On laboure pour la quatrième fois. On donne ainsi jusqu'à l'ensemencement trois ou quatre labours, et, si le sol est friable, terreux et sableux, on s'en tient là pour ne pas altérer le peu de consistance et d'humidité qu'il peut avoir.

Dès qu'une pluie vient à humecter le terrain déjà fumé, on sème à la volée, on herse et laboure le champ une seule fois en largeur, et c'est le dernier labourage ; on le fait fouler par des moutons pour y enfoncer les grains et lui faire mieux conserver son humidité.

On nivelle les sillons au moyen d'une sorte de natte grossière en bois, faite en menues branches de deux mètres de longueur et dix centimètres d'épaisseur ; un bœuf la promène en divers sens jusqu'à ce que le terrain soit bien uni et que les graines soient bien recouvertes de terre.

Entre l'ensemencement et la coupe il faut, pour avoir une bonne récolte, quatre pluies au moins et quatre sarclages. Dans les soixante jours, tout le champ monte en épis.

Moisson. — On coupe les épis avec une tige de dix centimètres de longueur ; on javelle sur les champs en petites poignées qu'on lie ensuite en gerbes de dix centimètres, et qu'on entasse en paquets de trente centimètres sur une aire de dix mètres de côté.

Immédiatement après on fait fouler les gerbes pendant deux heures par sept bœufs attachés de front et l'on dégraine ; puis on déplace les gerbes et on les fait fouler de nouveau par les bœufs ; on sépare la paille et on vanne le grain.

9.

« Un bon cultivateur, cultivant pour lui-même, peut, avec une charrue à lui, mettre en valeur deux hectares et demi de terre, un demi-hectare de rizière en boue, un hectare en poussière et un hectare de terre en menus grains.

De cette manière, il peut utiliser toute l'année sa charrue et ses serviteurs à gage en leur adjoignant au besoin des auxiliaires suivant les cultures, et successivement pour les cultures différentes.

La répartition des cultures dépend, dans chaque territoire, des moyens d'irrigation dont on dispose. Ceux que possède le territoire de Pondichéry dont l'étendue est de vingt-huit mille hectares environ consistent en :

Trois étangs principaux ayant chacun de quinze à vingt-cinq kilomètres de pourtour ;

Cinquante - cinq réservoirs annexés à ces étangs ;

Deux cents sources ;

Huit rivières ou ruisseaux torrentiels à l'époque des grandes pluies ;

Neuf grands canaux dérivant les eaux de ces rivières et alimentant les étangs ;

Trois cent quatre-vingt-un petits étangs particuliers à l'usage des hommes et des bestiaux ;

Deux mille puits revêtus en briques servent au même usage.

Les étangs occupent douze pour cent de la surface du territoire; le tiers des cultures est en riz, bétel et autres cultures qui se font par l'eau.

Les deux autres tiers des terres cultivées sont à menues graines.

Si la récolte des menues graines vient à manquer, soit, ce qui arrive généralement, faute de pluie, soit par inondation, les campagnes sont privées de leur principal aliment. Mais les riz font, avec les cultures industrielles, le fond de la richesse et du revenu réalisable, et leur abondance dépend complétement de l'aménagement des eaux. Cet aménagement est fort remarquable dans l'Inde; on peut dire que dans nul autre pays il n'a reçu un développement comparable.

Dans la partie septentrionale de l'Inde, qui s'appuie aux Hymalayas, les cours d'eau ont leur source dans ce massif le plus élevé et le plus étendu qu'il y ait au monde. Ils sont très-nombreux et très-considérables lorsqu'ils atteignent les plaines immenses et basses qui commencent presque au pied de ces montagnes.

Ils augmentent peu ensuite, malgré qu'ils se réunissent successivement en un même tronc, le Gange. Les nombreux affluents hymalayens que ce fleuve reçoit sur sa gauche, tout le long de son cours, ne font guère que réparer ses pertes

dues aux embranchements sans nombre et aux
canaux, y compris celui du grand canal du
Gange, qui s'en détachent surtout à droite et qui
orment le seul aliment des irrigations de ce
vaste pays; car, dans le nord de l'Inde, on
n'avait pas songé à emmagasiner les eaux pour
les irrigations.

C'est maintenant seulement que les ingénieurs anglais du Bengale commencent à y
créer des étangs, par imitation du système réa-
lisé depuis des siècles dans le sud de l'Inde.

La hauteur des fleuves, par rapport aux
plaines environnantes, facilite beaucoup la création des systèmes d'irrigation.

En général, des dépôts, dus aux débordements des rivières, ont produit, à partir de leurs
rives, des pentes transversales inverses de celles
naturelles et primitives de la vallée. Ainsi, la
jonction des deltas contigus de la Khrisna et du
Godavery (dans le sud) a lieu à la rencontre des
pentes transversales venues de la rive droite du
dernier fleuve et de la rive gauche de la Khrisna,
suivant une ligne basse qui forme la décharge
des grands débordements. Ces deux fleuves,
ainsi que le Cavery, le Gange sur une partie de
son cours, et l'Indus, sont pour ainsi dire en-
caissés entre deux bourrelets qui dominent leurs
vallées.

Le long de l'Indus, la largeur du bourrelet, en surélévation de chaque côté, est presque constamment de seize cents mètres.

« Presque toutes les rivières de la Présidence de Madras ne sont guère que des lits de sable secs pendant la saison chaude, et on n'en peut tirer que peu d'eau pour l'irrigation ; pendant les moussons, elles sont plus ou moins pleines, et c'est alors seulement, ou du moins principalement, qu'une portion de leurs eaux est dérivée par le moyen de barrages et de canaux dans les pays environnants, pour rafraîchir et fertiliser de leurs dépôts les rizières et les jardins.

Tous les étangs sont anciens et ont été créés par les natifs ; les uns ont été simplement entretenus, les autres restaurés ou modifiés par les ingénieurs anglais.

Les places convenables pour former des étangs sont pour la plupart déjà occupées, et il y a peu de rivières, ou même de torrents, qu'on ait laissé atteindre la mer sans les forcer à céder une partie de leurs eaux à des canaux qui les conduisent à des réservoirs.

Dans la Présidence de Madras, si l'on en excepte les deltas de grands fleuves, toute l'irrigation repose sur les étangs. Il y en a de deux sortes, les *réservoirs* et les étangs exclusivement de source qui sont beaucoup plus petits.

On forme les réservoirs quelquefois en fermant une gorge de montagne, mais le plus souvent en barrant par un système de digues la partie d'une vallée ou d'un coteau supérieur à celle qu'on veut irriguer; ces digues retiennent l'eau fournie par les pluies périodiques, par les torrents des versants et par les canaux amenant l'eau des rivières.

Les champs situés au-dessous de l'étang sont arrosés au moyen de vannes de prise d'eau placées dans les digues. Les étangs à flanc de coteau sont étagés et se croisent en plan et en élévation, de manière à former un système complet d'irrigation qui recueille toutes les eaux et les emploie sur toute la surface intermédiaire.

Ces systèmes sont très-communs, surtout sur le territoire de Pondichéry ; et ceux d'un relief analogue, où les versants sont si étendus, et les lignes de faîte et de *thalweg* si rares, qu'on ne pourrait irriguer qu'une minime portion du pays, si on se bornait à barrer les vallées.

Cette configuration est très-fréquente dans l'Inde méridionale, qui présente d'immenses plaines granitiques d'un relief peu accidenté.

Il y a dans la Présidence de Madras plus de cinquante-trois mille étangs réservoirs, tous créés par les natifs, ayant ensemble une longueur totale de digue de quarante-huit mille

kilomètres, et de plus de trois cent mille travaux
d'art donnant au Trésor un revenu de plus de
trente-sept millions et demi de francs, et représentant en travaux existants un capital d'environ
quatre cents millions, bien que *beaucoup d'anciens étangs très-beaux soient en ruines et
hors d'usage faute de réparations et d'entretien.* Quelques-uns des plus anciens étangs ont
des proportions gigantesques. Celui de Ponairy,
dans le district de Trichnapoly, avait une longueur de digues de plus de quarante-huit kilomètres et une étendue de cent cinquante à deux
cents kilomètres carrés; celui de Veranum, encore en fonctions, a plus de quinze kilomètres de
longueur de digues et quatre-vingt-dix kilomètres carrés de superficie.

Dans les districts irrigués, toute la récolte est
presque exclusivement de riz et dépend uniquement de l'eau dont on dispose. Tous les travaux
hydrauliques que l'on exécute depuis trente ans
produisent une augmentation de revenus an-
nuels. D'après les documents officiels les plus
certains, cet accroissement varie entre un mini-
mum de soixante-dix-sept pour cent et un maxi-
mum de deux cent cinquante pour cent de la
dépense des premiers travaux. Aussi, depuis la
construction du barrage du Coléron, en 1840, le
gouvernement a-t-il donné un grand développe-

ment aux ouvrages du même genre destinés à utiliser la plus grande partie possible des eaux des rivières, surtout des principales.

Le canal du Gange est le plus grand canal et le plus vaste système d'irrigation qu'il y ait au monde.

Les deltas du Cavery, du Godavery et de la Khrisna sont couverts chacun d'un magnifique réseau de canaux d'irrigation, de navigation et de décharge.

Mais l'activité des ingénieurs anglais, trop peu nombreux, et les sommes allouées, trop minimes, ne peuvent suffire à pourvoir à toutes les réparations et améliorations partielles, et à la restauration des anciens étangs, aujourd'hui en fonctions ou hors d'usage. Ce sont cependant ces travaux qui relativement seraient les plus profitables. »

Tel est cet intéressant document, conçu dans la note réservée, d'un rapport de travaux publics, et qui constate surtout la situation de l'irrigation dans le pays anglais.

La modestie un peu exagérée peut-être de M. Lamairesse n'a oublié qu'une chose, c'est de nous dire que dans les établissements français, grâce à son intelligente direction, tous les étangs et canaux d'arrosage ont été réparés et entretenus avec un souci philanthropique du bien-être des Indous.

Tant de gens n'ont vu de l'Inde que les splendeurs anglaises, que la gloire des conquérants, qu'il n'est pas dénué d'intérêt d'enregistrer de temps en temps les plaintes des victimes.

J'ai voulu constater, par la pièce autorisée que l'on vient de lire :

1° Que le riz et les menus grains, mil, sorgho, etc... sont à peu près l'unique nourriture des Indous;

2° Que la culture exige des soins incessants et un nombre de bras relativement considérable;

3° Qu'elle ne peut avoir lieu sans de fréquents arrosages, et l'entretien constant des étangs et canaux destinés à conserver et transporter la provision d'eau nécessaire;

4° Que tous ces étangs et canaux innombrables qui sillonnent l'Inde ont tous été créés par les natifs;

5° Que beaucoup d'étangs anciens, dont quelques-uns ont jusqu'à deux cents kilomètres carrés, sont en ruines et hors d'usage, faute de réparations et d'entretien, *parce que les ingénieurs anglais employés à ce travail sont trop peu nombreux et les sommes allouées trop minimes.*

Il ne faut pas chercher ailleurs les causes de ces épouvantables famines qui, tous les quatre ou

cinq ans, et souvent à des époques plus rappro-
chées, font périr en quelques mois plusieurs centaines de mille hommes.

L'abandon de plus de cinquante mille étangs
et d'un réseau triple de canaux d'arrosage (cette
énumération est encore au-dessous du chiffre
réel) amène fatalement la disette du riz, et l'observateur qui ne se laisse pas prendre, comme
M. de Valbezen et consorts, à l'éclat de ce développement industriel et commercial que l'Angleterre a développé dans ses grandes villes maritimes de l'Indoustan et qui ne profite qu'à elle,
se demande avec un certain effroi si les dominateurs de cette contrée continueront longtemps
encore à ne résoudre le problème de l'alimentation des Indous qu'en laissant la faim supprimer le trop plein de la population.

Je n'ai pas à discuter ici le droit de colonisa-
tion par la conquête; toujours est-il que si la
possession peut arriver à se légitimer, ce doit
être en apportant aux peuples vieillis de l'extrême Orient un sang plus jeune, un bien-être
supérieur, et non en les opprimant et en faisant
jaillir jusqu'à la dernière goutte de leur sang au
profit d'une poignée de marchands avides.

Tous les étangs, sans exception, qui existent
dans l'Inde, sont dus à la domination brahmanique, domination qui, malgré son despotisme,

resta toujours soucieuse du bien-être matériel de ses sujets.

Ces réservoirs, sans lesquels toute culture du riz est impossible sur une surface évaluée par les documents officiels aux deux tiers de la contrée, ont été primitivement construits pour une population qui ne dépassa jamais cent millions d'hommes... Que dire des Anglais qui, aujourd'hui que l'Inde compte plus de deux cents millions d'habitants, laissent tomber en ruines, suivant l'expression de M. Lamairesse, *beaucoup d'étangs très-beaux* dont quelques-uns, comme celui du Ponairy, *ont une étendue de cent cinquante à deux cents kilomètres carrés.*

Je demande à tous ces anglophiles pour qui ce semble être du dernier bon ton que d'accabler nos voisins de louanges ridicules, et de leur rendre en manifestations enthousiastes tout le mal qu'ils nous ont fait et qu'ils sont prêts à nous faire encore le jour où la France reprendra ses vieilles traditions de politique maritimes et coloniales, celles de Colbert et de Dupleix, je leur demande, dis-je, de répondre à cette question :

Le riz est la seule nourriture de l'Inde;

Cette graine ne saurait pousser sans de constants arrosages;

Cet arrosage ne saurait exister sans d'im-

menses réservoirs qui permettent de conserver
l'eau de la saison des pluies, qui dure trois mois,
pour s'en servir dans la saison sèche qui en dure
neuf, et sans de nombreux canaux qui transportent au loin l'eau des grands fleuves ;

Eh bien! comment se fait-il que l'Angleterre,
au lieu d'augmenter sans cesse le nombre des
étangs et des canaux, laisse tomber en ruines
une grande partie de ces réservoirs, construits
pour une population inférieure de moitié à celle
qui existe actuellement?...

Direz-vous que, pour tourner la difficulté, les
Anglais importent du riz?

Je répondrai : D'où voulez-vous qu'ils le
tirent?

La Chine produit moins encore que l'Inde,
et chaque année des millions de coolis émigrent
à raison de quinze francs par mois (trois piastres)
pour aller travailler en Californie, dans les plantations de l'Océanie, dans les îles de la Sonde,
partout où ils trouvent à vivre.

La Cochinchine produit davantage et peut
exporter, mais ses produits vont dans le Pacifique, en Californie, à Maurice, à Bourbon, aux
Antilles, en Europe, et non dans l'Inde, où le
malheureux ne pourrait les payer, augmentés
qu'ils sont du frêt et du bénéfice de deux intermé-
diaires, l'exportateur de Saïgon et de Singapour, et

le négociant de Calcutta, de Madras, de Bombay.

Quand la récolte est très-abondante, ce qui arrive en général une année sur trois, le malheureux Indou a juste de quoi subvenir, non à son appétit, mais au strict nécessaire; c'est-à-dire qu'il a à peu près la moitié de la ration qu'il lui faudrait.

En année ordinaire, il ne lui en reste pas le quart.

Cinquante millions d'hommes sur deux cents vivent d'herbages et de jeunes pousses de bambous.

En temps de disette, quatre à cinq cent mille hommes meurent pendant la saison chaude.

Ils meurent sans se plaindre, sans pousser un cri, sans proférer une malédiction,... c'est la destinée !

Quand l'Indou ne peut plus aller, il se couche un beau jour sur le bord d'un chemin, sous une touffe de lauriers-roses ou près d'un étang consacré, il ramène sur sa tête un coin de son pagne blanc, et il attend, impassible et silencieux, la dernière transformation qui, dans sa pensée, doit le conduire dans un monde meilleur.

Et si d'aventure vous errez sur le soir dans le chemin désert, une demi-douzaine de chacals s'enfuient en hurlant à votre approche, et vous passez les larmes plein les yeux, et le cœur débordant de haine, près d'un cadavre encore chaud que les animaux immondes étaient en train de déchiqueter.

J'ai vu, pendant l'horrible famine de 1866, des villages qui avaient perdu plus de la moitié de leurs habitants; les mères vendaient leurs filles sur les routes pour quelques livres de riz....

Un des hauts fonctionnaires de Canddaloor me disait à cette époque :

— Nous n'y pouvons rien; c'est une loi de nature; l'Inde a plus d'habitants qu'elle n'en peut nourrir!

Non! on ne se douterait jamais du machiavélisme avec lequel ces hypocrites puritains mettent en coupe *déréglée* cette vieille et malheureuse contrée. En temps de disette, ils ont l'audace d'exporter du riz.

Dites-nous que l'Inde n'est qu'une *affaire* pour les Anglais. Si ce n'était point une affaire, du reste, ils n'y resteraient pas...

Dites-nous que ce peuple ne connaît ni loi, ni morale, quand il s'agit de ses intérêts; mais ne venez plus nous parler ni de son honnêteté, ni de sa grande mission civilisatrice dans l'extrême Orient.

Ces mots, appliqués aux dominateurs de l'Indoustan, ne peuvent avoir d'autre sens que celui d'une sinistre plaisanterie.

Je dois dire, pour l'honneur de notre gouvernement, que les famines qui se déchaînent sur
l'Inde passent, sans les atteindre, par-dessus la
tête des habitants du pays français.

La raison de ce fait est tout entière dans le
document que j'ai cité plus haut.

En ne prenant que Pondichéry, par exemple :
pour une étendue de 28,000 hectares seulement,
surface moindre que celle d'un de nos arrondis-
sements, et environ cent trente mille habitants,

Il y a, nous venons de le voir :

Trois étangs de quinze à vingt-cinq kilomètres
de pourtour ;

Cinquante-six étangs secondaires ;

Cinquante-cinq réservoirs ;

Deux cents sources ;

Neuf grands canaux dérivant les eaux de huit
rivières ;

Trois cent quatre-vingt-un petits étangs,

Et deux mille puits,

Occupant la douzième partie de la surface du
territoire ; c'est-à-dire que, pour douze mètres
carrés de surface, il y a un mètre carré d'eau
servant à arroser toute l'année.

Et tous ces réservoirs sont admirablement
entretenus par un service des ponts et chaussées
aussi important que celui d'un de nos départe-
ments.

Comme conclusion :

Les Indous français vivent et nous aiment.

Les Indous anglais meurent de faim et abhor-
rent leurs oppresseurs...

Je prie le lecteur d'excuser cette digression;
j'ai préféré, en traitant spécialement ce sujet, lui
faire part en bloc de toutes les observations que
j'ai pu faire pendant mon long séjour dans
l'Inde, et de toutes les réflexions que nous
échangeâmes, mon ami et moi, en visitant ses
rizières de Ceylan, sur la conduite de l'Angleterre et la situation misérable des trois quarts
des Indous.

Les Cyngalais ne sont pas mieux traités que
leurs frères de la Grande-Terre; seulement, habitant une île plus arrosée et sans cesse rafraî-
chie par des pluies journalières, malgré les im-
pôts dont ils sont écrasés, ils souffrent moins du
manque de nourriture...

En arrivant aux rizières, nous remîmes nos
chevaux aux deux bohis, en leur donnant ordre
d'aller nous attendre près d'un petit bouquet de
bois qui se trouvait sur la route à deux milles de
là, et nous nous engageâmes à pied sur les petites chaussées qui partageaient les différentes
parcelles de terre cultivées.

Nous n'avions pas fait cinquante pas dans cette
direction, qu'une nuée de bécassines à colliers

verts, de sarcelles et de macreuses s'envolaient
à tire-d'ailes des petits canaux d'arrosage, et,
rasant l'herbe verte, allaient s'abattre à deux ou
trois cents mètres de là, tandis qu'une foule de
courlis, d'ibis blancs de l'espèce de ceux que les
Indiens et les Égyptiens ont sculptés sur leurs
temples, et de quantité d'autres longirostres,
fuyaient dans toutes les directions en écartant
du bec les longues tiges de nelly qui se rejoi-
gnaient derrière eux.

Nos fusils restèrent au repos, et nous sûmes
résister à la tentation de faire une chasse aussi
fructueuse qu'amusante, mais qui nous eût infailliblement détournés du but de notre excursion.

Après une pointe légère au milieu des rizières
destinée, par mon ami, à me faire admirer son
système de plantation et d'irrigation, nous devions aller, dans le fond même de la vallée de
Kaltna, troubler dans leurs solitudes ces magnifiques hérons roses dont le plumage semble se
composer de flocons de neige teintés de car-
min, et si rien ne venait contrarier nos projets, nous effectuerions notre retour par les
coteaux en inspectant les premières *pentes* de
café.

Ramassamy, le domestique de confiance de
M. Duphot, parti depuis la veille afin d'organi-

ser le déjeuner et un lieu pour la sieste, devait
nous attendre à l'entrée de la vallée.

La poursuite de ces superbes oiseaux était la
partie de l'excursion qui me séduisait le plus, et
je dois avouer que cette promenade sur les petites
levées assez boueuses des rizières était un véritable sacrifice que je faisais à l'amour-propre du
propriétaire.

Il vous est arrivé comme à moi, comme à tout
le monde, d'être happé, saisi au débotté par un
ami campagnard, n'est-ce pas ?... Alors, vous
comprenez mon supplice.

— Voulez-vous faire un tour de jardin avant
déjeuner ? vous dit l'ami.

— Volontiers! répondez-vous, vous doutant
un peu des projets du traître, mais espérant toujours qu'il s'humanisera pour vous.

Au fond du jardin est toujours une petite porte
donnant sur la campagne; défiez-vous-en, c'est
là, sous prétexte de roses de Dijon et d'œillets
doubles, qu'on va vous attirer... Mais, hélas!
c'est en vain que vous vous arrêtez près des corbeilles en louant le bon goût de leur ornementa-
tion, en vain que vous subissez un cours complet
sur le croisement des espèces et la greffe... vous
êtes arrivés près du lieu fatal,... l'ami ouvre né-
gligemment la porte : « Le blé sera beau cette
année, » vous dit-il en franchissant le seuil... Si

vous n'êtes pas un homme de génie, si vous ne
trouvez pas immédiatement un de ces expédients
qui sauvent la situation, vous êtes perdu,... vous
rentrez deux heures après, harassé, ayant visité
terres, prés et bois, et vous vous asseyez à table
auprès d'une maîtresse de maison de mauvaise
humeur, et d'un déjeuner trop cuit.

Je n'avais pas à craindre une fin de promenade aussi fâcheuse, Mme Duphot étant restée à
l'habitation et notre déjeuner ne devant se composer que de pièces froides et de carrys ; mais si
j'avais tiré un seul coup de fusil, l'entraînement
de la chasse aidant, mon ami n'eût pas manqué
de m'emmener à travers les rizières sous le fal-
lacieux prétexte de trouver des centres plus gi-
boyeux encore, mais en réalité pour m'initier à
la culture des différentes espèces de riz, et nous
en serions sortis Dieu sait quand.

Mon expédient, à moi, était donc de garder
mon fusil en bandoulière, et comme j'ouvrais la
marche tout en écoutant les aphorismes agricoles
de mon hôte, je choisissais comme par hasard,
pour m'y engager, toutes les levées des champs
de riz qui nous rapprochaient du bouquet de
bois sauveur.

Ces immenses plaines d'un vert émeraude,
s'étendant à perte de vue sous la voûte bleue et
généralement bordées à l'horizon par d'épaisses

forêts, ne laissent pas d'offrir un spectacle plein
de charme ; mais, comme on ne peut les traverser qu'à pied, toute la poésie disparaît sous
la terrible chaleur que le soleil vous verse à flots
et qu'il faut supporter sans abri.

A tout moment des cobra-cappel èt des trigo-
nocéphales, troublés par le bruit de nos pas,
d'un bond traversaient la levée et plongeaient
dans le massif de verdure ; nous n'avions rien à
craindre d'eux, grâce à nos chaussures européennes ; mais malheur au pauvre cooli qui ne
fait pas attention où il met le pied en curant les
canaux, en relevant les jetées ou en *éclaircissant*
le riz dans les endroits où il a poussé trop abondamment ; si par hasard il marche sur un de ces
terribles ophidiens, mordu immédiatement, le
plus souvent il succombe avant qu'on ait eu le
temps de lui porter secours.

On a prétendu que les Indous avaient un remède secret contre la morsure des serpents les
plus dangereux ; ceci est complètement faux ;
le meilleur remède de l'indigène, c'est *la rencontre* fortuite d'un Européen au moment où il
vient d'être mordu. Ce dernier, en effet, lui lie
le membre au-dessus de la blessure, débride la
plaie en croix à l'aide d'une lancette, et verse
sur la chair vive de l'alcali ou mieux du beurre
d'antimoine. A l'aide de cette médication éner-

gique, il y a quelque chance de sauver le patient.

Quant au traitement imaginé par les Indous, j'aurai bientôt occasion de le faire connaître.

Grâce à la petite manœuvre que j'avais imaginée, nous rejoignîmes la chaussée, près d'un demi-mille avant le bosquet où étaient remisées nos montures.

Il était environ huit heures du matin; le soleil, déjà haut, faisait miroiter la rizière et aurait frappé infailliblement d'insolation l'imprudent qui se serait hasardé à la traverser, sans ces légers casques en moëlle d'aloës qui sont les seules coiffures préservatrices dont on puisse faire usage sous ces latitudes. Nous reprîmes rapidement notre course dans la direction de la vallée.

A partir de ce moment le chemin était bordé de banians, de ficus de différentes espèces et de tulipiers aux fleurs jaunes dont le feuillage s'allongeait en voûte au-dessus de nos têtes et nous procurait une fraîcheur délicieuse.

En moins d'une demi-heure nous atteignîmes le petit village de Palambatta, qui s'étend en demi-cercle au commencement de la grande vallée de Kalture, sur les rives d'un petit affluent du Kalloo, et qui est habité par des Vischnou-Baktas de la côte malabare.

Sur la grande place de l'aldée, une troupe de

brahmes mendiants faisaient retentir l'air de
cris bizarres : Ha! ha! ahôvata! hum! hum!
dik! sortes d'interjections exprimant la plainte
et la colère dans la langue sacrée (sanscrit), et
qu'accompagnaient deux ou trois musiciens, qui
faisaient sortir des mugissements lugubres d'une
espèce de trompe employée d'habitude, dans les
cérémonies funéraires.

Ramassamy et le chef du village qui vinrent
à notre rencontre, nous apprirent que toute la
troupe était réunie pour un pahvadam ou *sacrifice d'expiation.*

Comme nous devions déjeuner dans ce village, je me promis bien d'assister à cette étrange
cérémonie.

Dans les montagnes des provinces centrales
et sur toute la côte est, on rencontre des agglo-
mérations assez importantes de Malabares venus de la Grande-Terre et qui ont implanté
leurs traditions religieuses au milieu des populations bouddhistes de Ceylan.

Malgré la chaleur accablante, M. Duphot, qui
avait quelques tenanciers à Palambatta, auxquels il louait certaines terres qu'il ne cultivait
pas lui-même, me demanda la permission d'aller visiter leur exploitation. Pendant que, sous la
haute direction de Ramassamy, les tiseles de
terre bondées de riz et de gibier chantent en

plein air sur leurs feux de bois, je vais profiter de ma solitude pour donner quelques détails sur les sectateurs du brahmanisme à Ceylan, sans lesquels le pahvadam serait difficilement compris.

En général, les Indous rendent sans préférence un culte égal à Vischnou et à Siva, les deux grands dieux de leur triade — Brahma, Vischnou, Siva — qui représentent les facultés essentielles de conservation et de transformation de Brahma, créateur et dieu suprême.

A Ceylan, les Malabares, que l'autorité des brahmes supérieurs ne retient pas dans une orthodoxie relative, se sont divisés en deux sectes ennemies : les vichnous-baktas ou dévots de Vichnou, et les siva-baktas ou dévots de Siva.

Ils reçoivent encore les noms de lingadarys ou porteurs du Lingam, et nahmadarys ou porteurs du Nahmam.

Le Linguam, c'est Priape ; il représente Siva.

Le Nahmam, c'est l'attribut féminin ; il représente Vischnou. Ce dieu, dans la trinité manifestée, n'est en effet que la continuation de la mystérieuse déesse Nari, qui, dans la triade primitive, est la mère universelle.

Quelques sectateurs adorent concurremment Vischnou et Siva, le Linguam et le Nahmam, et représentent alors les deux grands dieux sous la forme d'un beau jeune homme qui réunit dans sa personne les attributs des deux sexes.

Les Grecs, qui ont reçu cette fable de leurs ancêtres indous, en ont fait plus tard le fils d'Aphrodite et d'Hermès.

Les sectateurs de Siva portent ordinairement le Lingam attaché à leurs bras, renfermé dans un petit tube d'argent; quelquefois ils le suspendent à leur cou.

Les Vischnou-Baktas se tracent au milieu du front une seule ligne perpendiculaire un peu renflée dans le milieu. Dans le sud de l'Indoustan, ils portent, suivant les provinces, les noms de *Audy, Dassarou, Sri-Vachtouma, Ramandjoguy, Bahiraguy*, et autres encore.

A Ceylan, outre le Nahmam qui est le signe le moins équivoque de cette secte, on peut encore distinguer la plupart des membres qui la composent par le costume bizarre qu'ils affectent de porter. Les toiles dont ils sont revêtus sont teintes d'un jaune très-foncé tirant sur le rouge; plusieurs portent sur leurs épaules, en guise de manteau, une espèce de couverture piquée de morceaux de toutes couleurs; le turban qu'ils ont sur la tête offre aussi trois ou quatre couleurs entremêlées; quelques-uns, au lieu de couverture, se mettent sur les épaules une peau de tigre qui descend jusqu'à terre ; la plupart ont le cou entortillé d'un long chapelet de grains noirs de la grosseur d'une noix. Outre ce costume singulier, lorsqu'ils voyagent, vivant toujours d'aumônes, ils portent avec eux une plaque ronde de bronze et un gros coquillage appelé sangou ; l'un et l'autre leur servent à faire du bruit pour annoncer leur approche. Tandis que d'une main ils frappent avec une petite baguette sur la plaque de bronze qui rend un son semblable à celui d'une cloche fêlée, de l'autre ils portent à la bouche leur *sangou*, avec lequel ils produisent, en y soufflant par un bout, des sons monotones, aigres et perçants.

Les religieux mendiants de cette secte, qui en tout temps ne vivent que d'aumônes, ne quittent jamais ces instruments ; ils portent, en outre, sur la poitrine, une espèce de médaille de cuivre sur laquelle est gravée l'image du singe Anoumanta, ou quelqu'une des avataras de Vischnou. On en voit qui ornent leurs épaules et leurs jambes avec une foule de clochettes dont le bruit annonce de loin leur arrivée. Quelques-uns ajoutent à tout cet attirail une tringle de fer qu'ils portent aussi sur les épaules, et à chaque bout de laquelle pend un réchaud du même métal, destiné à contenir le feu sur lequel ils font brûler l'encens des sacrifices.

Demander l'aumône, ainsi que je viens de le dire, est un droit absolu des religieux de cette secte... Ils fréquentent surtout les pèlerinages et autres lieux révérés où se sont accomplis la plupart des événements merveilleux de leur mythologie.

On les rencontre par grandes troupes à de certaines époques plus favorables que d'autres à leurs promenades dévotes; ils se répandent dans les villages qui sont à portée de leur route; chaque habitant en loge un certain nombre, et ils sont ainsi défrayés des dépenses du voyage. C'est à la vérité le seul cas où ils se réunissent en troupes aussi considérables, mais ils ne se mettent jamais en campagne sans être plusieurs ensemble. Leur habitude est de demander l'aumône avec audace et insolence, et bien souvent avec menaces. Quand on ne se hâte pas de leur donner, ils redoublent leur vacarme, poussent des hurlements, frappent tous ensemble sur leurs plaques retentissantes, et tirent de leurs *sangou* des sons assourdissants.

Si ces moyens ne réussissent pas, ils entrent quelquefois de vive force dans l'intérieur des maisons, cassent les vases de terre et renversent tous les objets qui s'y trouvent.

Ordinairement, ces religieux chantent et dansent en gueusant. Leurs poëmes sont des

espèces d'hymnes en l'honneur des mauvais
génies, et le plus souvent des chansons obscènes;
plus ces dernières sont farcies d'indécences, plus
elles ont le don de charmer leurs auditeurs
habituels.

L'intempérance de ces gens, et en général de
tous les Vischnou-Baktas à Ceylan, les fait voir
d'un mauvais œil des autres Indous. En effet, il
semble qu'ils affectent de se montrer sans retenue dans le boire et le manger, par esprit d'op-
position et comme pour différer encore en cela
des lingamistes leurs adversaires, dont l'extrême
sobriété égale au moins celle des brahmes, si
elle ne les surpasse.

Ces sectaires mangent ostensiblement de toute
espèce de viande, boivent sans scrupule et sans
honte l'arack, le jus de palmier appelé callou,
et toutes les autres liqueurs et drogues enivrantes
qu'on peut se procurer dans le pays; et il n'est
point d'excès qu'on ne leur reproche en ce
genre : enfin, c'est surtout parmi eux que s'exé-
cutent ces saturnales abominables, connues sous
le nom de sakty-poudja, que j'ai décrites dans la
première partie de mon *Voyage au pays des
Perles,* dans la presqu'île de Jaffnapatnam.

Les objets qu'ils vénèrent le plus sont le singe,
l'arbre assouatam, l'herbe darba, l'oiseau de
proie appelé garoudah et le serpent cappel.

Un tiers seulement du village de Palambatta était habité par des sectateurs de Siva ou Siva-Baktas. Ces derniers forment au contraire majorité le long de la côte est, à Ceylan et sur la Grande-Terre, dans les vastes montagnes qui séparent le pays malabare du pays de Coromandel.

Ainsi que les brahmes, ils s'abstiennent de toute nourriture animale, de tout ce qui a eu un principe de vie, comme les œufs, et même de quelques productions de la terre. Au lieu de brûler leurs morts, comme le font la plupart des autres Indous, ils les enterrent. Ils n'admettent pas les principes, généralement reconnus par les autres castes, concernant la souillure, principalement celle qui résulte des funérailles et du contact d'une femme qui ne s'est pas encore purifiée de son accouchement, ou qui se trouve dans sa situation mensuelle.

Ils ont encore une foule d'autres usages qui s'écartent des règles communément admises dans le proverbe indou si connu :

« Les sectateurs de Siva n'ont pas besoin d'eau. »

A quoi ces derniers répondent :

« Les ablutions ne sont bonnes que pour les impurs. »

Mais le point qui m'a paru le plus extraordi-

naire dans les principes professés par les sivaïstes de Ceylan, et ce en quoi ils se séparent
complétement des croyances brahmaniques de
l'Inde, c'est qu'ils repoussent entièrement l'article fondamental de cette religion, c'est-à-dire
le *marou-djemma,* ou *métempsycose.*

Ensuite de leur doctrine particulière sur ce
point, ils n'ont pas les tyttys ou sraddha funéraires, institués pour célébrer la mémoire des
morts et leur appliquer les mérites des prières
et des sacrifices, offerts par les vivants. Un
sivaïste n'est pas plutôt enterré à Ceylan qu'il
est oublié.

Il existe parmi eux une subdivision de secte
connue sous le nom de vira-seiva, dont je dois
parler, car c'est précisément un membre de cette
secte qui a été la cause occasionnelle du pahvadam
auquel nous allons assister.

Cette tribu rejette la distinction des castes et
soutient que le port seul du lingam rend tous
les hommes égaux : un pariah même qui a em-
brassé ce culte n'est pas, à leurs yeux, inférieur
à un brahme.

Là où se trouve le lingam, disent-ils encore,
là aussi se trouve le corps de la divinité, sans
distinction de rang ou de personnes, et l'humble
chaumière d'un rohdia où se trouve ce signe sa-

cré est bien supérieure au palais le plus somptueux.

On conçoit que ces principes, si opposés à ceux des autres Indous et surtout des brahmes, ont dû rendre les lingamistes odieux à ces derniers, qui ne peuvent même supporter la vue des djangoumas, ou chefs de castes de ces sectaires.

Il est certain que les sivaïstes de Ceylan ne se hasarderaient pas sans danger dans les villages de l'Inde habités par des brahmes. Comme les vichnou-baktas, les siva-baktas ont aussi un certain nombre d'ordres de religieux mendiants désignés sous les noms de pandarons, voderous et djangoumas.

La plupart de ces pénitents n'ont d'autres ressources pour subsister que l'aumône qu'ils vont demander par troupes. Cependant quelques-uns vivent retirés dans des *mattas* ou espèces de couvents, auxquels sont ordinairement attachées quelques terres dont le revenu, joint aux offrandes des dévots, suffit à leur entretien.

Les gourous ou prêtres de Siva, connus sous le nom de *djangoumas,* font vœu de chasteté... mais ce n'est là qu'un vœu de forme tempéré par la plus singulière des coutumes. Lorsqu'un gourou fait la visite de son district, il va loger chez un des adeptes de la secte qui se disputent quelquefois l'honneur de le recevoir chez eux ;

mais, dès qu'il a fait choix d'une maison, le maître et tous les hommes qui l'habitent sont obligés d'en sortir et d'aller loger ailleurs. Le saint personnage y reste seul jour et nuit avec les femmes de ses hôtes, qu'il garde auprès de lui pour le servir sans que cela tire à conséquence ni excite la jalousie des maris. Néanmoins les *médisants* remarquent que, dans ces circonstances, les *djangoumas* ont toujours l'attention de choisir pour leur séjour les demeures où se trouvent les femmes les plus jeunes et les plus jolies.

Le costume des sivaïstes et des vichnouvistes diffère peu, les uns et les autres sont vêtus d'une façon également bizarre. Le *cavy*, ou couleur jaune, est la nuance obligée, non-seulement de ces gens-là, mais de tous les prêtres indous. Les moullah musulmans et les prêtres bouddhistes, dans tout l'extrême Orient, la portent également; c'est un signe de sainteté.

En outre du lingam, les sivaïstes possèdent plusieurs signes particuliers qui les font aisément reconnaître; tels sont les longs chapelets de grains appelés *roudrachas*, grains de la grosseur, forme et couleur des noix muscades, qu'ils portent au cou; les cendres de fiente de vache dont ils se barbouillent le front, les bras et la poitrine.

Après le lingam, l'objet qu'ils vénèrent le plus est le taureau.

Quoique les enfants embrassent ordinairement le culte de leurs pères, cependant leur naissance seule ne les crée pas sivaïstes; ils ne sont admis dans la religion de leurs parents qu'à douze ans, et après seulement qu'ils ont été initiés par le gourou.

La cérémonie qui a lieu pour cela s'appelle *dikcha.* Elle consiste à prononcer sur le néophyte plusieurs *mentrams* ou prières adaptées à la circonstance, et à lui donner tout bas à l'oreille quelques instructions secrètes, mais le tout dans un langage qui le plus souvent n'est pas même compris de celui qui préside à la cérémonie.

Après le *dikcha,* le nouvel adepte acquiert un droit perpétuel à tous les priviléges de la secte dans laquelle il a été incorporé. Des personnes de toutes les castes peuvent être admises dans la secte de Siva et porter ensuite les marques distinctives de leur initiation. Les pariahs et les chakilys ou savetiers ne sont pas exclus de cette faveur; il en de même pour les vichnouvistes.

Dans l'Indoustan, ces coutumes de Ceylan sont considérées avec horreur; aussi les Indous ont-ils l'habitude de désigner les Malabares qui ont émigré dans cette île sous le nom de tchandalas, ou gens des castes mêlées.

L'initiation de nouveaux adeptes dans la secte de Siva est en général assez rare, cependant, parmi ces Cyngalais d'origine malabare, car en s'y affiliant on est obligé de renoncer pour toujours à l'usage de la viande et à celui des liqueurs enivrantes; les basses tribus, où l'on en fait publiquement usage, trouvent ces conditions trop dures, aussi ne voit-on guère de gens de caste infime se présenter à l'initiation.

Les nouveaux adeptes abondent au contraire chez les vichnouvistes, qui permettent l'usage et l'abus de toutes ces choses.

Il n'est pas rare de voir des individus passer d'une secte dans l'autre, suivant que leurs intérêts l'exigent et quelquefois par simple caprice. L'une et l'autre secte admettent sans difficulté et sans examen ces transfuges; on rencontre même quelquefois des *manières* de missionnaires qui parcourent le pays pour faire des prosélytes, portant avec eux des prières dont les vertus merveilleuses rendent l'ouïe aux sourds, la vue aux aveugles, etc... il y en a pour tous les maux qui désolent l'humanité... N'allez point révoquer cela en doute, vous vous attireriez immédiatement une malédiction terrible, qui pour le moins vous changerait en serpent ou en bête fauve.

Et tous les Indous, non-seulement à Ceylan, mais du cap Comorin à l'Himalaya, croient aveuglément au pouvoir des *mentrams* et à toutes ces guérisons merveilleuses.

Ces pandarons portent constamment avec eux de bonnes provisions d'eau du Gange, où qu'ils donnent comme telle...

L'eau du Gange n'a pas sa pareille dans le monde; tandis que les eaux qu'on voit ailleurs *ratent* généralement leur effet devant les incrédules, celle-là a la propriété de dessiller les yeux des pécheurs les plus endurcis...

Il arrive parfois, chose assez singulière, que le mari appartient à la secte de Vichnou et porte le nahmam, tandis que la femme appartient à celle de Siva et porte le lingam. Cependant cette divergence d'opinions religieuses ne trouble en aucune manière la paix du ménage; chacun des conjoints suit paisiblement les pratiques de sa croyance, il adore à sa manière le dieu dont il a fait choix, sans que jamais un des deux s'avise d'y trouver à redire.

C'est là une des différences les plus extraordinaires qu'on puisse remarquer entre les sectateurs du brahmanisme à Ceylan et dans l'Inde.

Dans l'Inde, nul ne peut épouser une femme en dehors de sa caste et de sa croyance.

Quoi qu'il en soit, chaque secte ne s'en applique pas moins à exalter le dieu qu'elle honore et à rabaisser celui de la secte opposée.

Les vichnouvistes prétendent que c'est aux soins du leur qu'on doit la conservation de tout ce qui existe, que c'est de lui seul que Siva tire sa puissance, puisqu'il a été sauvé par lui en maintes circonstances où il n'eût pu, sans son secours, éviter une perte certaine.

Les sivaïstes, au contraire, soutiennent que Vichnou n'est rien et n'a jamais fait que des bassesses capables de l'avilir et de le rendre odieux ; ils prouvent leurs dires à l'aide d'une foule d'histoires où ils font jouer au dieu un rôle ridicule et obscène, et ils concluent en soutenant que Siva mérite seul les adorations des hommes.

Ces querelles de boutique, qui ne cachent le plus souvent qu'une question de gros sous, car chacun ne veut en résumé qu'attirer dans son temple le plus de fidèles et d'offrandes possible, se terminent parfois par des combats singuliers entre les prêtres de deux pagodes rivales, dans lesquels les pauvres diables, en invoquant le secours de leur dieu, cherchent à démontrer sa puissance à la force du poignet.

Les nombreuses bandes de religieux mendiants des deux sectes sont surtout promptes à provoquer ces altercations.

On voit souvent ces fanatiques former des attroupements pour soutenir de part et d'autre la préexcellence de leur culte, et là s'accabler des injures les plus atroces et les plus dégoûtantes; ils vomissent également un torrent d'imprécations contre les dieux adverses, et finissent par en venir aux mains.

Fort heureusement le champ de bataille est rarement arrosé de leur sang, le tout se borne à force coups de poings donnés et reçus, à des turbans jetés par terre et à des vêtements déchirés. Quand les combattants se séparent, leurs dévots mutuels se hâtent de panser leurs blessures et de remplacer les pièces de toile qui leur servent de vêtement par des neuves...

Je reviens au *Pahvadam.*

« Cette cérémonie, dit Dubois, n'a lieu que dans les cas graves, lorsqu'il s'agit d'obtenir réparation d'une injure faite à un membre de la secte, et qui serait censée rejaillir sur tous. Rien de plus sérieux que ce sacrifice expiatoire, car il consiste à immoler une victime humaine et à la ressusciter ensuite.

Lorsqu'on apprend que quelqu'un a donné lieu au pahvadam, les vichnounistes se rendent en foule, de tous les côtés, à la maison du coupable, autour de laquelle ils se trouvent quelquefois rassemblés au nombre de plusieurs milliers; chacun est muni de sa plaque de bronze et de son sangou. On commence par attacher à un arbre celui qui est le sujet de cet attroupement, en dresse ensuite à peu de distance une petite tente qui est aussitôt entourée de plusieurs rangs de sectaires, les chefs choisissent ensuite un vichnouviste qui consente à être immolé et ils le font voir à la foule des curieux qui sont venus pour être témoins de ce spectacle.

Après lui avoir fait au bras une légère incision par laquelle le sang coule, la victime paraît s'affaiblir, tombe par terre et reste sans mouvement. On transporte le prétendu mort dans la tente dressée pour cela et autour de laquelle se rangent des vichnouvistes qui ont soin de ne laisser approcher aucune personne étrangère à leur secte; les autres cernent la maison de celui qui a donné lieu à la cérémonie. Tous ensemble poussent continuellement des cris et des hurlements effroyables qui, joints au bruit retentissant des plaques de bronze, aux sons rauques et lugubres des sangous (trompe brahmanique), produisent une confusion et un vacarme impossible à supporter.

Ce tintamarre épouvantable continue jusqu'à ce que la personne qui en est l'objet ait payé l'amende qui lui a été imposée et qui, ordinairement, excède de beaucoup ses facultés.

Cependant les habitants du village et ceux des

environs, excédés, et n'y pouvant plus tenir, entrent en négociation avec les chefs de ces frénétiques, leur payent une partie de ce qu'ils exigent du coupable, les supplient de terminer vite la cérémonie du pahvadam et de se retirer chacun chez eux. Lorsqu'ils sont satisfaits, les chefs se rendent auprès de la tente et ressuscitent le prétendu mort. Pour opérer ce miracle, on fait une incision à la cuisse de l'un des leurs; le sang qui en découle est recueilli dans un vase et l'on arrose le corps de la victime; par la vertu de cette simple aspersion, le mort simulé reprend vie aussitôt et se porte le mieux du monde. On le fait voir alors aux spectateurs qui tous paraissent bien convaincus de la réalité de cette merveilleuse résurrection.

Après la cérémonie, pour consommer l'expiation du crime ou de l'insulte qui l'a occasionnée, on donne avec le produit de l'amende un grand repas, et l'on se sépare enfin dès qu'il est fini. »

C'est ainsi, d'après l'illustre voyageur que je viens de citer, que se passe dans le sud de l'Indoustan la cérémonie du pahvadam. A Ceylan, on y ajoute une variante qui n'est point trèsprisée de celui qui a commis le crime que l'on veut punir. Pendant que le compère fait le mort, on allume un grand feu à une distance raisonnable, tout autour de l'arbre auquel est attaché le coupable, et de moment en moment un brahme se détache du groupe des musiciens et des hurleurs et rapproche du patient les tisons enflammés. Cette ingénieuse précaution a pour but de hâter le payement de l'amende, que la troupe de moines mendiants dépensera le soir même en orgies.

A l'issue de notre déjeuner, la troupe des Vichnou-Baktas nous régala de leur pieux exercice, car ces simagrées et ces tours de charlatans sont comme toujours placés sous l'égide de l'idée religieuse.

Voici le fait qui avait donné lieu à cette expiation :

Un jeune homme du nom de Salvanayen-Modeliar, de caste vellaja, qui est une des plus relevées de l'Inde, avait revêtu la veille, en cachette, le costume jaune des djangoumas ou chefs de ces prêtres mendiants, et après s'être couvert de poussière, son bâton et son aiguière à la main, il s'en était allé dans un petit village de l'autre versant de la montagne jouer le rôle d'un pèlerin retour du Gange, après avoir distribué force amulettes et donné à chacun quelques gouttes de l'eau miraculeuse du fleuve sacré, il s'en était allé sur le soir exercer *son droit d'hospitalité* chez un jeune brahme nouvellement marié, qui possédait une femme char-

mante. Selon l'usage, le mari quitta immédiatement sa maison, remerciant le ciel de la bonne
aubaine qu'il lui envoyait et de l'honneur que la
présence d'un aussi saint personnage allait faire
rejaillir sur toute sa famille.

Le mauvais sujet joua fort bien son rôle et
usa de toutes les privautés auxquelles sa situation lui donnait droit.

Le lendemain matin, comme il s'apprêtait à
partir, malgré les supplications du mari, qui
l'engageait à prolonger son séjour, la fraude fut
découverte par l'arrivée d'une troupe de véritables djangoumas; grande colère de part et
d'autre, le mari d'avoir cédé son logis et sa
femme à un faux pèlerin, les djangoumas de ce
qu'un intrus avait osé usurper leur costume et
abusé de leurs priviléges.

On s'empara immédiatement du jeune homme
et on l'amena à Palambatta, suivi de tous les
habitants du village qu'il avait choisi comme
théâtre de ses exploits.

Salvanayen-Modeliar appartenait à une des
plus riches familles du pays; aussi, dès que le
farceur chargé de faire le mort se fut étendu sur
le sol et que la première flamme eut jailli du
bûcher improvisé, l'amende qui avait été imposée fut immédiatement payée et le patient déli-
vré; mais si la cérémonie ne fut point très-com-

plète de ce côté, le père du faux djangoumas se
chargea d'y ajouter un épisode. Ayant pris un
rotin, il se mit à frapper sur les pieds de son
fils avec un acharnement tel, que le sang jaillit
bientôt de toute part.

Quelque douloureux que fût pour nous ce
spectacle, nous nous gardâmes bien d'intervenir; une parole de nous n'eût fait qu'augmenter la durée et la rigueur du supplice.
L'autorité du père de famille est à ce point res-
pectée dans l'Inde que ce dernier, brisât-il bras
et jambes à son fils, pas une parole de blâme ne
serait prononcée par les spectateurs, et il n'est
pas jusqu'au patient lui-même qui ne trouverait
fort mauvais qu'un étranger se mêlât de ses affaires de famille.

Après le préjudice religieux, que les cafards
de djangoumas prétendaient avoir reçu dans
cette usurpation de leur *droit de jambage*, il
fallut aussi réparer le préjudice matériel causé
au brahme et à sa jeune femme. Le tribunal de
la caste, composé de tous les anciens, se réunit
et, après avoir entendu la déposition des deux
époux, condamna Salvanayen à payer sur
l'heure la somme de mille roupies à ceux qu'il
avait trompés. Son père s'exécuta immédiatement.

Pendant qu'on procédait au jugement de cette

singulière affaire, sous un grand tamarinier planté au milieu de la place du village, je regardai curieusement la femme du brahme que l'on obligea, sans doute pour bien apprécier le dommage, à raconter, par le menu, tout ce qui était arrivé pendant la fameuse nuit que le prétendu pèlerin avait passé près d'elle; il ne me parut pas dans ses dépositions qu'elle lui gardât un bien forte rancune, et chaque fois qu'elle fut obligée de jeter les yeux sur le pauvre diable qui geignait dans un coin, il me sembla que son regard était plutôt chargé de tendre compassion que de colère... Les trois quarts de ces djangoumas qui parcourent les campagnes sont vieux, malpropres et souvent attaqués d'éléphantiasis, et la charmante créature devait en secret savoir gré au Vellaja, de sa jeunesse et de sa bonne mine.

Sur les trois heures, le soleil diminuant un peu d'intensité, nous reprîmes nos montures et, guidés par Ramassamy, nous pénétrâmes dans la gorge de Kaltna.

Au bout d'une heure environ, nous dûmes abandonner nos chevaux. La forêt commençait avec son mystérieux fouillis de lianes, de plantes grimpantes, de bambous et de multipliants gigantesques, praticable seulement pour les piétons.

Nous n'avions pas fait cinquante pas que nous marchions sur un épais tapis de mousse et de détritus séculaires ; une fraîcheur, toute chargée de senteurs des cannelliers et des salsepareilles sauvages qui croissaient autour de nous, avait remplacé les chaudes exhalaisons de la plaine, pas un rayon de soleil ne parvenait à percer la voûte de feuillage qui s'étendait sur nos têtes, et la lumière qui se tamisait en vert de différentes nuances donnait à tous les objets les plus singuliers aspects. Parfois, au milieu d'un massif, un trou sombre, mais régulier, se découpait dans la verdure... c'était le passage d'une panthère ou d'un jaguar, et peut-être, de sa tanière peu éloignée, le fauve grondait-il sourdement aux bruits qui lui signalaient notre présence.

Nous montions insensiblement, en suivant une pente douce mais constante, et l'idée ne nous venait pas d'échanger une parole au milieu des impressions diverses inspirées par la grandiose nature qui nous entourait. Tout un monde extraordinaire vivait au-dessus de nous, des milliers de grands singes noirs à colliers blancs, suspendus aux lianes et aux branches, nous regardaient passer avec un étonnement méditatif, pendant que des oiseaux de toutes nuances, que nous dérangions dans leur sieste, sous la feuille où ils avaient cherché un abri contre la chaleur, s'enfonçaient avec des cris aigus plus avant dans le fourré. Les rats palmistes, sorte de petits écureuils gris, sautaient joyeusement en se poursuivant d'un arbre à un autre, choquant parfois dans leur course rapide ces grands papillons de bois aux nuances tendres et chatoyantes, qui s'attachent à l'écorce des cannelliers pour en respirer les parfums et qu'on prendrait pour des fleurs. De temps à autre un cobra-capel ou un trigonocéphale surgissaient précipitamment devant nous, mais ce n'était qu'un éclair et la bête immonde plongeait immédiatement dans les hautes herbes.

Cependant, la lumière sembla revêtir peu à peu des teintes moins sombres et bientôt les feuillages supérieurs laissèrent filtrer quelques rayons de soleil.

Mon compagnon s'arrêta :

— Apprêtez votre arme, me dit-il, nous ne sommes pas à deux cents mètres du petit lac où les hérons roses se livrent d'ordinaire à leurs ébats et nous n'avons qu'un coup à tirer.

Sur l'ordre de son maître, Ramassamy se glissa devant nous et se mit à ramper sur la mousse pour nous avertir de la présence du gibier convoité.

En arrivant au sommet du versant, je ne pus retenir un cri d'admiration, immédiatement réprimé par un signe de mon ami. Le spectacle que nous avions sous les yeux était d'une magnificence à défier tous les rêves de l'imagination, toutes les ressources de la palette la plus habile.

Derrière nous, la forêt, pleine de mystérieux attraits, descendait avec ses cascades de fleurs et de feuillages variés, le long de la montagne ; en face, sur un petit plateau, un lac d'un quart de mille de large environ, que nous apercevions à travers les feuilles de jeunes pendanus et de palmiers nains qui croissaient sur ses bords, s'adossait d'un côté à un versant boisé plus élevé encore que celui que nous venions de parcourir, et de l'autre, au bout d'une gorge étroite, déversait à pic dans une vallée, ses eaux qui, après s'être précipitées par nappe, se changeaient en une espèce de pluie torrentielle, rebondissaient en mousse éclatante, et finissaient par former à sept à huit cents mètres de profondeur un ruisseau tranquille, qui serpentait au loin comme un ruban d'argent... Et tout cela était animé par ce soleil de l'équateur, qui étend sur tout ce qu'il touche un incomparable manteau d'or et de lumière.

Sur la rive éclairée du lac, des centaines de hérons, au plumage rose et tendre, étaient en train de pêcher au milieu des nénuphars bleus, qui émergeaient de l'eau en tous sens.

Nous venions aborder au coin de la cascade et, abrités par des massifs d'arbustes, nous commençâmes à contourner par la droite la nappe tranquille, pour arriver à une portée de fusil des magnifiques échassiers, qui continuaient leur jeu sans se douter de notre présence.

Nous avions fait à peine le tiers du chemin lorsqu'un hurlement rauque et prolongé s'éleva du fond de la vallée qui recevait les eaux du lac; instinctivement nous nous arrêtâmes, nous interrogeant mutuellement du regard...

— C'est le cri de l'éléphant sauvage, fit Ramassamy à voix basse.

Au même instant éclata le plus étrange de tous les concerts...

— Ils sont plusieurs, continua l'Indou, et c'est sans doute la rencontre de quelque jaguar qui les a mis en émoi.

Il ne fallait plus songer à notre chasse... les hérons commençaient à s'agiter sur la berge et bientôt nous les vîmes s'enlever un à un d'un vol pesant et disparaître derrière le versant supérieur de la montagne.

Les cris continuaient de plus belle et montaient jusqu'à nous, multipliés à l'infini par les échos des vallées; on eût dit qu'un troupeau entier de ces majestueux animaux était aux prises avec un ennemi inconnu.

— Nous ne regretterons pas notre partie inter-rompue, me dit mon compagnon, car si je ne me trompe, nous allons, sans courir le moindre risque, jouir d'un spectacle bien autrement imposant. Les éléphants sont certainement en nombre au pied de la cascade et un motif sérieux doit exciter leur colère.

— Pensez-vous que nous puissions approcher d'eux sans être découverts? répondis-je.

— Nous les dominerons de toute la hauteur des roches escarpées sur lesquelles se préci-pitent les eaux du lac, et quand bien même ils viendraient à nous apercevoir, nous n'aurions aucun danger à redouter, de cette forteresse inaccessible, n'est-ce pas ton avis, Ramassamy?

— Oui, Saëb, fit simplement l'Indou, qui prit aussitôt les devants pour inspecter la route; mais il faut nous hâter, car le soleil baisse rapi-dement à l'horizon.

Nous n'avions plus aucun motif pour dissi-muler notre présence, et quittant les massifs nous revînmes sur nos pas en suivant la berge du lac. Arrivés près des chutes, nous nous glis-sâmes en rampant sur un énorme quartier de granit, dont la masse suspendue sur l'abîme for-mait de notre côté une barrière naturelle, qui servait de digue au premier saut de la cascade. A peine dépassais-je de la tête l'extrémité du rocher, qu'un éblouissement subit me força à me cramponner aux arbustes qui entouraient cette espèce d'observatoire et je fermais les yeux quelques instants pour ne pas céder à un insurmontable vertige qui m'attirait du côté de la nappe écumante. Les exclamations de mon ami, qui venait de prendre place à mes côtés, furent telles, que la curiosité vainquit l'émotion et de nouveau mes regards plongèrent avidement au-dessous de moi; un frisson d'admiration et d'horreur me parcourut tout le corps; aux pieds de cette série de cascades presque perpendiculaires, encaissées entre deux versants boisés de six à sept cents mètres environ, deux éléphants noirs se chargeaient avec fureur, et bien que leur taille fût considérablement diminuée par l'énorme distance qui nous séparait d'eux, nous ne perdions aucuns des détails de cette scène grandiose, encadrée par un des plus majestueux paysages qui soient au monde.

— C'est sans doute une femelle en belle humeur qui cause tout ce tapage, fit mon ami!...

Les colosses sautaient dans les hautes herbes, la trompe relevée, les défenses en avant, se portant des coups terribles, qu'ils paraissaient éviter avec une adresse surprenante et mêlant leur cri de rage au mugissement des flots. Ils paraissaient tous deux d'égale force, et comme le combat ne faisait que de commencer, rien ne pouvait nous faire prévoir le dénoûment de cette lutte gigantesque. Nous étions là depuis quelques minutes à peine, tout entiers à l'émouvant spectacle qui se déroulait sous nos yeux .lorsque Ramassamy dit à son maître:

— Saëb, nous n'avons plus qu'une demi-heure de jour.

En entendant ces paroles, M. Duphot fit un rapide mouvement en arrière.

— Qu'avez-vous? lui dis-je aussitôt.

— Alerte, mon cher ami, me répondit-il, avec une certaine nuance d'inquiétude, nous n'avons pas une minute à perdre, cette côte est infestée de jaguars et de panthères, et notre passage de la forêt ne s'effectuerait pas sans danger si nous nous laissions surprendre par la nuit.

Je connaissais trop l'importance de cette observation pour ne pas me hâter de suivre mon compagnon, et après un dernier coup d'œil jeté aux sauvages lutteurs, nous nous dirigeâmes rapidement vers le petit sentier que nous avions déjà parcouru pour gravir les pentes escarpées qui conduisaient au lac.

Au bout de quelques minutes nous étions sous bois; le soleil, entièrement masqué par les hauteurs, ne laissait filtrer qu'une lumière à peine suffisante pour éclairer notre marche. Sous l'ombre qui croissait de minute en minute, les grands arbres prenaient des apparences fantastiques et l'on entendait déjà glapir dans les halliers les immondes chacals, qui n'attendent jamais la complète obscurité pour commencer leur chasse.

Je ne sais rien d'imposant comme la solitude des grandes forêts des tropiques à l'heure fugitive du crépuscule, les milliers d'oiseau qui s'y sont réfugiés pendant les heures chaudes du jour, retournent, dès que le soleil s'apaise, picorer dans les champs de riz, de maïs et de sorgho, et le silence n'est plus troublé que par les rugissements des fauves qui s'apprêtent à prendre possession de leur domaine.

Fort heureusement, la descente s'opéra pour nous beaucoup plus rapidement que la montée, et aux dernières lueurs du jour nous galopions sur la route de Palambatta. Pendant toute la journée, ce qui est rare dans l'Inde, nous n'avions pas tiré un seul coup de fusil...

Les trois semaines que j'avais projeté de donner à mes amis s'écoulèrent avec une vitesse vertigineuse; chaque jour c'était une excursion nouvelle, un site admirable que nous allions visiter, en compagnie de l'éléphant Nijara qui était toujours l'enfant gâté de la maison. Mes aimables hôtes s'ingéniaient à inventer sans cesse de

nouvelles distractions , et quand l'heure fatale
de la séparation sonna, il m'eût fallu un séjour
de plusieurs mois encore pour assister à l'exécution de tous les projets qu'ils avaient formés.
Malgré leurs prières, il me fut impossible de
différer mon départ ; j'étais absent depuis plus
de quatre mois, et bien que la durée de mon congé
de santé fût à près laissée à mon appréciation,
j'avais hâte de terminer mon voyage et de me
trouver au sein de ma famille que j'avais laissée
à Chandernagor.

. La dernière soirée que nous passâmes ensemble fut triste... j'aurais voulu être déjà parti et
esquiver l'heure du dernier adieu.

Nous ne nous couchâmes point, car j'avais
résolu de me mettre en marche au milieu de la
nuit, pour éviter les chaleurs accablantes du
jour, et arriver à Pointe de Galles dans la matinée.

Je refusai la voiture que m'offrit M. Duphot, car il m'aurait fallu laisser mes hommes
en arrière avec les approvisionnements et les
munitions, et les gaillards s'étaient tellement
relâchés sur la discipline à Kaltna, que je
n'étais pas fâché de les avoir de suite sous la
main.

Lorsque Amoudou vint m'annoncer que tout
était prêt, je m'arrachai rapidement aux étrein-

tes pleines d'émotions de mes amis, et m'é-
lançai dans ma charrette, en donnant l'ordre à
Kandassamy de pousser son attelage.

— Quand nous reverrons-nous ? me cria
M. Duphot dans un dernier adieu.

— Peut-être en France, lui dis-je.

— Peut-être jamais ! répondit sa gracieuse
compagne.

Sous l'impulsion du vindicara, les deux bufflones avaient pris le galop, et ces dernières
paroles que j'avais entendues : « Peut-être jamais » pendant de longues heures me mordi-
rent au cœur comme l'écho d'un sinistre pres-
sentiment...

. . . .

Aujourd'hui que je mets en ordre ces notes
de voyage, je ne puis songer sans une douleur
profonde aux deux hôtes de la vallée de Kaltna.
Emportés il y a près de huit ans par cette sinistre fièvre de l'île Maurice que les coolies, à
l'expiration de leurs engagements, rapportent
sur les plantations de Ceylan et de la côte
malabare, une même tombe renferme leurs dé-
pouilles sur les bords du Kalloo.

Au soleil levant, j'étais à Wiwellé, petit village de la côte ouest, assis coquettement sur le
rivage au milieu de bosquets, de citronniers, de
pendanus, de banians et de cocotiers. Une lon-

gue file d'indigènes des deux sexes, portant sur
la tête de vastes corbeilles en rotin pleines de
fruits, se dirigeaient du côté de Pointe de
Galles, tandis que d'autres, sur les bords des
petits ruisseaux, et des étangs consacrés, —
accomplissaient leurs ablutions religieuses. L'O-
céan indien, légèrement agité par une légère
brise de *suroit*, envoyait les trois flots de
sa barre s'échouer sur la plage, avec ce bruis-
sement mélancolique si cher aux marins. Au
loin des centaines de pêcheurs, debout sur
leurs catimarons, chargés de ces langoustes
violettes qu'on ne pêche qu'aux environs du
cap Comorin et des récifs de Barbaryn, regagnaient la côte en dansant à la lame ; la
trompe des *padials* rassemblant les éléphants et
les bufflones laitières pour les conduire aux
champs faisait entendre de tous côtés ses sons
criards et monotones... et les teintes sombres de
la nuit s'enfuyaient comme un rideau qu'on
déroule devant les premiers rayons du jour.

Pendant que Kandassamy dételle ses animaux
et les mène avec lui au bain, et qu'Amoudou
marchande à un Macoua qui vient d'aborder
quelques poissons qui vont composer mon carry
du matin, l'instant me semble bon pour hasarder
une petite explication... J'ai déjà eu l'occasion
de dire que j'aimais peu les préfaces, il est si

12

facile de causer en voyage, et j'en use quelquefois, en essayant de n'en point abuser. Et puis
à quoi sert d'ordinaire une préface? à dau-
ber d'importance les critiques qui ont le malheur de ne pas être de votre avis !... En dehors
des faits positifs et des livres de science pure
où l'écrivain a le droit de se défendre, il me paraît de mauvais goût de s'insurger contre les
jugements de la presse. Il se dégage de là une
opinion publique presque toujours désintéressée,
qui donne à l'écrivain sa véritable place, et
quand ce dernier ne sait pas se la faire, c'est
qu'en général il ne l'a pas méritée.

Il va de soi que par jugements désintéressés
je n'entends pas ceux que les voyageurs ont l'habitude d'échanger entre eux ; chacun veut avoir
bien vu, et il n'y a pas sur le même point deux
voyages qui se ressemblent... Que voulez-vous...
il y a d'abord les voyageurs en chambre qui
parcourent le monde à la suite des Anglais et
des Américains ; pour eux l'Anglo-Saxon, qui
est bien le plus personnel, le plus exclusif, le
plus égoïste et le moins impartial, pour tout ce
qui s'éloigne de ses coutumes nationales, qu'il y
ait au monde, est le seul homme digne de foi
parce qu'il écrit seulement les choses qu'il croit
découvrir... A ces voyageurs fictifs et anglomanes je conseillerai de lire les différentes

« excursions and travels » en France qui se
publient chaque année à Londres et à New-
York. Ils apprendront à connaître leur pays
sous un jour tout nouveau.

Ils y verront que la France est un pays de
prostitution cosmopolite, où la vie de famille
n'existe pas ;

Que les jeunes filles vont gagner leurs dots à
Mabille ;

Et que les beautés faciles qui se promènent
le soir sur les boulevards, sont la fine fleur de la
distinction française.

Comme preuve de leurs dires londoniens et
yankees ils citent nos romans obscènes, et nous
traitent de « Brightness decay », *pourriture élé-
gante.*

Écrivent-ils sur leur pays, il faut entendre
le concert de perfections qu'ils s'attribuent !...
Pas un ne soulèvera le voile de cette honteuse
et crapuleuse débauche qui ronge les grandes
cités anglaises et américaines, débauche hypocrite qui s'exerce après boire, quand le soleil
est couché, débauche tellement ignoble qu'on
n'en pourrait parler même en la couvrant de
fleurs.

Voulez-vous un fait ! un fait public qui vous
fera juger de ce qu'on cache...

Il y a à San-Francisco, État de Californie,

dans une des plus belles rues de la ville, — Kerney-street — un établissement qui porte le nom de Bella-Union Théâtre.

C'est en effet un théâtre. On y distribue des billets à la porte... Prenez une loge et montez au lever du rideau; une troupe de danseuses envahit la scène; après quelques entrechats, arrive *l'encanteur* (commissaire-priseur) qui prend le titre de marchand d'esclaves; on croit d'abord à une épisode de la pièce... attendez un peu, une danseuse s'avance... five dollars!... ten dollars... twenty dollars, crie-t-on dans la salle... personne ne dit mot, adjugé... la danseuse disparaît avec un n° d'ordre. Où croyez-vous qu'elle va ?... Dans la loge garnie d'épais rideaux où se trouve le gentleman à qui on l'a adjugée! et la scène du slaves-market (marché aux esclaves) se continue jusqu'à épuisement de danseuses. Je ne cite que ce fait, car c'est le seul que j'oserais, dans un ouvrage de ce genre, offrir à des lecteurs français,... c'est le moins ignoble de tous ceux que j'ai notés, pendant les quatre séjours différents que j'ai faits en Amérique; qu'on juge des autres.

Donc... voyageur en chambre, continuez votre besogne patriotique, continuez à rabaisser l'esprit français au profit de l'esprit anglo-saxon.

Donnez dans tous les poufs de nos voisins,

c'est à la mode, on vous écoutera et on ne sous-crira pas vingt-cinq centimes pour encourager, par exemple, les excursions, si scientifiques et si intelligemment faites de Soleillet, l'intrépide voyageur du Sahara!

Appelez vos héroïnes Haouda, ce qui si-gnifie en indoustani palankin, sorte de caisse dans laquelle les voyageurs se placent sur le dos des éléphants ; ou bien encore Nagali (comme dans les Mystères de l'Inde), ce qui signifie en tamoul *chaise percée*,... c'est comme cela que vous referez l'éducation géographique de la France, que vous inspirerez à vos enfants le goût des voyages... et que vous ferez rire de nous à l'étranger.

Il y a ensuite les voyageurs de paquebots... (seize heures d'arrêt dans chaque station) qui jugent de haut et sur la mine des gens toutes les civilisations qu'ils rencontrent ; puis enfin les voyageurs *voyageant*, qui élisent domicile dans le pays qu'ils affectionnent, l'étudient à loi-sir et ne s'en arrachent qu'avec peine, comme Soleillet, Rousselet, Anquetil et une foule d'au-tres... Comment voulez-vous que ces derniers s'accordent avec les autres, qui voyagent dans les Magazines anglais et font le tour du monde dans l'omnibus de Paris-Auteuil, ou qui, voya-geant réellement, ne font que suivre les sta-

tions de steamers, de Marseille à Yokohama, et
de Pointe de Galles à Sidney.... D'un côté
comme de l'autre, on s'irrite facilement, le
voyageur juge mal le voyageur, et nous n'avons
à attendre d'impartialité que des critiques de la
presse.

Ce hors-d'œuvre, je dois l'avouer, n'est qu'un
moyen d'arriver sournoisement non à protester
contre les critiques qui ont accueilli mes premiers voyages (je n'ai eu en général qu'à me
louer de la bienveillance qu'ils ont rencontrée)
mais bien à faire une toute petite observation.

En décrivant d'après mes notes (si complètes
que la plupart du temps je ne fais que copier),
cette plage splendide de Wiwellé, au soleil levant, je me suis arrêté tout d'un coup dans ma
description, l'opinion de deux hommes de talent
me revenant en mémoire m'a troublé dans mon
travail.

En parlant de mes précédents voyages *au
pays des bayadères*, et *au pays des perles*,
M. Foucaux, professeur de sanscrit au collége
de France, a dit : « L'auteur sait nous intéresser à ses récits et à ses aventures de voyage.
On trouve dans ses ouvrages des pages vivement
écrites auxquelles un esprit morose ne peut
reprocher *qu'une couleur trop orientale.* »

D'un autre côté, M. J. Assézat, des *Débats,*

m'a reproché également de décrire cette nature
de l'Orient « avec trop de lyrisme. »

J'aurais mauvaise grâce à me plaindre d'une
opinion, exprimée avec tant de courtoisie, je
désire simplement faire observer, pour expliquer
mon cas, que je décris une nature que j'aime
passionnément, et que le climat, la végétation et
le soleil de ces admirables contrées de l'Asie impriment à l'imagination de celui qui les a habitées
des caractères propres, que rien plus tard ne
saurait effacer.

Qu'on me permette de citer, sur ce point,
M. de Humboldt.

« Il y a, dit l'illustre savant, quelque chose de
si grand et de si puissant dans l'impression que
fait la nature sous le climat des Indes, qu'après
un séjour de quelques mois, on croit y avoir
séjourné une longue suite d'années. Tout en
effet ici paraît neuf et merveilleux. Au milieu
des champs, dans l'épaisseur des forêts, presque
tous les souvenirs de l'Europe sont effacés. Car
c'est la végétation surtout qui détermine le caractère du paysage ; *c'est elle qui agit sur notre
imagination par sa masse, le contraste de ses
formes et l'éclat de ses couleurs.* Plus les impressions sont fortes et neuves, plus elles affaiblis-
sent les impressions antérieures, la force leur
donne l'apparence de la durée. Le soleil n'é-

claire pas seulement, il colore les objets, il
les enveloppe d'une vapeur légère, qui, sans
altérer la transparence de l'air, rend les teintes
harmonieuses, adoucit les effets de la lumière,
et répand dans la nature le calme qui se re-
flète dans notre âme. »

La vue de l'Inde arrache également au scepti-
que Jacquemont le cri suivant, qui, on peut
l'avouer, ne manque pas *de lyrisme!*

« Quel ravissement nouveau! quel étonnement incrédule! n'éprouve-t-on pas quand on
descend pour la première fois sur la rive des
tropiques? Quelle impression profonde laisse à
jamais dans l'âme d'un homme sensible aux
beautés de la nature le premier tableau qu'il a
contemplé du monde équinoxial! »

Ce ne sont que des exclamations..... on arrive à
l'étonnement incrédule..... l'impression ressentie
est d'autant plus vraie que Jacquemont, on le
sait, n'était point facile à l'admiration.

Je vais maintenant, messieurs, pour dédom-
mager le lecteur de ma pauvre description de
Wiwellé, que votre souvenir m'a fait écourter,
vous donner celle que fait d'une matinée dans
l'Inde, M. de Waren, ancien officier français
de l'armée anglo-indoue, qui est resté plus de
trente ans dans ce pays sans pareil.

Vous allez voir que ni vous ni le lecteur ne perdrez au change.

Je dormais encore quand, à trois heures du matin, mes bohis (porteurs de palanquin) soulevèrent ma couche, sans toutefois troubler mon sommeil qu'ils respectaient avec la bonhomie, la tendresse innée de ce peuple simple et doux. Ils prirent un pas plus cadencé, leurs voix devinrent plus sourdement monotones, et ce ne fut que la délicieuse fraîcheur, qui précède immédiatement le lever du soleil, qui saisit mes membres et me tira de ma léthargie.

« Qu'elle est voluptueuse cette première heure de la matinée sous les tropiques ! Que l'air est pur et embaumé ! que la matinée est gracieuse ! comme elle se pare successivement de toutes les couleurs du prisme avant de revêtir sa robe d'or ! Les eaux réfléchissent un ciel si bleu, et puis cette fraîcheur vierge que vous n'avez qu'un moment pour savourer, qui va vous quitter, qui vous échappe, mais qui vous baigne et vous caresse pour se faire plus regretter. Ce n'est qu'ici qu'on en apprécie toute la grâce..... c'est au milieu de cette végétation luxuriante que paissent d'innombrables troupeaux de daims, de cerfs, de sangliers ; c'est ici que bondit l'antilope, que le florican et l'outarde élèvent leur vol pesant, que des millions de

cailles et de perdrix, la perdrix peinte surtout,
la plus délicieuse de toutes, s'appellent tout le
jour. Des nuées de sarcelles, de canards, d'oies
sauvages, de hérons, de cormorans s'abattent sur
tous les étangs; chaque marais, chaque rizière
fourmille de bécassines. Si vous suivez les bords
ombragés d'un nullah (ruisseau raviné) du milieu
des arbustes en fleurs qui se balancent sur votre
tête, un vol bruyant se fait entendre; c'est le paon
avec sa robe semée de pierreries, qui vous
annonce le voisinage d'un gibier non moins beau
mais plus dangereux, et vous avertit de couler
une balle dans votre fusil. Effectivement, si
vous regardez attentivement le sable du ruisseau
dont vous suivez le cours, vous y trouverez les
traces distinctes, encore fraîches peut-être, et
profondément marquées, du roi des déserts. C'est
une singulière coïncidence, mais elle est presque invariable, que partout où vous trouvez le
paon, le tigre n'est pas loin. Ils préfèrent sans
doute les mêmes localités, et l'épais feuillage
qui convient à l'oiseau sert à cacher son terrible voisin aux yeux de ses victimes, jusqu'à la
portée du bond fatal. Arrêtez-vous sur les bords
charmants du Godavéry, c'est le fleuve aux
amoureuses légendes : vous y verrez des jeunes
filles apporter des fleurs dans une feuille de
bananier, la poser doucement sur l'eau du bord,

et la regarder fuir avec le courant. Elles attachent des craintes et des espérances superstitieuses
au sort de leur offrande. Si la petite barque, qui
porte leurs amours, chavire en peu d'instants,
elles s'éloignent les yeux baignés de larmes ; si
elle surnage jusqu'à perte de vue, elles re-
prennent le chemin du foyer maternel le pas
léger et le cœur content. Qu'elles sont gra-
cieuses ces filles de l'Inde ! l'Écriture sainte
nous représente les femmes allant chaque soir
remplir l'amphore au puits commun ; cette
coutume patriarcale existe encore dans tout
l'Orient, mais surtout dans les campagnes ; et
que de fois, au déclin d'un jour brûlant, assis
sur les degrés d'un réservoir, ai-je oublié les
heures, en suivant du regard ces formes sveltes
et élégantes, ce buste si parfaitement moulé,
dont le daupettah, le vêtement des temps
antiques, qui retombe sur l'épaule gauche, ne
vous dérobe que la moitié après avoir serré la
taille frêle et les seins arrondis. En vérité la
jeune Indienne, dans son costume simple et pri-
mitif, comme l'oiseau dans son plumage, n'a
rien à envier aux toilettes pompeuses et arti-
ficielles des grandes dames de nos salons. »

Voilà comment parlent de l'Inde les gens
qui ont vécu ou voyagé longtemps dans le
pays ! Qu'on me permette maintenant de donner

à titre de comparaison deux descriptions de
Madras, l'une empruntée à M. de Waren qui a
vieilli dans l'Indoustan, et dont nul ne niera la
compétence et le goût, et l'autre à MM. Cernuschi et Duret, qui ont parcouru l'Inde en
trois mois, à grands renforts de steamer et de
chemin de fer, juste le temps de sillonner la
grande route banale *de tous les excursionistes.*

Je commence par M. de Waren :

« Divisée en deux parties distinctes, la ville
blanche et la ville noire, l'aspect de Madras
est irrégulier, et singulièrement bizarre. C'est
l'Europe et l'Asie séparées par une esplanade.
Des casernes, des maisons à toits plats dans le
genre espagnol, la plupart entourées de petits
jardins et séparées par de belles rues ombragées
de grands arbres ; un palais, plusieurs églises,
quelques monuments construits sur les plus
beaux modèles de l'architecture grecque ; enfin
une noble forteresse avec ses glacis, ses embra-
sures, ses canons, un murmure de vague qui
résonne dans tout l'atmosphère, et qui vous suit
en s'affaiblissant jusqu'à près d'une lieue : voilà
la ville blanche.

Puis un immense village, où la vie fourmille,
des huttes entassées les unes sur les autres, des
minarets, des pagodes, des mosquées ; ici tout un
quartier dans le genre portugais, ailleurs une

maison isolée parmi les huttes, couverte en tuiles, mais bâtie d'un seul étage et peinte en bandes verticales de diverses couleurs (la vieille architecture polychrome de l'Asie). Au-dessus les cocotiers élançant leurs gerbes empanachées, le tamarin, le pipuel, le figuier sacré s'appuyant à terre par vingt troncs vigoureux, formant des voûtes et secouant de ses vastes rameaux l'ombre, la fraîcheur, le sommeil ; un peuple bronzé qui remue, qui dort, qui travaille, qui fume, qui fait ses ablutions, tout cela au milieu de la rue, voilà la ville noire. Enfin des avenues à perte de vue, larges, plantées des plus beaux arbres, et bordées de ces magnifiques habitations, de cette longue suite de palais, doriques, ioniques, corinthiens, ces temples d'Athènes qu'une belle pelouse, ornée de bosquets et de fleurs, met à l'abri du bruit et de la poussière ; voilà *The Garden*, la délicieuse campagne de Madras.....
Les maisons de ces princes marchands présentent, quand on les éclaire pour le repas du soir, un spectacle grandiose et d'un éclat extraordinaire. Les salles offrent toujours les plus nobles dimensions. Il faut de l'air sous ce climat brûlant ; aussi le plafond s'élève, toutes les portes sont ouvertes, voilées seulement d'un rideau de gaze ou d'un léger tissu de bambou pour en défendre l'entrée aux chauves-souris

13

qui prennent possession de l'atmosphère au coucher du soleil; les murs sont généralement de stuc blanc fait avec des coquillages pilés d'un reflet admirable. De distance en distance des candélabres à plusieurs branches sont adaptés à la muraille, supportant des lampes de verre où brûle de l'huile de noix de coco, et d'où s'échappent dans tout l'appartement des torrents de lumière. Les planchers sont couverts de nattes de rotin de Calcutta, fines, luisantes et polies, qu'un pied novice n'aime point à fouler, mais qui paraissent plus tard délicieuses par leur fraîcheur. Le rare ameublement est d'une somptueuse élégance; la variété et le nombre des domestiques, leur air grave et respectueux donnent une telle dignité à ces demeures que vous vous croiriez dans un palais..... Le lendemain, avant le lever du soleil, je fis une longue excursion dans la ville noire. Il me tardait de voir de près cette grande fourmilière humaine que la veille je n'avais fait qu'entrevoir en courant, d'assister à sa vie intime, de la surprendre à son lever. J'étais impatient de savoir aussi ce que c'était qu'une mosquée et une pagode, choses dont j'avais lu bien des descriptions, mais dont je n'avais aucune idée bien définie.

« A cette heure avancée, une grande partie de la population, les pauvres de toutes les classes,

artisans, manœuvres, journaliers, dormaient
encore en plein air, sur des nattes, et plus généralement sur la terre nue, chacun devant la
porte de sa maison. Le turban sert d'oreiller
aux hommes, les tresses de leurs cheveux aux
femmes. Chacun dort, la figure couverte d'un
coin de son vêtement : c'est pour se garantir de
la rosée et des insectes. Le mari et la femme
sont enveloppés dans la même pièce de toile,
qui sert pendant le jour de jupon à la femme
et pendant la nuit de couverture à tous les deux.
Quelquefois deux ou trois couples des deux sexes,
différentes générations d'une même famille sont
ainsi rangés côte à côte. A mesure que la matinée
s'avance, ces corps inclinés se relèvent, se dé-
pouillent de leurs linceuls, la toilette commence,
elle se fait en plein air ; la femme va chercher de
l'eau qu'elle verse sur la tête et les épaules du
mari accroupi ; elle le lave, le frotte ; elle huilera
quelquefois tout son corps, peignera et tressera
ses cheveux, toujours très-longs, mais souvent
réduits à une seule touffe au sommet de la tête ;
enfin, selon qu'il sera sectateur de Brahma, de
Vichnou ou de Siva, elle tracera sur son front
différentes lignes verticales ou horizontales,
blanches, jaunes et rouges, de couleurs extrême-
ment vives et éclatantes qui doivent indiquer sa
caste. Cette opération terminée, le seigneur et

maître s'accroupit comme un singe sur le seuil
de sa maison et fume gravement son houkah.
La femme, ou plutôt les femmes, car il en a généralement plusieurs, avant de s'occuper de leur
propre toilette, balayent la maison, et la partie
de la rue qui a servi de chambre à coucher,
puis elles l'arrosent et badigeonnent les mu-
railles de bouse de vache délayée avec de l'eau.
Il y a un double motif pour cet usage : la vache
est un animal sacré, cette eau est donc leur eau
bénite; et puis une raison de salubrité, cette préparation détruisant les miasmes et les insectes.

« Au milieu, au-dessus de ces groupes, devant
le seuil de chaque maison, le cocotier s'élance,
le figuier sacré élève sa noble cime, les élégants
mimosas penchent leur feuillage léger. Quelle
richesse! quelle beauté de la nature!...

« Enfin le canon se fait entendre, c'est celui
du fort Saint-George, qui proclame que le
disque du soleil va paraître. Au même instant
des voix sonores retentissent dans l'air. Du
haut de chaque mosquée le muezzin appelle les
croyants à l'azan (la prière) par la formule bien
connue :

« La Allah il allah, Mahommed Russoul
oullah !

« Il n'y a d'autre Dieu que Dieu et Mahomet
est son prophète. »

Je ne veux pas abuser de la citation, et suivre M. de Waren dans les descriptions qu'il vous donne des mosquées musulmanes et des pagodes indoues, avec leurs coupoles, leurs minarets et leurs pyramides surchargées de sculptures... Voyons ce que cette nature grandiose, ces palais, ces temples, ce luxe oriental des demeures, ces immenses avenues garnies de cocotiers, de tamariniers et de banians ou figuiers des Indes, et ces mœurs étranges, ont pu inspirer aux seconds voyageurs.

« Madras, dit M. Théodore Duret, l'historiographe du voyage, est une ville informe ; il ne semble pas qu'aucun plan y ait jamais présidé à l'agencement de quoi que ce soit. Les maisons habitées par les Européens sont éparses au milieu d'une sorte de bois, et c'est déjà une course que de passer de l'une à l'autre, c'est tout à fait un voyage que de se rendre de la ville où l'on réside à la ville où le jour se font les affaires. On ne va de l'une à l'autre qu'en traversant le vaste espace vide qui sert d'esplanade au fort Saint-George. Il y a la mer, puis une rivière, mais on a bâti la ville de telle façon qu'on ne les voit point. Les monuments et les moisons sont d'un style encore plus laid que dans les autres villes de l'Asie, bâties par les Anglais : et Dieu sait ce que cela veut dire.

« Madras est une de ces villes qui se sont faites à l'aveugle, et où les quartiers se sont ajoutés les uns aux autres, parce qu'il fallait sans doute que dans cette partie de l'Inde il y eût une ville quelconque bâtie quelque part. Aucune ville maritime n'a une plus mauvaise situation. En face de Madras, la mer déferle sur la côte toute droite, sans qu'il y ait aucune espèce de port ou d'abri. Lorsque la tempête arrive, si les équipages ne coupent les câbles assez vite pour gagner la haute mer, les navires vont à la côte. Il y a quelques mois toute la flotte marchande, surprise par un coup de vent, a été jetée sur le quai. On y voit encore cinq ou six magnifiques navires à moitié dépecés, dont la carcasse grimace la nuit d'une façon sinistre.

« Le seul plaisir qu'une ville comme Madras réserve au voyageur est celui du départ. Un bateau des Messageries, à destination de Calcutta, fait escale. Nous nous précipitons à bord. »

Voilà tout ce que la vieille Madras, une des cités les plus pittoresques, les plus étranges de l'Indoustan, a su dire à ces messieurs. Il y a la mer... puis une rivière et des maisons fort laides. Hâtons-nous de filer !

Cela n'a rien d'étonnant, M. de Waren y est resté de longues années... ils y ont fait, eux...

un séjour de vingt-quatre heures, et se sont *pré-cipités* sur le premier navire qui passait.

Tout le voyage est dans cette gamme-là, ces messieurs se sont *précipités* partout., et comme ils n'ont rien vu, ils écrivent qu'il n'y a rien, et que ceux qui ont vu autre chose sont des voyageurs romanesques.

Voyageur romanesque M. de Humboldt.

Voyageur romanesque Victor Jacquemont.,

Voyageur romanesque M. de Waren.

Que diriez-vous d'un Chinois qui, après être resté vingt-quatre heures au Grand-Hôtel, s'enfuirait de Paris en disant que le départ est le seul plaisir que cette ville lui ait procuré...

Eh bien! il est hors de doute que Madras, avec sa ceinture de vagues bleues, son éblouissant soleil, ses dômes., ses minarets., ses mosquées, ses pagodes indoues, ses grandes végétations, les charmes incomparables de sa ville indigène, où grouillent deux cent mille natifs à la peau bronzée, au costume pittoresque, avec ses coquettes villas au style oriental perdues sous bois, frappera cent fois plus les regards d'un Européen un peu sensible, comme dit Jacquemont, aux beautés de la nature tropicale, que notre grande capitale française, qui intéresse encore plus l'intelligence que les yeux, et que l'on ne sait aimer, comme elle doit être aimée (en dehors de la tourbe cosmopolite qui y apporte ses vices et nous en accuse), que quand on la connaît bien.

Après cela il y a des gens qui s'ennuieraient à Venise et à Rome, sous prétexte de réalisme.

J'abrége, car ce sujet m'entraînerait beaucoup trop loin... mais j'ai tenu une fois pour toutes à m'expliquer sur ce point que j'avais déjà effleuré autre part, et à prouver que des hommes éminents dont on peut suivre les traces ont avoué franchement leur admiration pour l'Inde et ne se sont pas crus obligés de la traduire en style de *grand-livre.*

Ce sont précisément ces grandes végétations des tropiques, ces incomparables spectacles de la nature, décrits avec tant d'enthousiasme par ces illustres devanciers, qui m'ont le plus séduit; ce sont les mœurs intimes auxquelles m'ont initié mes fonctions, les ruines d'un autre âge embellies par la poésie et la légende, qui m'ont le plus attiré, les jungles et les forêts mystérieuses que j'ai le plus aimé à parcourir... et je décris ce que j'ai senti et vu, comme je l'ai vu et senti...

Ces messieurs prétendent encore qu'ils n'ont trouvé sur leur route *ni merveilleux, ni aventures extraordinaires; que tout cela est le fruit de l'imagination de certains voyageurs, et s'évanouit à mesure qu'on touche les lieux...*

Qu'appellent-ils donc merveilleux et aventures extraordinaires?...

Sont-ce les chasses aux tigres, aux caïmans, aux éléphants sauvages, aux rhinocéros, etc...

Eh! bon Dieu! que ne s'arrêtaient-ils à Chandernagor, au lieu de *se précipiter* toujours! On ne chasse pas en steamer ou en chemin de fer; que n'allaient-ils trouver M. Courjon, un de nos compatriotes et l'homme le plus royalement hospitalier de l'Indoustan (qu'ils retiennent l'adresse pour un prochain voyage), il se serait fait un plaisir de les mettre à dos d'éléphant, en pleines jungles, au milieu d'une demi-douzaine de tigres, sur lesquels ils eussent pu expérimenter la sûreté de leur coup d'œil et la fermeté de leur main... Des caïmans? ils en eussent rencontré partout, cette chasse est à peu près aussi vulgaire dans l'Inde que celle des canards sauvages en Europe... et quant aux éléphants, prétendront-ils qu'il n'y en a pas dans l'Inde... ou bien soutiendront-ils, parce qu'ils ne s'y sont pas hasardés, que ces chasses-là peuvent se faire sans danger et sans aventures?

Voyez-vous bien ce financier voyageur et son historiographe, traversant l'Inde en chemin de fer, sur la route banale des colporteurs, et s'étonnant de ne pas rencontrer des aventures mer-

13.

veilleuses et des chasses émouvantes, dans les gares, à l'hôtel Wilson à Calcutta, ou sur les gradins des Gâthes de Bénarès, et prétendant que tout ce qu'on raconte de merveilleux sur cette contrée n'est qu'imagination de conteur.

Si ces messieurs disaient simplement qu'ils n'ont rien vu... on trouverait cela tout naturel, eu égard au genre d'excursion à toute vapeur qu'ils se sont octroyé! et je me garderais bien de souffler mot. Mais où ils me paraissent complétement dépasser leur rôle de touriste *à la course*, c'est quand ils soutiennent que *les autres* n'ont pas plus vu qu'eux.

Dans l'admirable ouvrage l'*Univers pittoresque*, publié par les Didot [1], M. Dubois de Jaucigny, ancien aide de camp du nabab d'Aoude, termine une notice sur Ceylan par ces réflexions :

« Après cet aperçu très-général sur le climat de *cette île magnifique*, nous aurions vivement désiré pouvoir entrer dans quelques détails sur ses productions, qui offrent des objets d'étude

---

1. Ce monument d'histoire, de géographie et d'ethnographie universelle, dont toutes les parties sont écrites par des hommes compétents qui ont longtemps habité les contrées dont ils parlent, devrait se trouver dans toutes les bibliothèques des pères de famille, soucieux de compléter les études de leurs enfants par des notions saines, exactes et sérieuses sur tous les peuples du globe.

du plus haut intérêt dans les trois règnes. Nous devons néanmoins nous résigner à renvoyer pour ces détails à l'ouvrage de Pridham. Nous rappellerons seulement que Ceylan a été renommée de tout temps pour ses perles, ses opales, sa cannelle et ses éléphants ; et afin de donner à nos lecteurs une idée de l'innombrable quantité de ces animaux, nous mentionnerons, en terminant, qu'un Anglais, le major Rogers, le plus infatigable chasseur et la meilleure carabine dont les annales du *Sport*, aux Indes anglaises, aient jamais fait mention, atteint mortellement par la foudre, il y a deux ans, après avoir *miraculeusement* échappé dans une infinité de rencontres avec ces géants des forêts, avait à lui seul tué *deux mille éléphants* avant de cesser de chasser et de vivre. »

Ces messieurs prétendront-ils que Rogers avait tué ces deux mille éléphants, au milieu des jungles et des forêts impénétrables, sans avoir aucune aventure merveilleuse à conter, et qu'il avait échappé *miraculeusement à ces deux mille rencontres* sans courir plus de risques qu'en chassant des lapins de garenne dans la forêt de Fontainebleau ?

Quoi ! voilà un coin du globe où les animaux inoffensifs de nos climats sont remplacés par des tigres, des jaguars, des léopards, des panthères, des rhinocéros, des éléphants, des buffles sauvages, des boas, des alligators, sans parler des serpents les plus dangereux qui fourmillent dans les hautes herbes, et vous traiteriez de fables les récits des voyageurs qui, au lieu de se bercer comme vous en railway et en steamer, ont parcouru à pied ces sauvages contrées?...

Quant aux mœurs si curieuses des populations qui les habitent : musulmanes, indoues de vieilles races, afghanes, sikhes, mahrattes, malabares, tamoules et cyngalaises, avec leurs croyances, leurs préjugés, leurs superstitions, leurs castes, leurs temples, leurs harems, leurs bayadères, leurs nautchwys, leurs pénitents, leurs moines mendiants, leurs fakirs, leurs charmeurs, leurs grandes fêtes religieuses et leurs pariahs, pensez-vous donc qu'il n'y a rien de merveilleux à en conter, parce qu'ignorant la langue de ces peuples, et tout frais émoulus du boulevard, vous vous êtes pendant trois mois, froids, sceptiques, et ennuyés, *précipités* d'une station à une autre en regardant curieusement par la fenêtre de vos véhicules.. Mon Dieu, que vous avez dû être fatigués, et comme je comprends que l'Inde vous ait agacés, énervés et remplis de mauvaise humeur... Quel supplice, avec quarante à quarante-cinq degrés de chaleur, que d'avaler ce long itinéraire en si peu de temps et de se faire

ballotter dans les boîtes des *cars* anglais.....
vrai, je ne voudrais pas l'imposer à mon plus
cruel ennemi. Et chose étonnante, les rhinocéros, les éléphants, les bayadères, les fakirs, ne
sont pas venus vous rendre visite dans vos
wagons... amère déception! vous qui étiez part's
pour en voir.....

Et puis, comme les deux ou trois rajahs que
vous avez visités par hasard sont ridicules, n'est-
ce pas? Je copie les impressions que vous ont
laissées leurs palais.

« Dans l'intérieur, les salles d'audience et de
réception qu'on visite sont meublées d'une façon
qui force à rire. C'est un incroyable assem-
blage de bimbeloterie européenne: des verres de
quatre sous, des pendules de Nuremberg, des
joujoux de la foire de Saint-Cloud. »

Cela vise à l'esprit, mais n'est pas d'un
caractère large et observateur..... Pourquoi,
avant d'écrire ces paroles, n'avoir pas réfléchi:
qu'un Indou se tiendrait les côtes également, s'il
se trouvait en face de tous les magots, pous-
sahs, bonshommes, boîtes en paille, poteries
fêlées, et autres brimborions de l'extrême Orient,
que l'Européen met précieusement sous globe
dans son salon... Vous-mêmes n'en avez-vous
pas rapporté une cargaison?

Heureusement que l'Inde a, pour se consoler,

l'amour et l'admiration des Dubois de Jaucigny, des de Waren, des Victor Jacquemont et
des Humboldt, des Anquetil et des Rousselet.

Pensera-t-on que je m'exprime ainsi, sur le
compte de ces deux touristes, qui s'intitulent
réalistes parce qu'ils n'ont découvert à Madras
autre chose *que la mer, une rivière, et le plaisir
d'en partir...* par amour-propre de voyageur
qui veut soutenir ses dires ? Oh ! mon Dieu non !
et en voici la preuve :

M. Thomas Anquetil, que j'ai par deux fois
nommé dans cet ouvrage, dans son livre
d'*Aventures et chasse dans l'extrême Orient*,
à propos des alligators de Ceylan, que j'avais
malencontreusement appelés caïmans, *m'a égra-
tigné quelque peu ;* cela ne m'empêche pas
de dire que M. Anquetil est un des rares voyageurs de ce temps-ci, *qui ont su voyager*, et que
quand je relis ses livres, peut être un peu diffus,
mais vrais dans toutes leurs parties, les grands
bois, les jungles mystérieuses, les fleuves majestueux, les paysages tout baignés de lumières où
les grands fauves s'abritent sous les lianes
en fleurs, où chantent le boul-boul et le rossi-
gnol malabare... m'apparaissent comme en un
songe rapide.... et tout rêveur, en feuilletant ces
pages, je revois les côtes de Coromandel et de
Birmanie, le golfe du Bengale, et toutes les con-

trées de ce vieil Indoustan que j'ai tant aimées!

Je prie le lecteur de m'excuser si, sans crier gare, j'ai profité de ma station à Wiwellé pour lui glisser une manière de préface, qu'il n'aurait peut-être pas lue en tête du livre. . . .

. . . .

Je quittai Wiwellé sur les sept heures du matin, et à dix j'arrivais à Pointe de Galles, après avoir traversé le Goundoura, rivière d'une certaine importance qui se jette dans l'Océan à Mahamodéré.

Le *Labourdonnais* des Messageries maritimes, commandé par le lieutenant de vaisseau Rapatel, avec qui j'avais fait déjà plusieurs traversées, *donnait en ce moment dans la passe,* je courus sur le pont pour assister à son mouillage.

Il apportait la malle de Calcutta, Madras et Pondichéry pour la Chine et l'Europe, et je comptais bien trouver quelques lettres à mon adresse.

Il est une chose dont je ne saurais trop louer les Anglais, et l'on peut me croire lorsque je parle d'eux en ces termes, car je ne suis pas coutumier du fait, leur service de poste est si admirablement organisé dans l'Inde entière et à Ceylan que les voyageurs ne sont pas, comme ceux qui parcourent le centre Afrique, dans des inquiétudes continuelles sur les êtres qui leur sont chers. Indiquez à ceux avec qui vous correspondez votre itinéraire, suivez-le exactement, et il n'est si petit village, perdu dans les jungles ou les forêts, où vous ne receviez très-exactement vos lettres. Elles vont d'abord au chef-lieu de la province, de là elles sont expédiées dans chaque district, où elles sont confiées à des coureurs de la caste des Robis, qui font vingt-cinq lieues par jour, et les rendent si fidèlement à destination que le Post-master général de la présidence de Madras m'affirmait, un jour, qu'il ne connaissait pas d'exemple d'une lettre soustraite ou perdue. Pour le service des côtes, de l'extrême Orient et de l'Europe, la poste est confiée aux navires qui partent les premiers quelle que soit leur nationalité, car l'intérêt de la rapidité des correspondances, si utile pour le commerce, passe avant toute autre considération.

Ainsi le *Labourdonnais*, navire français, qui partait le même jour que l'*Oriental*, steamer de la Compagnie anglaise, avait reçu tout le courrier, parce qu'il s'était trouvé en mesure de quitter Calcutta, trois heures avant son concurrent.

A trois portées de fusil du rivage environ, le magnifique paquebot, qui glissait majestueusement sur les eaux, laissa tomber son ancre, en l'appuyant d'un coup de canon, et s'arrêta.

— Voulez-vous venir à bord? me dit M. Aubert, agent des Messageries auquel j'avais été présenté lors de mon précédent voyage, par mon ami de Poli, le commissaire de l'*Érymanthe*; et avec qui je venais de renouer connaissance.

—Volontiers, répondis-je... et je sautai dans l'embarcation toute parée, qui partit comme un trait.

Sans en demander la permission, Amoudou m'avait suivi.

Nous n'étions pas éloignés de vingt-cinq brasses que mon Nubien, qui n'avait pas desserré les dents depuis notre départ de Kaltna, poussa une bruyante exclamation, suivie d'un de ces rires immodérés qui étaient chez lui le signe de la joie la plus vive.

— Saëb, me dit-il entre deux accès, regardez! Antinou est sur le bateau des blancs !

— Quel Antinou ?

— Antinou de Pondichéry, Antinou de Mati Lafarge. (Mati, lire monsieur dans le langage d'Amoudou.)

Antoine ou Antinou, comme l'appelait Amoudou, était un Indou de race mahratte au service de M. Lafarge, mon meilleur ami, substitut du procureur général à Pondichéry. En entendant ces paroles prononcées par mon Nubien, une émotion très-vive s'empara de moi. La présence du domestique de confiance, à moins qu'il n'ait été remercié, annonçait celle du maître, et ce fut avec un léger tremblement dans la voix que je dirigeai la lunette de voyage, qui ne me quittait jamais, dans la direction du *Labour-donnais*.

Amoudou ne s'était pas trompé, c'était bien Antoine qui, appuyé sur le bastingage, regardait les embarcations qui venaient de quitter le rivage, mais nulle part, en promenant mes regards de l'arrière à l'avant, je n'aperçus mon ami.

Tout à coup le Mahratte sembla considérer notre canot avec plus d'attention que les autres, je le vis faire un geste, et disparaître de son poste d'observation.

— Antinou nous a reconnus, saëb, et il va prévenir son maître dans sa cabine, me dit mon Nubien.

La réflexion était juste, car, quelques minutes après, je gravissais la coupée de bâbord du navire, et tombai dans les bras de mon ami... Que dis-je un ami ? c'était un frère que je venais de retrouver !

Lorsque, nommé juge au tribunal de Pondichéry, j'avais quitté la France plusieurs années auparavant, j'étais parti seul et pour ainsi dire en éclaireur ; avant d'exposer ma femme aux ardeurs de ce climat dévorant; j'avais voulu voir s'il était possible d'y vivre sans abréger ses jours. Un soir, au soleil couchant, l'*Érymanthe*, sur lequel je me trouvais, avait stopé en face de la côte malabare, la vieille ville française des Dupleix et des Bussy émergeait au milieu d'un océan de verdure, et se chargeait des teintes les plus chatoyantes, sous les dernières lueurs du jour. Au moment de débarquer, de quitter mes compagnons de voyage qui poursuivaient leur route sur Calcutta, je me sentis envahir par une profonde tristesse ; malgré toutes les séductions de cette admirable contrée, je craignais l'isolement... à peine touchais-je le sable du rivage qu'une main venait presser la mienne, et que M. Lafarge m'offrait de partager avec lui sa demeure... ce jour-là naquit entre nous une amitié dont le temps n'a fait que resserrer les liens.

Après les premiers moments d'expansion, je lui demandai la cause de son arrivée à Ceylan.

— Le désir de vous voir, me répondit-il, et craignant que vous ne reprissiez la route de Chandernagor sans vous arrêter à Pondichéry, j'ai demandé un congé de trois mois, qui m'a été d'autant plus facilement accordé que c'est le premier que je prends depuis mon arrivée dans l'Inde... et me voici, armé de pied en cap, prêt à vous accompagner dans vos excursions et à partager vos dangers. Dans votre dernière lettre datée de Manaar, vous me traciez votre itinéraire, et je comptais bien vous trouver soit ici, soit à Colombo ; j'aurais pu vous écrire, mais j'ai préféré vous surprendre.

Pendant qu'Amoudou et Antoine, qui étaient de vieilles connaissances, s'occupaient des bagages de mon ami, nous avions gagné le rivage dans une embarcation indigène et, bras dessus bras dessous, nous nous acheminâmes en causant, vers mon campement.

J'ai gardé de ce jour-là un des souvenirs les plus vifs de ma vie de voyageur ; sur le soir je demandai à mon compagnon s'il avait quelque projet sur Pointe de Galles !

— Aucun, me répondit-il.

— Êtes-vous fatigué de votre traversée ?

— Pas plus que si je n'avais pas quitté ma maison du cours Chabrol. Le *Labourdonnais*, vous le savez, est un fin marcheur, l'Océan était calme, et nous avons navigué comme sur une pièce d'eau.

— Alors nous pouvons fixer le jour du départ.

— Je suis à vos ordres. Quand comptiez-vous lever le camp ?

— Demain matin un peu avant le jour.

— Eh bien, partons demain, vous savez que

j'aime les résolutions promptes et les situations imprévues... A propos, sir Ralph Pridley
de Cuddaloor m'a donné une lettre d'introduc-
tion auprès du juge du district de Talawa.

— L'idée est heureuse, car il est certain que
nous aurons besoin de nous *refaire* un peu en
quittant les sauvages provinces du sud.

TROISIÈME PARTIE

LE PAYS DES ÉLÉPHANTS.

TROISIÈME PARTIE.

Un peu avant le jour, nous nous mettions en
marche pour gagner le Giraoué-Paltou, vaste contrée couverte de jungles et de forêts, qui fournit
au gouvernement anglais la plupart de ses éléphants du train et de l'artillerie, et exporte
une grande quantité de ces animaux à Singapour
et aux Indes néerlandaises.

Toute la côte sud de Galles à Matoura, Tangalle, Kahawatté, Paltoopanie et Toenmallé,
est garnie de villages de pêcheurs qui fournissent
l'île entière de poisson fumé et salé; il s'y fait
également un grand commerce d'huile de coco,
d'arachides et de poteries noires qui rivalisent
avec celles de Catchay dans la presqu'île de
Jaffna. L'intérieur, au contraire, sillonné de
cours d'eau, de marécages, de tourbières, avec

14

ses fauves de toutes espèces, ses boas, ses alligators, est celui, de toutes les contrées de Ceylan, qui est le plus favorable à la grande chasse, excepté cependant la province de Trinquemalé et les parages du lac Kandllé qui peuvent lui être comparés.

C'est dans le Giraoué que le major Roger s'est immortalisé par son audace et les aventures fantastiques dont il a été le héros. J'aurai occasion de raconter un de ses hauts faits, à l'adresse des voyageurs qui confondent l'Inde et la plaine Saint-Denis.

Une distance de dix-huit milles environ sépare Galles de Matoura. Nous fîmes cette première étape à pied, le fusil sur l'épaule, et tout en causant de ces mille et un riens que deux amis ont toujours à se dire quand ils se rencontrent après une longue séparation, nous parcourûmes, sans nous apercevoir de la chaleur, une route charmante ombragée de ficus et de cocotiers. Nous suivions le rivage, et l'Océan légèrement agité envoyait l'écume de ses vagues jusque sur les troncs, plusieurs fois centenaires, des arbres qui nous abritaient sous leur feuillage.

Rien d'extraordinaire ne vint signaler nos premières heures de marche. J'ai conservé cependant de cette matinée un des plus gracieux souvenirs de ma vie de voyageur. Nous passions

sous bois, aux premiers rayons de soleil, lorsque
tout à coup une charmante jeune femme sortit
d'une chaumière de feuillage et nous regarda
passer de cet air pudique et rêveur qui n'abandonne jamais les filles de l'Inde, même les plus
avilies... Ce ne fut qu'un éclair, un paysage en-
trevu dans un flot de verdure et de lumière,
mais l'ensemble était si frais, si harmonieux,
qu'après de longues années je revois encore,
dans toute sa délicatesse et sa grâce, ce petit tableau où la nature seule avait mis la main.

Mon ami s'était pourvu la veille, par les soins
d'Amoudou, d'une charrette à bœufs et d'un vindicara, ce qui portait à quatre le chiffre de notre
personnel de service.

Mon Nubien, par droit d'ancienneté et en raison de ses connaissances spéciales, fut élu, par
nous, chef de la petite caravane, malgré les protestations de Mati Antoine, qui excipait de son
illustre origine. Les Mahrattes prétendent en
effet appartenir à la race la plus noble du sud
de l'Indoustan. Il se soumit cependant après
quelques murmures devant les ordres formels
de son maître, auquel il était excessivement
dévoué. Son nom malabare était Ponou-Tam-
by-Kanagarayen, que son maître avait remplacé par celui d'Antoine, comme plus facile à prononcer ; mais les autres serviteurs

n'avaient pas tardé à indianiser son nom, et nous avions pris l'habitude à Pondichéry de l'appeler comme eux, Antinou, ou même simplement Tinou, je lui conserverai ce dernier nom au cours de ce voyage.

Fier et recherché dans sa mise, ne portant que des turbans de mousseline à bandes d'or ou d'argent, muet et solennel dans tous ses actes, Tinou était bien l'être le plus singulier qui se puisse voir, et l'on ne pourrait guère expliquer que par la loi des contrastes l'amitié très-sincère et très-vive qui l'unissait à mon Nubien, bavard, vantard et débraillé. Il est juste de dire cependant qu'il existait entre eux un sérieux point de contact, un commun amour pour l'arack, le callou et autres liqueurs fortes, mais là encore s'accusait la différence des caractères ; dès qu'Amoudou avait bu, sa jactance ne connaissait plus de bornes, et il se serait, quoique bon musulman, querellé avec Mahomet lui-même. Tinou, au contraire, buvait sans s'émouvoir, et si ses yeux n'eussent été plus brillants, et son attitude plus muette qu'à l'ordinaire, nous n'eussions jamais pu nous apercevoir de son état.

De plus, Amoudou ne buvait jamais en voyage que pendant les stations et quand je lui donnais sa liberté.

Tinou, lui, buvait toujours.

Son maître, caractère charmant, gentleman accompli, bon à l'extrême, s'était attaché à lui à cause de son dévouement. Il avait pris l'habitude de le voir ainsi, et comme le service n'en souffrait pas, il ne lui adressait jamais d'observation.

Chose extraordinaire, même en état complet d'ivresse, Tinou faisait toutes les affaires de son maître, s'occupait de l'intérieur, conduisait les autres domestiques, sans que le moindre oubli vînt jamais l'exposer à des reproches.

Lorsqu'Amoudou et lui avaient profité de leurs heures de liberté pour satisfaire ensemble leur goût favori, il y avait entre eux des scènes à mourir de rire. Tinou s'asseyait sous un arbre et fumait son gourgouli, pendant que le Nubien dansait à perdre haleine autour de lui, et ne se reposait que pour raconter des histoires interminables, qui parvenaient à peine à faire sourire son taciturne compagnon.

Le nouveau bouvier, Moutousamy, était une de ces brutes malabares, élevées avec les bufflones et qui n'ont guère plus d'instinct que les animaux qu'ils dirigent; pour la marche, il lui fut enjoint de se régler sur son camarade Kandassamy, de beaucoup plus intelligent que lui.

Un peu avant d'arriver à Matoura, au détour d'un petit sentier qui venait se raccorder à la

14.

route que nous suivions, nous aperçûmes un petit pagotin bouddhiste dirigé par un samanaïria,
ou prêtre du second degré, assisté d'un kapu-
ral, ou desservant vulgaire. Accroupis sur les
marches du dewalé (temple), ils étaient sans
doute en ce moment abîmés dans la contemplation idéale de la pure essence, car le bruit, que
nous fîmes en passant, ne leur fit même pas re-
lever la tête.

Le bouddhisme n'est, à Ceylan, que la religion dominante, car le brahmanisme y compte
au moins quatre ou cinq cent mille sectaires.
Dans l'Indo-Chine, au contraire, c'est-à-dire en
Birmanie, à Siam, dans la péninsule malaise, à
Annam, au Thibet, en Cochinchine et en Chine,
le culte de Sakya-Mouny règne exclusivement.
Ce n'est pas ici le lieu d'une étude sur le bouddhisme, ni de lancer une note personnelle dans
le singulier concert de contradictions, de dates
et d'opinions que les savants se jettent mutuellement à la tête à ce sujet. Cependant, comme
le bouddhisme est né à Ceylan, d'après la légende religieuse acceptée par tous ses sectateurs, et que cette religion est professée par le
tiers environ des habitants du globe, je vais en
dire quelques mots... juste ce qui peut intéresser
dans un récit de voyage.

Le bouddhisme est un rameau du brahmanisme. Ce fut une révolution religieuse contre l'autorité des brahmes, et une révolution civile contre l'institution des castes.

Toutes les religions vieillies voient, à de certaines heures, surgir de pareils mouvements de réformes. Bouddha tenta de réformer le brahmanisme.

Les brahmes étouffèrent le schisme dans le sang, et les sectateurs du nouveau culte, par le sud de l'Inde se réfugièrent à Ceylan, par le nord se répandirent en Birmanie et dans la plupart des autres contrées de l'extrême Orient.

Dégagé de toute discipline et de tout cet arsenal de cérémonies, plus ou moins ridicules, que dans toutes les croyances le prêtre a inventées pour assouplir l'homme sous sa main, la religion bouddhiste peut se réduire à ces trois préceptes, que le brahmanisme a inscrits également en tête de tous ses livres religieux :

S'abstenir du mal,

Pratiquer la vertu,

Réprimer ses passions.

La science de la sagesse doit être le but principal de la vie humaine, c'est par elle seule qu'on interrompt la série des transmigrations imposées à l'âme, et que l'on parvient au nirvana, c'est-à-dire à l'absorption dans l'âme universelle, où l'on jouit d'un bonheur infini, quand on s'est dépouillé de toutes les impuretés de la vie terrestre.

On parvient à cette science suprême par les sept moyens suivants :

La contemplation,

Le calme de l'esprit,

L'égalité d'humeur,

L'indifférence de tout, qui engendre le contentement de tout,

La répression des sens,

La recherche de la vérité,

L'effort persévérant vers le bien.

De tous ces moyens, celui qui conduit le plus vite à la perfection est la contemplation.

Comme on le sait, c'est cette doctrine du mysticisme qui, dans tous les temps, sous toutes les latitudes, et dans toutes les civilisations, a toujours séduit les esprits maladifs et rêveurs.

Tout ceci est l'essence même des Védas et de Manou, et la réforme bouddhiste a consisté dans la vulgarisation pure et simple de ces principes, dont la connaissance jusqu'alors avait été réservée aux hautes castes, et vouée primitivement aux seuls brahmes.

Il suffit en effet de lire le sloca suivant de Manou, qui résume tout l'enseignement du vieux législateur, pour être persuadé que les orientalistes, qui mettent au point de vue moral le bouddhisme au-dessus du brahmanisme, n'ont étudié que très-imparfaitement ce dernier.

« La résignation, *l'action de rendre le bien pour le mal*, la tempérance, la probité, la pureté, la répression des sens, la connaissance des Sastras (sainte Écriture), celle de l'*Ame* suprême, la véracité et l'abstinence de la colère, telles sont les dix vertus en quoi consiste le devoir. »

Manou, sloca 92, livre VI.

Le bouddhisme à Ceylan n'a plus de chef suprême, la centralisation spirituelle s'en est allée avec la chute de la puissance des rajahs, et l'avénement de la domination européenne. Les dewalés ou temples ne sont plus reliés entre eux par une autorité disciplinaire et dogmatique, chacun est administré par ses prêtres, indépendamment des autres, aussi peut-on dire qu'il y a à Ceylan autant de sectes que de dewalés.

Il y a trois catégories de prêtres :

Ceux de l'ordre supérieur sont appelés upasampadas.

Ceux du second degré, samanaïrias.

Et, enfin, les desservants vulgaires reçoivent le nom de kapurals.

Autrefois ces prêtres étaient formés dans des espèces de séminaires; les novices débutaient par l'asgérie-wihare, où ils commençaient leurs études théologiques, qu'ils allaient ensuite terminer au malwatte-wihare ou académie supérieure.

Pour être reconnu propre au sacerdoce, il fallait :

1° Avoir atteint l'âge de vingt ans ;

2° Être muni du consentement de ses parents ;

3° N'être ni malade, ni esclave, ni coureur ou officier du roi.

4° Faire le vœu de chasteté.

Aujourd'hui, tout bouddhiste qui revêt le costume jaune porte le bâton à sept nœuds et une aiguière, est considéré comme prêtre, à condition simplement qu'il se fasse agréer dans un dewalé.

Le propre de la réforme de Bouddha avait été de rejeter le culte de ces milliers d'esprits bons ou mauvais, dont le brahmanisme avait encombré la religion qu'il présentait aux classes inférieures, mais il y a longtemps que les Cyngalais sont retombés dans la plus vulgaire superstition, et les kovillas, ou temples où l'on adore les vampires, les souparnas, les nagas, les sarpas et autres mauvais génies, comptent autant de prêtres, et tout aussi fréquentés que les dewalés dédiés au Bouddha suprême.

Il n'y a presque plus de différence entre les

croyances des Cyngalais bouddhistes et celles des castes les plus infimes de l'Indoustan. Au reste, pour être dans le vrai, il faut dire que les différentes contrées de l'Indo-Chine et de l'extrême Orient n'étant pas plus que les communions cyngalaises maintenues dans l'unité de dogme par un chef commun, le bouddhisme birman ne ressemble pas plus à celui de Siam que ce dernier ne ressemble à celui du Thibet, du Tonkin ou de la Chine.

La Birmanie me paraît avoir conservé la croyance et la discipline les plus pures, c'est-à-dire celles qui se rapprochent le plus du brahmanisme élevé, que Gautama a voulu faire sortir du cercle des initiés au profit des déshérités et des esclaves.

Je ne m'étendrai pas plus longuement sur ce sujet particulier, l'histoire des variations des sectes issues de l'idée chrétienne ne serait qu'un jeu en comparaison de celle des variations du bouddhisme.

Qu'on me permette cependant de dire quelques mots de l'upasampada, ou rahân, prêtre de Bouddha selon la règle antique, que l'on ne rencontre plus à Ceylan qu'à titre d'exception, mais qui existe encore dans le pays de Birmah, tel qu'il était dans les premiers temps de la réforme.

Le lecteur trouvera là matière à une foule de comparaisons, que je lui laisse la liberté de faire, selon la nature de son esprit ou de ses croyances.

Les talapoins ou sahâns (du pâli, homme sanctifié), sont aussi nommés poungis (du sanscrit pundit, sage), vivent en communauté dans des monastères nommés kyoums. Ils sont cloîtrés et astreints à une continence qui doit être entière selon la règle. Je suis obligé de dire, malgré les louanges que certains voyageurs leur ont décernées sur la foi des apparences, que je ne crois guère à leur chasteté.

De tous les édifices publics, selon San Germano, ces monastères ou *kyoums*, appelés aussi par les Portugais *baos*, sont ceux dans lesquels l'architecture birmane est la plus remarquable. On en trouve qui sont complétement dorés du métal le plus pur, en dedans et en dehors, et plus particulièrement ceux que les rois font construire au zarado, chef suprême de tous les kyoums.

L'habit de talapoin consiste ordinairement en trois morceaux de toile de coton jaune. Ceux qui ont des bienfaiteurs riches le font aussi en soie ou en étoffe de laine d'Europe; avec un des morceaux ils s'entourent les reins qu'ils serrent avec une ceinture, ce morceau tombe jusqu'aux pieds. Le second qui a la forme d'un rectangle, leur sert de manteau, et ils s'en couvrent les épaules et le corps. Le troisième est un autre manteau de la même forme, qu'ils portent plié en plusieurs doubles sur l'épaule gauche, et dont les deux extrémités flottent suspendues. Toutes les fois qu'un talapoin sort de son baos, soit pour accompagner les morts, soit pour tout autre motif religieux, il est tenu de porter l'*avana* sur l'épaule droite ; c'est une espèce d'éventail tissu avec des feuilles de palmier ; et un des disciples qui le suivent porte un morceau de cuir sur lequel il s'assoit au besoin. Tous les matins les talapoins doivent aller de maison en maison mendier du riz cuit et d'autres comestibles, et à cet effet ils portent avec eux un pot de couleur noire, dans lequel ils mettent confusément tout ce qu'ils recueillent.

La règle défend aux talapoins qui sont *ponghi* ou *pazen* de faire la cuisine avec leurs propres mains, de travailler, planter, trafiquer ; il ne leur est pas même permis de commander aux autres de faire la cuisine dans leur baos. Ils ne peuvent avoir aucunes provisions, ou conserver aucune sorte de comestibles. Il leur est défendu de prendre avec les mains une chose qui se mange ou qui sert à leur usage, quelque petite qu'elle soit, si auparavant elle ne leur a été présentée ; ainsi, à tout moment, pour les choses qui sont

15

nécessaires à ces talapoins, se pratique la cérémonie qui, en *pâli*, est appelée *akal*, ce qui si-
gnifie offrande ou présentation, et s'accomplit
de la manière suivante: — Quand un talapoin
ponghi ou *pazen* a besoin de quelque chose, il
dit à ses disciples: *Faites ce qui est permis;* et
alors ceux-ci présentent la chose désirée, et répondent: *Maître, ceci est une chose permise;* et
le talapoin la prend avec la main, la mange ou
s'en sert. Cet acte de présentation doit se faire à
la distance de deux coudées et demie, autrement
le talapoin tomberait dans le péché ; et si la
chose présentée est un aliment, il commettrait
autant de péchés qu'il aurait mangé de bouchées: de plus, il lui est défendu de demander
directement ou indirectement une chose quelconque qui lui soit nécessaire; il peut l'accepter et
s'en servir quand elle lui a été spontanément
donnée ou présentée par un autre; mais cette
dernière règle est peu observée.

Il n'est pas permis aux talapoins de posséder de biens temporels; ils ne peuvent avoir
d'esclaves achetés, et ils doivent se contenter de
ceux qui sont au service des baos. Il leur est ex-
pressément défendu de toucher de l'or ou de l'argent avec les mains; mais aujourd'hui il y en a peu
qui prennent cette dernière règle en considération;

ils l'éludent en s'enveloppant les mains avec un mouchoir, et alors ils n'ont plus de scrupule de prendre n'importe quelle somme d'argent ; ils sont, en général, insatiables, et ne font que demander.

Godama ordonna aux talapoins de porter leur habit formé de beaucoup de lambeaux d'étoffes, rebutés par le public et jetés par terre sur les chemins ou au lieu des sépultures. Ils observent cette prescription en formant leurs vêtements de beaucoup de morceaux cousus ensemble ; mais à l'égard de la qualité ils font toujours en sorte d'avoir de la meilleure.

Quant à la continence et au célibat que gardent les talapoins, ils sont admirables, et suivent exactement la règle. Il leur est défendu de dormir sous le même toit où une femme doit sommeiller, de monter sur une barque ou un chariot où il s'en trouverait une, et surtout de recevoir directement des mains d'une femme une chose quelconque pour leur propre usage ; et la précaution en cela va si loin, qu'ils ne peuvent toucher le vêtement de la plus petite fille. Le scrupule cesse à l'égard des vêtements des femmes quand quelqu'un vient leur en offrir comme don, parce qu'alors ils croient qu'ils perdent toute cause d'impureté et que l'étoffe est en quelque sorte sanctifiée par le mérite de l'aumône. La loi leur impose, afin qu'ils puissent se maintenir chastes, de ne pas manger après le milieu du jour et encore moins le soir, parce que de doctes talapoins ont dit que le manger, excitant le mouvement du sang, sert de levain à la luxure. Les Birmans croient généralement que la continence est absolument nécessaire à l'état du sacerdoce, et ils estiment d'autant plus leurs talapoins qu'ils sont chastes et continents; c'est par ce motif qu'ils honorent et respectent les missionnaires catholiques et qu'ils n'ont aucune considération pour les prêtres arméniens, les imans des Arabes, et surtout pour les ministres *anglicans,* parce qu'ils savent qu'ils sont mariés.

Quand il arrive qu'un talapoin, contre l'ordinaire, commet quelque acte de luxure, spécialement avec des femmes mariées, les habitants de l'endroit le poursuivent jusqu'à son baos, et cela quelquefois à coups de pierre; le gouvernement même procède contre le coupable, lui retire l'habit, et le chasse publiquement. Le *zarado* du roi *Zingouza,* ayant commis une impudicité, et le délit ayant été constaté, il fut privé de tous ses honneurs, et fort heureux de pouvoir s'échapper, car le roi voulait absolument qu'il fût décapité.

Les talapoins sont d'autant plus considérés des Birmans, que ce sont eux seuls qui dirigent l'éducation de la jeunesse. Tous les enfants, sans exception, aussitôt arrivés à l'âge de discernement, sont envoyés tous les jours au baos, pour être instruits, et ordinairement, après quelques années, presque tous ceux qui ont de l'aisance, et ceux parmi les pauvres qui ont été remarqués des professeurs, revêtissent, ainsi qu'il a déjà été dit, l'habit de talapoin, afin de mieux apprendre les saintes Écritures, et d'acquérir des mérites pour eux et pour leurs parents. La cérémonie qui accompagne cette prise d'habit est attrayante pour la jeunesse, et ressemble à un triomphe : l'enfant qui va être admis, montant un cheval richement harnaché, vêtu des plus somptueux habits comme s'il était un des premiers seigneurs du pays, est conduit dans tous les quartiers de la ville ou du village, accompagné de musiciens et suivi d'une foule de peuple ; un grand nombre de femmes précèdent le cortége, portant sur leur tête l'habit, le lit et les autres ustensiles de talapoin, des fruits et d'autres présents pour le ponghi et ses disciples. Lorsque le cortége est arrivé au lieu déterminé, le grand talapoin dépouille le candidat de son costume de cérémonie et le recouvre de l'habit de religieux.

Les honneurs et le respect que les Birmans rendent aux talapoins, et spécialement aux ponghis, sont excessifs, et l'on peut dire semblables

à ceux qu'ils rendent à Godama lui-même. Si
un Birman rencontre un talapoin, il s'arrête et
lui cède respectueusement le passage ; s'il va
trouver un ponghi, il doit s'agenouiller, lui faire
trois fois avec les mains élevées la révérence ou
pour mieux dire l'adoration, et rester dans cette
position jusqu'au moment de se retirer.

Les talapoins ont tant d'autorité, qu'ils déli-
vrent quelquefois les criminels du dernier supplice. Avant le roi Badonsachen, il était bien rare
de voir quelqu'un décapité, parce qu'à peine les
talapoins avaient-ils appris qu'on conduisait un
condamné au supplice, qu'ils se réunissaient en
troupe, portant un gros bâton sous l'habit ; ils
assaillaient les gardes, et après les avoir contraints
à fuir, s'emparaient du condamné, lui retiraient
ses liens, le conduisaient dans leur baos, et après
lui avoir rasé la tête la couvraient d'un voile
par lequel il devenait en quelque sorte sanctifié.
Mais maintenant ils ne se livrent guère à cette
pieuse violence qu'après avoir obtenu l'assenti-
ment des magistrats. Comme, dans la loi de
Godama, il est défendu d'ôter la vie à n'importe
quel animal, même malfaisant, tels que serpents
et chiens enragés, les talapoins croient faire un
acte méritoire en sauvant la vie aux malfai-
teurs, quels que soient les crimes qu'ils aient
commis.

Un des délits les plus graves est de frapper, même légèrement, un talapoin. La grande vénération que les Birmans ont pour les ponghis se fait surtout remarquer après la mort de ces guides spirituels. Comme de leur vivant ils sont réputés être en état de sainteté, leurs corps sont sanctifiés, et on les traite avec les plus grands honneurs. A peine un grand talapoin a-t-il rendu le dernier soupir, qu'ils lui retirent les entrailles et les enterrent dans un lieu respecté; ils embaument ensuite le corps et lui enveloppent tous les membres avec un drap blanc en plusieurs doubles, sur lequel on passe plusieurs couches de vernis, que l'on recouvre de feuilles d'or; puis ils le placent dans un grand cercueil et l'exposent à la vénération publique. Très-souvent les ponghis font construire leur cercueil à l'avance par les ouvriers les plus habiles. Les ornements dont il est recouvert excitent non-seulement la curiosité des indigènes, mais encore celle des étrangers; outre qu'il est tout doré, il est décoré de beaucoup de fleurs en relief, de petits miroirs incrustés et quelquefois même de pierres précieuses. Pendant le temps que l'on prépare les feux d'artifices et les autres choses nécessaires pour la fête des funérailles, le cercueil est continuellement entouré de musiciens jouant de toutes sortes d'instruments, et cela dure pendant

un grand nombre de jours et même plusieurs
mois ; le peuple y accourt en foule, et chacun,
selon ses moyens, y fait religieusement des offrandes en riz, fruits et autres choses, qui se
consomment pendant ces jours de deuil, ou qui
se conservent pour la fête funèbre. Lorsque le
jour de cette grande cérémonie est arrivé, le
cercueil est placé sur un très-grand char à quatre
roues, puis, avec de grandes cordes, tout le peuple, hommes, femmes, enfants, le traînent au
lieu de la sépulture ; et comme les Birmans
pensent qu'il y a un grand mérite dans cette
opération, ils y mettent une ardeur telle qu'elle
est curieuse à voir : ils se partagent en deux
troupes à peu près égales, qui se mettent à tirer
en sens contraire, et celle qui l'emporte a la
bonne fortune de conduire seule le char à sa
destination. Quelques moments après son arrivée, on donne le spectacle du feu d'artifice, lequel consiste entièrement dans de grandes fusées,
dont je crois utile de donner la description. Les
artificiers prennent un morceau de bois de teck
arrondi, de deux à trois mètres de longueur et
d'environ vingt-cinq centimètres de diamètre,
et, après l'avoir foré, ils le remplissent et le
chargent avec de la poudre faite seulement avec
du salpêtre et du charbon pilé ; ensuite ils lui
attachent un très-long bambou ou jonc, pour lui

servir de baguette. Indépendamment des fusées qu'ils font élever dans les airs, ils placent de pareils artifices, mais sans baguette, sur un grand nombre de chariots qu'ils font courir tout enflammés autour du lieu où l'on doit brûler le corps du talapoin. Cette dernière opération a lieu au moyen d'une fusée que l'on fait glisser le long d'une corde et qui met le feu au cercueil, autour duquel on a amassé des monceaux de poudre mal séchée, de bois sec et d'autres matières très-combustibles; dans peu de temps, le tout est consumé. Cette grande solennité se termine le plus souvent par la mort de quelques-uns des spectateurs, ou pour le moins par de fâcheux accidents, tels que fractures de bras ou jambes et autres blessures graves causées par la chute de ces fusées démesurées, et beaucoup plus encore par celles qu'ils font confusément courir sur les chariots, qui brûlent et blessent les personnes qu'elles rencontrent.

Un des offices des talapoins est de dire le *tara* (sermon ou discours au peuple). Ces sermons n'ont pour la plupart d'autre but que l'incitation à l'aumône, non celle qui concerne les pauvres nécessiteux, mais bien celle que les talapoins eux-mêmes attendent de leurs bienfaiteurs. Ils sont loin de prendre pour modèle les sermons de leur dieu Godama, dans lesquels il

traite beaucoup de l'aumône et de ses mérites, et
où il donne d'utiles leçons sur les autres vertus
morales ; la plupart d'entre eux négligent les
préceptes moraux, et ne préconisent que ceux
qui sont dans leur propre intérêt.

Après deux ou trois années passées dans les
baos, la majeure partie de ceux qui prennent
l'habit de talapoin le quittent, et retournent dans
leurs familles. Ceux qui persévèrent et ont la
volonté de se consacrer à l'état du sacerdoce sont
d'abord admis comme *pazen,* ou adjoint d'un
ponghi, auquel ils peuvent succéder après sa
mort. Quoique les talapoins qui ont ces deux
grades n'aient pas l'obligation formelle de garder toujours l'habit, et puissent à leur plaisir le
déposer, le plus grand nombre cependant le
conservent pendant plusieurs années et beaucoup
pendant toute leur vie.

La cérémonie à laquelle sont soumis ceux qui
aspirent à la dignité de *pazen,* faisant connaître les principales règles auxquelles sont assu-
jettis les talapoins, mérite d'être rapportée, et ce
que je vais en dire est transcrit d'un livre appelé
Chaomaza, qui est le livre pontifical écrit en
pâli. Le conseil des talapoins se rassemble en
un grand édifice appelé *scin ;* il est présidé par
le plus ancien des ponghis, qui prend le nom
d'*oupizzé ;* un autre remplit les fonctions de

maître des cérémonies, et s'appelle le *chammuazara*. Aussitôt que le postulant est en présence
de ce saint conseil, on lui remet le *sabéit*, qui est
le pot avec lequel les talapoins vont tous les matins mendier du riz, et on lui ordonne d'adresser par trois fois à l'*oupizzé* les paroles suivantes :
« Seigneur, es-tu mon maître l'*oupizzé*? » On
lui dit ensuite de s'approcher, et le président
l'interroge ainsi : « O candidat! ce *sabéit* que
tu as en main est-il le tien? — Oui, maître.
— Cette tunique et ces habits sont-ils à toi ? —
Oui, maître. » — Ensuite le *chammuazara* dit à
l'adepte : « Éloigne-toi d'ici et te tiens à une
distance de douze coudées; » puis, se retournant
du côté des talapoins : « Que les ponghis et
pazens ici rassemblés écoutent mes paroles : le
candidat ici présent demande humblement à
l'oupizzé à être admis dans l'ordre des talapoins,
et certainement le temps est convenable pour
ceux qui veulent embrasser cette sainte profession. — O candidat! écoute : Il ne t'est plus
permis de mentir et de cacher la vérité; si tu as
quelques défauts ou vices qui ne puissent con-
venir à l'état religieux, tu ne manqueras pas,
quand, au milieu de cette sainte assemblée, tu
seras interrogé, de répondre sincèrement et de
déclarer tes défauts comme aussi de faire connaître ceux que tu n'as pas; ne témoigne dans

tes réponses ni honte, ni crainte; écoute, car l'heure est arrivée où tu vas être interrogé. » — Alors, quelques talapoins le questionnent ainsi : « Candidat, as-tu la lèpre ou quelque semblable et dégoûtante maladie? As-tu des scrofules ou quelque autre espèce d'affection pareille? — Maître, je n'en ai pas. — Souffres-tu de l'asthme ou de la toux? — Non, maître. — Es-tu tourmenté par quelque infirmité qui provienne d'un sang corrompu; de la folie et des autres maladies qui sont causées par les géants, les sorciers et mauvais nâts des bois et des montagnes? — Non, maître. — Es-tu véritablement un homme? — Je le suis. — Es-tu un mâle? — Je le suis. Es-tu du sang pur et légitime? — Oui, maître. — Es-tu surchargé de dettes, ou garde de quelque magistrat? — Non, maître. — Tes parents t'ont-ils donné la permission de te faire talapoin? — Ils me l'ont donnée. — As-tu vingt ans accomplis? — Je les ai, seigneur. — Tes vêtements et le sabéit sont-ils prêts? — Ils le sont. » Cet interrogatoire terminé, le chammuazara reprend : « O pères et saints religieux, qui êtes réunis en ces lieux, écoutez mes paroles : le candidat ici présent demande au seigneur oupizzé à être admis parmi les talapoins; il est digne, car il est instruit. » Le postulant s'approche alors des ponghis, et leur demande par trois fois

l'honneur d'être admis dans les termes suivants :
« Seigneurs, ayez pitié de moi, j'abandonne la
vie de laïque, qui est un état de péché et d'im-
perfection, et je me retire dans celui du sacerdoce, état de vertu et de sainteté. »

Le chammuazara reprend ensuite : « Que les
seigneurs talapoins ici présents écoutent mes paroles : le candidat que voici demande au seigneur oupizzé d'être admis dans le sacerdoce ; il
est libéré de tous défauts et de toutes imperfections, et de plus il a déjà préparé les ustensiles
et les choses nécessaires. » Le postulant réitère
sa demande, et l'assemblée prononce ordinairement l'admission. Si quelque ponghi trouve que
le récipiendaire a des défauts et que sa conduite
a encouru le blâme, le maître des cérémonies
déclare qu'il est indigne d'être admis, et il le
répète par trois fois. Si au contraire aucun talapoin ne s'oppose à l'admission ou ne blâme complétement la conduite de l'aspirant, c'est que
celui-ci est jugé digne de passer de l'état d'imper-
fection et de péché à la condition de talapoin, et
l'admission est prononcée. Le maître des cérémonies engage ensuite les membres du conseil
à noter sous quel signe, à quelle heure et en quel
temps l'ordination a été faite ; puis, reprenant
la parole, il fait au nouveau pazen l'instruction
suivante sur les quatorze choses licites dont peu·

vent se servir les talapoins, et sur les quatre dont ils doivent s'abstenir.

L'état de talapoin consiste à demander l'aumône et les aliments, avec fatigue et agitation des muscles des pieds. Ainsi, ô nouveau pazen, en tout temps tu dois gagner ta subsistance avec le travail de tes pieds; si ensuite l'aumône et les offrandes abondent, et que les bienfaiteurs viennent à t'offrir du riz et d'autres aliments, tu pourras te servir des suivants : 1° de ceux qui sont offerts à tous les talapoins; 2° de ceux qui le sont à tous les particuliers; 3° de ceux qui sont présentés dans les festins; 4° de ceux qui sont envoyés avec une lettre ; 5° de ceux qui se donnent dans les jours de nouvelle et de pleine lune et dans les autres jours de fête.

Il est prescrit au talapoin de se servir d'habits et de vêtements jetés dans les chemins et dans les lieux de sépultures et qui sont souillés de poussière. C'est pourquoi, dans tout le cours de ta vie, tu te serviras de tels vêtements et habits; mais si, par ton esprit, tes prédications et ton savoir, tu peux te procurer beaucoup de bienfaiteurs, alors il te sera permis de te vêtir avec des étoffes de coton, de soie ou de laine, d'un jaune roux.

Une des conditions auxquelles il faut satisfaire dans l'état de talapoin est d'habiter des maisons construites contre les arbres des bois; mais si, par la suite, ton mérite ou ton esprit t'attirent des bienfaiteurs, tu pourras habiter les suivantes : celles qui sont entourées de murs, celles qui se terminent en pyramides triangulaires ou quadrangulaires, et celles qui sont ornées de bas-reliefs et de dorures.

Étant agrégé à la société des talapoins, il ne t'est plus permis, à la manière des séculiers, de te livrer à aucune action luxurieuse, soit sur ta personne, soit avec un autre individu, qu'il soit mâle ou femelle, soit enfin avec des animaux. Le talapoin qui commet de tels actes ne peut plus appartenir à la société divine, et on doit cesser avec lui tout espèce de rapports : de la même manière que dans un homme décapité il ne peut se faire que la tête soit réunie au corps et qu'il vive de nouveau, ainsi le talapoin qui commis un acte quelconque de luxure ne peut plus vivre avec les autres religieux : tu te garderas donc bien de commettre des actes de cette nature.

Il n'est en aucune manière permis à un talapoin de s'emparer de quoi que ce soit ou d'usurper le bien d'autrui, ne serait-ce que la quatrième partie d'un *tikal* (le *tikal* vaut environ 3 francs); le talapoin qui aurait dérobé cette petite somme doit être réputé déchu de son état,

et n'appartient plus à la société divine ; il ressemble à la feuille sèche d'un arbre, qui ne peut
plus faire partie de la société. Par conséquent,
dans tout le cours de ta vie tu t'abstiendras de
semblables fautes.

Il est défendu aux talapoins de prendre un
animal, fût-il le plus vil insecte, avec l'intention
de lui ôter la vie. Celui qui en fait périr volontairement un seul cesse d'appartenir à la sainte
société ; il devient semblable, par sa faute, à une
grande pierre divisée en deux parties ; et comme
il est impossible qu'elles se réunissent, de même
celui qui cesse d'être un homme saint ne peut
plus rentrer dans la société. Ainsi, dans tout le
cours de ta vie, tu te garderas bien de commettre
de semblables meurtres.

Il est bien défendu à celui qui est admis au
nombre des pazens de s'enorgueillir et se van-
ter de sa sainteté, et de s'attribuer quelques dons
surnaturels. »

A chacune de ces injonctions le nouveau pazen
répond : — « J'ai bien compris, — ou : J'ai bien
entendu, — ou : Ainsi soit. »

Outre les choses déjà exposées dans les règles
et constitutions des talapoins, il y en a beaucoup d'autres, qui sont contenues dans un livre
appelé *Vini*, dont la lecture leur est recommandée ; il leur est même ordonné formellement

de l'apprendre par cœur; il est écrit en pâli, mais avec une traduction ou explication en langue vulgaire birmane. Dans divers articles ou chapitres, le *vini* traite de toutes les choses qui concernent les talapoins, soit pour leurs vêtements, soit pour leurs baos et leur alimentation. Je me bornerai à mentionner ce qu'il contient de plus remarquable, en évitant autant que possible les répétitions.

Le ponghi, ou le supérieur d'un baos, est chargé de veiller à l'observation des règles. S'il voit s'élever des disputes ou des querelles, il doit réprimander et punir; s'il trouve un talapoin qui ait de l'or, de l'argent ou tout autre chose prohibée, il doit prendre l'objet avec ses mains et le jeter promptement dans le chemin, et en faisant cette action il doit avoir la pensée qu'il jette une chose immonde.

Il est défendu à tout talapoin de vendre, d'acheter ou de faire des échanges. S'il a un extrême besoin de quelque chose, il ne doit pas dire : Je désire acheter, mais il doit simplement demander le prix; et s'il se trouve dans la nécessité de vendre ou d'échanger, il doit dire : Telle chose m'est inutile, et telle autre chose m'est nécessaire.

Le *Vini,* en traitant du précepte qui défend de toucher aux femmes, dit que si un talapoin voyait tomber sa mère dans une fosse, il ne pourrait la secourir ou la retirer avec ses mains, mais avec un bâton ou un pan de son habit, et que pendant qu'il lui porte secours il doit avoir la pensée que c'est un morceau de bois.

Il recommande l'observance de quatre vertus, dites de la *sobriété* à l'égard des quatre choses nécessaires à la vie, qui sont le vêtement, l'aliment, l'habitation et la médecine. Quand un talapoin emploie ces choses, il doit mentalement se dire très-souvent : « Ce vêtement, cet habit, je ne le prends pas par vanité, mais pour couvrir la nudité de mon corps. Je mange ce riz non par goût, et parce qu'il est appétissant, mais bien pour satisfaire un besoin de la nature. J'habite ce baos non par vaine gloire, mais pour me préserver de l'intempérie de l'air; et je bois cette médecine seulement pour recouvrer ma santé, et je ne veux me bien porter que pour m'appliquer davantage à la méditation et à l'oraison. »

Le *Vini* recommande aux talapoins l'observance des quatre règles de *pureté*, qui sont : de se confesser de ses défauts, d'éviter toutes les occasions de pécher, d'être modeste et d'avoir de la retenue quand il va par les chemins, enfin de ne plus retomber dans aucun des grands péchés. Un talapoin doit en outre penser que s'il n'observe pas les règles, il devient un sujet inutile, et qu'en se servant des aumônes il fait une action semblable à celle de voler. En usant des choses permises, les talapoins doivent être modérés et sobres, en pensant que tout leur vient de leurs bienfaiteurs. Ils doivent toujours dormir habillés; et si par hasard ils abandonnent leurs vêtements, ils doivent les tenir éloignés d'eux à distance de deux coudées.

Il est défendu aux talapoins de creuser la terre, parce qu'en le faisant ils pourraient tuer quelque petit animal ou insecte; ils peuvent seulement le faire dans quelque terrain sablonneux où l'on ne coure pas risque de commettre de semblables meurtres; et ils doivent porter la plus grande attention à ne pas ôter la vie à quelque petit animal en remuant le sol, soit avec les pieds ou un bâton, soit avec tout autre objet. Il leur est semblablement interdit de couper n'importe quel arbre ou plante, de cueillir des fruits, des fleurs ou des feuilles; il faut avant qu'ils puissent manger un fruit qu'un séculier le coupe ou l'entame soit avec un couteau ou avec ses ongles, et que par ce moyen on lui ait ôté la vie qu'on lui suppose.

Il leur est sévèrement prescrit de ne jamais dormir dans la même chambre où se trouverait une femme ou une petite fille, ou un animal femelle quelconque. Celui qui commet un tel péché doit être chassé immédiatement du baos.

Les talapoins doivent se faire raser tous les poils du corps ; cette injonction s'étend aux sourcils pour les pazens seulement (généralement, maintenant, cette classe de talapoins les conserve aussi). Pendant tout le temps qu'ils sont entre les mains du barbier, ils doivent penser que les cheveux et la barbe proviennent des sécrétions immondes de la tête, et sont des parties inutiles, et qu'en les conservant elles fomentent la vanité comme il arrive chez les séculiers ; l'attitude d'un talapoin pendant qu'on le rase doit être celle d'une grande montagne au sommet de laquelle on arracherait les herbes sans les racines.

Pendant le cours d'une année ils doivent garder vingt-quatre fêtes, douze dans les pleines lunes, et douze ou quatorze jours après les mêmes phases. Dans ces jours ils doivent se réunir dans le *scin,* qui est, comme il a été dit, un endroit consacré, et y faire la lecture du *Padimot,* qui est une récapitulation de tous les péchés et infractions aux règles de la communauté.

Les Birmans ont un grand jeûne ou carême, qui dure ordinairement trois mois. Pendant ce temps les talapoins doivent faire des adorations continuelles à Godama, balayer et tenir dans la plus grande propreté les pagodes et leurs dépendances. Ils ne peuvent sans de graves motifs sortir de leur baos. Ils doivent laisser de côté toutes les pensées mondaines et celles qui appartiennent au temporel de leur couvent, et s'appliquer uniquement aux oraisons et méditations, à l'étude de la langue pâli et autres choses saintes. Il ne doit sortir de leur bouche aucune parole oiseuse et inutile. Les talapoins doivent pendant ce temps éviter surtout les discussions ou controverses, mais seulement parler des faveurs de Dieu, des moyens par lesquels on peut acquérir la sainteté, et dans leurs paroles faire ressortir le vif désir d'être délivrés des passions et convoitises déréglées. Ils doivent se contenter de ne manger que ce qui est strictement nécessaire, de peu ou point dormir, et se livrer à des méditations sur la mort et sur l'amour qu'ils doivent porter aux hommes.

Quand un talapoin a commis quelque manquement aux règles, il doit aller se mettre à genoux aux pieds du ponghi, et se confesser. Le *Vini* distingue cinq ou six espèces de péché, dont la première s'appelle *parasiga* : elle renferme les quatre péchés déjà mentionnés et qui font le principal sujet de l'exhortation du chammuazara lors de la réception d'un pazen ; les péchés de cette nature ne peuvent être remis au moyen de la confession, et pour le talapoin qui s'en est rendu coupable il ne reste d'autre salut que de quitter le costume ordinaire, de se vêtir en blanc, qui est l'habit de deuil, et de se retirer dans un lieu écarté pour faire pénitence. La seconde espèce se nomme *sengadiséit*, et les péchés qui la composent sont au nombre de treize : 1° la pollution volontaire ; si elle a lieu pendant le sommeil elle n'est péché que si on s'y est complu après être éveillé ; 2° l'attouchement sur le corps d'une femme avec une intention coupable ; 3° les discours amoureux et déshonnêtes, quand un talapoin veut induire un de ses bienfaiteurs à lui céder pour quelque temps sa captive ou esclave, sous le prétexte de la nécessité, mais avec l'intention de mal faire ; 5° procurer des femmes à la luxure des autres ; 6° construire une maison ou un baos sans l'assistance de quelque bienfaiteur ; 7° faire planter des arbres dans un endroit rempli d'insectes qui seront immédiatement tués ; 8° avoir recours à la calomnie suscitée par l'envie ; 9° ou quand elle impute une action luxurieuse ; 10° semer la discorde entre les talapoins, après avoir été averti trois fois dans le *scin* et ne s'être pas corrigé ; 11° sont coupables du même péché que le précédent les partisans de ceux qui sèment la discorde ; 12° l'inobservance des petites règles pour l'habillement, et ne pas écouter avec plaisir les avis et les admonestations des supérieurs ; 13° scandaliser un séculier par de petites infractions aux règles connues, par des mensonges ou des histoires frivoles. — Quand un talapoin a commis un de ces treize péchés, non-seulement il doit se confesser au ponghi, mais aussi à ceux de ses confrères qui sont réunis dans le *scin*, pour recevoir une pénitence, laquelle consiste en certaines oraisons qu'il doit réciter ; cette punition dure autant de jours qu'il en a laissé écouler avant de manifester son péché, et doit se faire pendant la nuit. Il doit aussi faire la promesse de s'abstenir à l'avenir d'un semblable péché. La pénitence finie, le pécheur doit demander pardon à tous les talapoins pour le scandale qu'il a causé, et solliciter humblement la faveur d'être de nouveau admis parmi eux. Outre la pénitence infligée, les talapoins s'en imposent volontairement d'autres, quand ils sont en doute d'avoir commis quelque péché. La confession n'est pas valide quand un talapoin a commis une grande faute et qu'il n'en a déclaré qu'une légère, et il en est de même s'il en confesse une de l'espèce *paraçiga*.

Toutes ces choses sur la confession sont en partie tombées en désuétude, et les talapoins ne font plus qu'une sorte de confession générale, dont la formule est à peu près celle du *confiteor* des chrétiens.

Quant à ce qui concerne les *scins* ou les disciples, ils ont les dix préceptes suivants à observer : 1° ne tuer aucun animal; 2° ne pas dérober le bien d'autrui; 3° ne commettre aucune action luxurieuse : 4° ne pas mentir; 5° ne pas boire de vin; 6° ne pas manger après le milieu du jour; 7° s'abstenir de danser, chanter, ou jouer de quelque instrument de musique; 8° éviter de mettre en marchant de la boue à ses sandales; 9° ne jamais s'arrêter dans un lieu élevé et qui ne convient pas à leur humilité; 10° ne jamais toucher à de l'or ou de l'argent. — Les scins qui manquent aux cinq premiers de ces commandements doivent être chassés des baos; quant à ceux qui ont contrevenu aux autres, les supérieurs leur imposent des pénitences [1].

Telle est la vie des prêtres et moines bouddhistes dans leurs kyoums, mais il ne faut pas s'y fier, ce ne sont plus des anachorètes. Comme dans toutes les religions mystiques, l'anachorète précéda de beaucoup le monastère dans le brahmanisme et dans le bouddhisme; l'anachorète c'est la foi vivant de racines et de privations, c'est

[1]. San Germano.

l'homme qui fuit l'ambition et le bien-être...
le monastère, c'est la foi véritable remplacée
par les apparences, c'est une poignée de sceptiques hypocrites se réunissant pour centrali-
ser le produit du travail des autres et exploiter
la crédulité humaine. Les moines bouddhistes
en sont là : tout ce que l'on vient de lire se rapporte à leur vie officielle ; en public ils s'efforcent
de paraître tels que le veut la règle, quittes à
transformer l'intérieur de leurs baos en lieux de
débauches.

Je ne voulais pas m'étendre sur ces questions,
cependant, puisque j'ai conduit jusqu'ici cette
digression, je vais la faire complète en donnant
les lois du vieux Manou, le plus ancien législateur dont le monde ait gardé le souvenir, sur les
devoirs de l'anachorète ; on verra combien le
bouddhisme s'est inspiré de ses leçons, et le lecteur, rapprochant les unes des autres ces coutumes et ces étranges prescriptions religieuses,
comprendra mieux à quel point le christianisme
est un fait de tradition orientale.

Devoirs de l'anachorète. Manou, livre VI :

« Lorsque, après avoir terminé ses études, le dwidja a accompli ses devoirs de père de famille pendant le temps prescrit, il doit suivant la loi se retirer dans la forêt pour vivre
dans le renoncement de tous les biens de ce monde.

« Le personnage sanctifié qui a passé sa vie dans l'étude
des livres saints et qui se voit en sa vieillesse seul en sa

16

maison, doit, pour se purifier et se rendre maître de ses sens, se retirer dans la forêt et y vivre selon la règle prescrite.

« Il est également permis au père de famille, bien qu'ayant des enfants, de se retirer dans la forêt pour y mener la vie cénobitique, mais seulement quand ses cheveux ont blanchi, que sa peau s'est ridée et qu'il a sous les yeux les fils de ses fils. Renonçant à tout, qu'il confie sa femme à ses fils ou qu'il l'emmène avec lui.

« Que l'ermite emporte avec lui le feu consacré et tous les objets employés dans les sacrifices, qu'il quitte son village, la maison où il est né et se retire dans le désert pour y finir sa vie dans les privations.

« Qu'il offre les cinq grands sacrifices à Dieu, à la création, à la rédemption [1], à la mort, à la vie future avec les grains sauvages; les racines et les fruits, qui sont la seule nourriture permise aux personnages sanctifiés.

« Qu'il ne se vêtisse qu'avec l'écorce des arbres, ou la peau des animaux, qu'il laisse pousser ses cheveux, sa barbe et ses ongles, et les poils de son corps.

« Qu'il trouve le moyen sur sa chétive nourriture de faire des aumônes, et qu'il offre de l'eau, des racines et des fruits à ceux qui viennent le visiter dans sa retraite.

« La lecture du Véda doit être sa principale occupation, qu'il endure toutes les souffrances sans se plaindre, qu'il soit bienveillant, compatissant à l'égard des autres, qu'il donne toujours et ne reçoive jamais.

« Qu'avant de cuire sa nourriture, il l'offre à l'Être suprême suivant le mode vitana et qu'il renouvelle le sacrifice prescrit en l'honneur de la création chaque jour de la lune nouvelle.

« Qu'il ne manque jamais d'offrir le sacrifice des moissons à l'époque du grain nouveau, et accomplisse tous les quatre mois aux changements de saison les cérémonies consacrées.

« Avec les grains purs et les racines qui servent de nourriture aux saints personnages et que l'on récolte au printemps et en automne, qu'il prenne soin lui-même de faire selon le mode prescrit les gâteaux destinés à être offerts sur la pierre du sacrifice.

« Après avoir offert à Dieu cette nourriture pure de la forêt, qu'il la mange avec le sel qu'il a ramassé, et cette nourriture purifie son âme et la fortifie.

1. Par la mort et la seconde naissance.

« Il peut offrir ainsi et manger les graines potagères qui viennent dans l'eau et sur la terre, les fleurs, les racines les fruits des arbres et l'huile produite par les fruits.

« Qu'il évite le miel, le beurre, la viande, les végétaux qui poussent sur les bois morts, et que dans le mois d'aswina — août — il jette toutes les provisions de grains de racines qu'il avait faites, ainsi que ses vieux vêtements.

« Quand même il souffrirait de la faim, il doit s'abstenir de tout ce qui pousse dans les champs labourés, bien qu'il eût l'autorisation du propriétaire, il ne doit rien accepter non plus qui soit fabriqué par la main des hommes.

« Il peut manger ses aliments cuits ou tels qu'il les récolte sur la terre, ou aux branches des arbres, et se servir de deux pierres pour les écraser.

« Il peut faire sa provision pour un ou pour six mois, pour un mois, pour un jour, mais il est mieux de ne ramasser ses grains que pour un jour.

« Il faut prendre sa nourriture tous les jours, soir et matin ; mais il est mieux de ne manger qu'une fois tous les soirs et même que tous les deux jours seulement.

« Les personnages qui sont arrivés au plus haut degré de sainteté, ont suivi les règles de la Tchoudryana, qui consiste à manger quinze bouchées le premier jour de la lune, et d'aller en diminuant, de sorte qu'une seule bouchée soit mangée le quatorzième jour, et que le quinzième soit consacré au jeûne. Il faut agir de même pour les quinze jours de la lune qui décroît.

« Pour observer strictement son devoir, le cénobite ne doit vivre que de fleurs et de racines sauvages, et les fruits tombés des arbres par eux-mêmes, et que le temps a mûris.

« Que pour prier il se couche sur la terre nue ou se relève sur les genoux, ou se tienne incliné sur les pieds, fuyant les positions agréables, et qu'il fasse ses ablutions trois fois par jour.

« Pendant la saison chaude, qu'il s'expose tout nu aux ardeurs du soleil ; pendant la saison des pluies, qu'il soit sans abri contre les torrents d'eau qui descendent du ciel et des montagnes, et pendant la saison froide, qu'il n'habite que des lieux malsains et humides.

« Que trois fois dans le jour, après les ablutions prescrites, il invoque le nom de l'Être suprême, soumette son corps aux austérités les plus rigoureuses, et flagelle jusqu'au sang son enveloppe mortelle.

« Arrivé à ce degré de mortification, qu'il éteigne le feu consacré, et se couvre de cendres ; qu'il n'ait plus ni demeure ni abri, ne vivant plus que de racines crues et de fruits aigres.

« Exempt de tout désir sensuel, chaste comme un novice, qu'il n'ait d'autre lit que la terre, d'autre habitation que le pied des arbres.

« Qu'il ne demande l'aumône qu'aux autres anachorètes, et aux pères de famille à qui il est permis de se retirer dans la forêt, et si on lui offre quelque nourriture qu'il n'en reçoive pas plus que ce que contient une feuille ou le creux de la main.

« Celui qui a ainsi dégagé son corps de tout attachement charnel, par l'étude des livres saints, la prière, les mortifications et l'aumône, peut attendre sans crainte l'heure d'être admis dans le séjour de Brahma.

« Lorsque l'anachorète a passé ainsi la troisième partie de sa vie, quand il ne lui reste que peu de temps à vivre, qu'il quitte la forêt voisine des lieux habités pour se retirer dans les lieux déserts, incultes, habités seulement par les bêtes fauves, qu'il embrasse la vie ascétique, renonçant même au souvenir de toute affection.

« Passant ainsi dans ce quatrième ordre, qui est le renoncement suprême à tout, l'homme est sûr, après sa mort, d'obtenir le plus haut degré de félicité.

« Après avoir été successivement brahmatchari — étudiant élève en théologie, — grihasta — père de famille, — et vana prastha — anachorète, — qu'il dirige son esprit vers le mokcha — la délivrance finale, — qu'il devienne sannyassis nirvany — pénitent nu [1].

« Mais celui qui, sans avoir accompli les devoirs prescrits, et payé les trois dettes de la vie, ambitionne le bonheur final, est précipité dans le naraca — enfer.

« Lorsqu'il a étudié le Véda et les commentaires de la sainte Écriture, qu'il s'est marié, a donné le jour à des fils, offert les sacrifices, les oblations et les cérémonies funéraires pendant le temps prescrit, alors il lui est permis d'envisager le mokcha et la délivrance finale.

« Après avoir accompli le sacrifice de pradjapati, qui est le renoncement à tout, après avoir éteint le feu des sacrifices, n'emportant qu'un bâton et une aiguière, qu'il s'éloigne des régions habitées, qu'il embrasse la vie ascétique, celui qui désire arriver resplendissant de gloire au séjour céleste.

« Qu'il soit toujours seul sans autre compagnie que sa pensée, car pour obtenir le bonheur suprême il doit aban-

1. Les γυμνοσοφισται des Grecs.

donner tout et être abandonné de tous, coucher sans vêtement sur la dure, ne parlant pas, fixant son esprit sur l'Être divin, tel est l'état dans lequel doit se trouver le saint personnage, deux fois régénéré, qui approche de la délivrance finale.

« Tout homme pour qui le Véda n'a plus de secret, qui ne craint pas la douleur et ne recherche pas la joie, qui quitte l'ordre des pères de famille pour passer dans celui des cénobites, réjouit les cieux qui resplendissent de lumière.

« Qu'il soit toujours seul, sans compagnon, car la félicité suprême ne se conquiert que dans la solitude ; quand il a tout abandonné, c'est alors que les cieux ne l'abandonnent pas.

« Qu'il n'ait ni habitation, ni feu consacré, qu'il ne doive sa nourriture qu'au hasard ; un pot de terre, les cavités des grands arbres pour demeure, les vêtements les plus misérables et une vie solitaire, tels sont les signes auxquels on doit reconnaître un brahme qui approche de la délivrance finale.

« Qu'il ne désire pas la mort, qu'il ne désire pas la vie ; ainsi qu'un moissonneur qui, le soir venu, attend péniblement son salaire à la porte du maître, qu'il attende que le moment soit venu.

« Qu'il purifie ses pas en regardant où il met le pied, qu'il purifie l'eau qu'il doit boire, afin de ne donner la mort à aucun animal, qu'il purifie ses paroles par la vérité, qu'il purifie son âme par la vertu.

« Qu'il supporte avec patience, et sans jamais les rendre, les mauvaises paroles, les injures et les coups, qu'il se garde surtout de conserver de la rancune à qui que ce soit au sujet de ce misérable corps.

« Méditant avec délice sur l'âme suprême, n'ayant besoin de rien, inaccessible à tout désir des sens, sans autre société que son âme et la pensée de Dieu, qu'il vive ici-bas dans l'attente constante de la béatitude éternelle.

« Il ne doit jamais chercher à se procurer sa subsistance, en expliquant les prodiges et les présages, ni au moyen de l'astrologie ou de la chiromancie, ni en donnant des préceptes de morale casuiste, ou en interprétant l'Écriture sainte.

« Qu'il ne se rende jamais dans les lieux fréquentés par les ermites du premier degré qui n'ont pas encore entièrement renoncé au monde.

« Qu'il fuie toute réunion, même celles où n'assistent

16.

que des brahmes, qu'il se garde sur son salut éternel de se
rendre dans les lieux où l'on fait battre des oiseaux où des
chiens.

« Qu'il erre constamment dans la tenue prescrite, avec
un plat, une aiguière et un bâton, mettant tous ses soins à
ne pas faire du mal aux êtres animés.

« Un plat de bois, une gourde, un pot de terre et une cor-
beille de bambous, tels sont les ustensiles d'un cénobite
autorisés par Manou; il ne doit rien conserver en métal
précieux.

« Lorsque la fumée ne s'élève plus dans l'air, que le charbon est éteint, que le bruit du pilon retombant en cadence
sur la pierre ne se fait plus entendre, que les gens sont ras-
sasiés, que les plats sont retirés, il est l'heure pour l'ermite
de mendier sa subsistance.

« S'il ne reçoit rien qu'il ne se désole pas, qu'il ne se
livre pas à la joie s'il obtient quelque chose; il ne doit
songer qu'à soutenir sa maigre existence sans se réjouir ou
s'affliger de la qualité et de la quantité des mets.

« Qu'il prenne peu de nourriture, c'est le meilleur moyen
de maîtriser les organes des sens entraînés par la volupté,
et c'est en maîtrisant ses sens que l'homme conquiert l'immortalité.

« Qu'il considère avec attention, pour mieux sanctifier sa
vie, les transmigrations des hommes qui sont causées par
leurs actions coupables, leur chute dans l'enfer et les tourments qu'ils y endurent,

« Leur séparation de ce qu'ils aiment, la nécessité de supporter ce qu'ils détestent, la vieillesse et les maladies qui
affligent l'humanité.

« Qu'il réfléchisse que l'esprit vital, en sortant du grand
Tout, subit dix mille millions de transformations avant de
revêtir la forme humaine.

« Qu'il observe quels sont les maux incalculables qui ré-
sultent de l'iniquité, et les grandes joies qui naissent de la
pratique de la vertu.

« Qu'il porte sans cesse son esprit sur les perfections et
l'essence indivisible de Paramâtmâ — la grande âme, —
qui est présente dans tous les corps, aussi bien dans le plus
bas que dans le plus élevé.

« Qu'il sache bien qu'un atome est la reproduction exacte
du Tout.

« Que l'homme accusé faussement, et à qui on a enlevé
ses insignes de caste et les insignes de son ordre, continue
à remplir ses devoirs; porter les insignes d'un ordre n'est
pas une preuve qu'on en remplit les devoirs, pas plus que

le fruit du cataca qui purifie l'eau ne le ferait si on se bornait à prononcer son nom sur l'aiguière.

« Que sans cesse en marchant le sannyassis regarde de jour et de nuit avec précaution où il met le pied pour ne causer autant que possible la mort d'aucun animal.

« Les purifications et le parvameda — petit sacrifice, — ont été institués pour racheter la mort des petits animaux, qu'il fait mourir involontairement.

« Il doit à cet effet prononcer trois fois, en retenant son haleine, le mystérieux monosyllabe Aum! la prière de la savitri, et les trois paroles sacrées : Bhour-Bhouvah-Swar.

« Ainsi que les impuretés des métaux sont détruites par le feu, ainsi les fautes que l'homme peut commettre sont effacées par la prière.

« Que le sannyassis expie ses fautes par le recueillement, la méditation, la répression de tout désir sensuel, les austérités méritoires, qu'il détruise en lui toutes les imperfections opposées à la nature divine.

« Qu'il suive par la méditation la marche de l'âme dans ses différentes transformations, depuis le degré le plus élevé jusqu'au plus bas, marche que ne peuvent comprendre les hommes qui ne se sont pas perfectionné l'esprit par l'étude du Véda.

« Celui qui est doué de cette vue sublime n'est plus captivé par les actions d'ici-bas; celui qui est privé de cette vue parfaite, n'étant point assez purifié, est destiné à retourner dans ce monde.

« Ce corps, dont les os font la charpente, à laquelle les muscles servent d'attaches, enduit de chair et de sang, recouvert de peau, et contenant les excréments infects, soumis à la vieillesse, à la décrépitude, aux chagrins, aux maladies et à des souffrances sans nombre, doit être laissé avec bonheur par le juste.

« Tout disparaîtra dans la pourriture terrestre; seules les bonnes actions et l'âme ne passeront point. Mais la demeure céleste ne s'obtient que par la méditation de l'essence divine, car aucun homme ne recueillera le fruit de ses efforts s'il ne s'est élevé à la connaissance de l'âme suprême.

« De même qu'un arbre abattu sur les bords d'une rivière suit le courant qui l'emporte, de même que l'oiseau rejette son nid et s'élève vers les cieux, de même l'homme s'élèvera au séjour de Brahma en rejetant son enveloppe périssable.

« Lorsque par sa connaissance intime du mal et son identification avec la vertu, le sannyassis obtient la félicité éternelle, il s'élève jusqu'au séjour de l'immortel Brahma, qui existe de toute éternité.

« Affranchi de toute affection et de tous désirs mondains, insensible à tout, il est absorbé pour toujours dans l'Ame universelle, où il jouit d'une félicité sans égale.

« Tout ce qui a été dit et enseigné ne s'obtient que par la méditation sur l'essence divine; nul parmi ceux qui ne s'élèvent pas jusqu'à la connaissance de la grande âme, ne peut espérer de parvenir au séjour céleste.

« Que les sannyassis récitent constamment les parties du Véda qui concernent les sacrifices, celles qui ont rapport à l'Ame suprême, aux divinités, et observent tout ce qui est déclaré dans le Védanta.

« La sainte Écriture est un refuge assuré pour ceux qui la comprennent, et pour les esprits faibles qui ne la comprennent pas; tous ceux qui la lisent, sachant que c'est la parole de Brahma, arriveront à une éternité de bonheur.

« C'est ainsi que le brahme qui embrasse la vie ascétique selon les règles qui viennent d'être déclarées, se dépouille pour toujours de tout péché et se réunit à la divinité.

« Ainsi vous avez appris quels sont les devoirs imposés aux cautitcháras, aux bahoudacas, aux hausas et aux paramahausas, qui sont les quatre classes de brahmes sannyassis — ermites.

« Le novice, l'homme marié, l'anachorète, le prêtre et le dévot ascétique forment cinq classes qui tirent leur origine du père de famille.

« Le brahme ne peut parvenir à la condition suprême sans passer successivement par tous ces ordres conformément à la loi.

« Parmi tous ces ordres, le père de famille qui connaît et observe tous ses préceptes de la Srouti et de la Smriti[1] est supérieur à tous les autres ordres, car c'est de lui que procèdent les autres.

« De même que toutes les rivières et tous les fleuves vont se confondre dans l'Océan, de même tous les hommes de toutes les classes viennent s'absorber dans le sein de la divinité, mais le cénobite et le dévot ascétique sont les seuls qui n'aient pas besoin de la purification funéraire par les sacrifices prescrits.

« Les dwidjas qui appartiennent à ces quatre ordres doivent toujours, avec le plus grand soin, pratiquer les dix vertus qui composent le devoir.

[1]. Révélation et tradition.

« Écoutez, ô hommes! quelles sont les vertus dont la pratique vous est recommandée pour obtenir sûrement un bonheur éternel au céleste séjour :

« La Résignation, — l'Action de rendre le bien pour le mal, — la Tempérance, — la Probité, — la Pureté, — la Chasteté et la répression des sens, — la Connaissance de la sainte Écriture, — celle de l'âme suprême, — le Culte de la vérité, — l'Abstinence de la colère, — telles sont les dix vertus en quoi consiste le devoir.

« Les brahmes qui, étudiant ces préceptes et les éclairant par les lumières de la sainte Écriture, y conforment leur conduite, parviennent à l'immortalité dans le séjour de Brahma.

« Tout dwidja qui met tous ses soins à pratiquer ces dix vertus, qui connaît le Véda et les commentaires du Védanta, qui en toute chose se conduit d'après les prescriptions de la loi et qui a acquitté ses trois dettes [1] peut renoncer entièrement au monde et ne plus vivre que dans la contemplation des perfections éternelles.

« Se désistant alors de tous les devoirs du père de famille, abandonnant alors la direction des sacrifices et l'accomplissement des cinq oblations, ayant effacé toutes ses fautes par les purifications prescrites, réprimé ses organes, et compris toute l'étendue du Véda, qu'il s'en remette à son fils du soin de toutes les cérémonies et pour l'offrande des repas funéraires.

« Après avoir ainsi abandonné toute pratique pieuse, tout acte de dévotion austère, appliquant son esprit à la contemplation unique de la grande cause première, exempt de tout désir mondain, son âme est déjà sur le seuil du swarga, alors que son enveloppe mortelle palpite encore, comme les dernières lueurs d'une lampe qui s'éteint.

« Tels sont les différents états par lesquels doivent passer les brahmes, et les règles de conduite qu'ils doivent s'imposer, s'ils veulent arriver dans le séjour de l'immortel Swayambhouva. »

Tout ceci peut se passer de commentaires..... Qu'est-ce que la morale de la Bible avec ses massacres ordonnés par Jéhovah, ses histoires impures, ses rapts de filles vierges, *aulem reser-*

1. Brahmatchari — Grihasta — Vanaprastha.

vate vobis puellas, en présence de ces lois du vieux Manou, prescrivant la résignation, la tempérance, la probité, le culte de la vérité, toutes les chastes vertus, et ordonnant enfin *de rendre le bien pour le mal*, plusieurs milliers d'années avant les philosophes chrétiens, qui ont prétendu révéler au monde la formule morale la plus pure.

Est-ce que l'humanité, comme l'a prétendu Lamartine, ne ferait que monter et descendre sur la même route? . . . .

La rencontre du dewalé bouddhiste et des deux contemplatifs, accroupis près du portique, avait tout naturellement fait dériver notre conversation vers l'origine des vieux cultes de l'Orient, et l'esprit imprégné des mythes du passé, nous discourions sur les fables qui encombrent le berceau de tous les peuples, lorsque nous aperçûmes les premières maisons de Matoura où nous arrivâmes sur les dix heures du matin.

Le déjeuner et la sieste nous occupèrent pendant les instants de fortes chaleurs, et nous nous remîmes en marche avec ces fraîches brises du sud qui sont le charme de ces côtes pour aller coucher à Kahawatte.

Je n'ai rien à dire de spécial de Matoura, qui ressemble à toutes ces merveilleuses petites villes de la côte sud de Ceylan complétement perdues

au milieu des fleurs, et entourées d'une végétation tellement luxuriante que la plume impuis-
sante à remplacer la vue ne pourra jamais en
donner une idée : Dikwellé, Tangalle, Kahawatté, Tolawille, Hambanttotté, Mallellé, Paltoopanie, nids charmants de verdure, réduits
hospitaliers que baigne l'Océan indien... que de
fois, rêvant sous vos ombrages parfumés, n'a-
vons-nous pas fait le projet de revenir, avec les
êtres qui nous étaient chers, nous établir pour
toujours sur vos gracieux rivages.....

Les Anglais, pour se procurer les éléphants
dont ils ont besoin, ont divisé les contrées où cet
animal abonde en stations de chasse à la tête
desquelles se trouvent des *superintendants*, officiers de l'armée le plus souvent, qui sont chargés avec un nombreux personnel de la capture
et du dressage de cet auxiliaire si intelligent de
l'homme.

Le *superintendant* du Giraoué, colonel Ja-
mes Evans, avait sa demeure au-dessus de
Kahawatté, et comme je voyageais avec une
lettre de sir John Lawrence, gouverneur général des Indes, me recommandant à tous les
agents *du civil and military service*, nous
résolûmes de l'aller voir, et de nous faire auto-
riser à le suivre dans une de ses expéditions.
Nous pensions que dans tous les cas, si nous

ne tombions pas chez lui à un moment de chasse, il consentirait toujours à nous faire accompagner par un de ses équipages.

En arrivant à Kahavatté, nous apprîmes que le *superintendant* était à soixante milles de là, dans la vallée de Balangoddé, et qu'il ne serait de retour que dans une huitaine de jours. Ce contre-temps n'affecta pas notre bonne humeur, le voyageur est avant tout l'esclave des événements, et nous résolûmes d'employer ce temps à faire la petite chasse dans les environs aux oiseaux rares, et au gibier qui pullule littéralement dans toutes ces contrées.

Mon ami, grand collectionneur, s'adresserait aux bengalis, aux oiseaux-mouches, aux boulbouls, aux rossignols malabares, aux martins-pêcheurs, et à ces variétés infinies d'admirables volatiles sur lesquels le soleil a répandu à foison toutes les nuances de son prisme; quant à moi, je devais me contenter de pourvoir aux exigences de la cuisine.

Nous louâmes immédiatement un petit territoire sur le rivage pour y parquer nos bufflones, et par les soins de deux charpentiers indigènes une paillote de bambou, vaste et commode, recouverte avec des feuilles de cocotier, fut établie en quelques heures.

Le soir, nous avions retiré nos matelas des

charrettes, ainsi que les divers objets à notre usage, et nous étions installés chez nous. Quatre lampes en terre noire garnies d'incrustations bizarres, et remplies d'huile de coco, achetées par Amoudou au bazar de Kahawatté, furent fixées dans les différents coins, et les deux bancs de nos véhicules, recouverts avec des nattes, se donnèrent des airs de divans. De table nous n'avions nul souci, ayant l'habitude de prendre nos repas à la manière indoue, assis sur le gazon ou sur une natte suivant les lieux. Un peu avant le coucher du soleil, étendus à l'ombre d'un gigantesque banian, nous regardions la troupe des Macouas et Karawés (castes de pêcheurs) qui préparaient sur le rivage leur départ pour la pêche, qui n'a lieu que de nuit dans ces parages, sans nous douter que la curiosité allait bientôt nous mettre en face de l'aventure la plus émouvante peut-être de tout notre voyage.

J'ai déjà dit que tous les villages de la côte étaient habités par des pêcheurs. Les Macouas sont malabares ou cyngalais, les Karawés sont de race maure. Tous les soirs ils partent deux par deux, sur des catimarons, sortes de radeaux, composés de trois grosses poutres de bois bien assemblées et unies par de fortes tresses en fil de coco. A l'avant, les trois poutres sont taillées de façon à former un angle très-aigu pour fen-

17

dre les flots, l'arrière est coupé carré et légèrement équarri aux deux coins. Cette embarcation plate est entièrement insubmersible; quel que
soit le temps, elle navigue constamment à fleur
d'eau et se dirige à l'aide de deux pagaies.

Deux Macouas la montent d'ordinaire, l'un
la maintient dans la direction voulue pendant
que l'autre pêche.

Cette vue ranima en nous un désir que nous
avions souvent formulé ensemble, en nous promenant sur la plage de Pondichéry.

— Quelle belle nuit à passer en mer sur ce solide radeau ! me dit mon ami tout rêveur.

— Cela vous reprend, répondis-je en souriant.

— C'est une idée fixe !

— Mais dangereuse à exécuter.

— Beaucoup moins qu'elle ne le paraît; des
milliers de pêcheurs partent ainsi chaque jour
de la côte de Coromandel, et je n'ai jamais entendu dire qu'il leur soit arrivé le moindre acci-
dent.

— On raconte cependant que quelques-uns de
temps en temps ne reviennent pas. Sans doute
parce que, chassés au large par la tempête, ils ne
peuvent regagner la côte sans boussole.

— Oui, la légende dit cela... mais on ne ferait
jamais rien si on se fiait à tout ce qu'on raconte.

Les éléphants sauvages mettent chaque année à mal quelques chasseurs, cela n'empêche pas que nous ne soyons en passe d'aller leur rendre visite; quand nous avons chassé le tigre et le buffle ensemble, au-dessus de Gengy, nous savions bien que c'était un peu plus dangereux que de poursuivre des lièvres, cela ne nous a pas arrêtés... Quant à moi, je me suis bien souvent promis de ne pas quitter l'Inde sans me procurer les émotions d'une nuit en catimaron sur l'Océan, et ma foi, si vous voulez m'en croire, nous tenterons l'aventure.

— Vous y tenez?

Absolument, il me semble qu'il n'y a pas de plaisir plus âpre que celui de se procurer la situation factice du naufragé qui vogue sur une épave, et cela sans courir aucun danger.

— Nous pouvons être enlevés par un coup de mer.

— Nous nous attacherons... et puis un gros temps n'est pas à craindre, nous ne sommes pas à l'époque du renversement de la mousson; dans ces longues périodes de calme, l'Océan met plusieurs jours à *se faire*, et nous aurions vingt fois le temps de regagner le rivage si un changement de vent venait à se produire.

— Vous avez réponse à tout.

— Donc vous acceptez.

— Vous n'en doutez pas, j'ai cru devoir vous présenter plutôt des réflexions que des objections, et dès l'instant où vous êtes décidé à tenter l'aventure, je n'ai qu'un mot à dire... je vous suis !

— Beaucoup d'imprévu, des émotions singulières, et pas de dangers, voilà le bilan de notre excursion.

— Je le crois comme vous, mais il ne sera pas inutile de prendre toutes nos précautions. J'appelai Amoudou et lui ordonnai d'aller s'entendre avec les Macouas pour le choix du catimaron et le prix.

Quand les braves gens apprirent que nous désirions les accompagner, ils voulurent tous nous avoir avec eux, et ils se mirent à chanter en chœur les louanges de leurs embarcations, toutes plus solides les unes que les autres.

Pour terminer le différend nous nous approchâmes d'eux et choisîmes nous-mêmes un large catimaron, composé de trois énormes troncs d'arbres qui ne paraissait pas, vu l'état des tresses de fibres de coco qui assemblaient ses différentes parties, avoir servi plus de deux ou trois fois ; en outre, la poutre du milieu était creusée comme une pirogue dans toute sa longueur, ce qui allait nous permettre de nous asseoir commodément dans la position ordinaire, au lieu de conserver les jambes horizontalement pendant toute une nuit, ce qui eût été fort désagréable.

— Quel est ton nom ? dis-je en tamoul au patron du catimaron.

— Chek-Toullah, saëb, me répondit-il.

— Tu es musulman ?

— Oui, saëb.

— Bien. Et à quel prix nous conduiras-tu sur ton radeau ?

— Où les saëbs veulent-ils aller ?

— Nulle part, nous désirons suivre la pêche et passer la nuit en mer, tu agiras exactement comme si nous n'étions pas là.

— Alors, saëb, vous me donnerez ce qu'il vous plaira.

— Tout homme qui travaille doit évaluer sa peine, fixe toi-même le salaire.

— La pêche sera-t-elle pour votre compte ?

— Non, nous te la laisserons.

— Dans ce cas, ce sera une roupie (2 fr. 50 c.) pour vous deux.

— Nous te donnerons une roupie chacun.

— Alors la pêche sera pour vous.

— Je te répète que tu restes entièrement maître de ton bateau, tu iras où tu voudras, tu pêcheras comme tu l'entendras, et tu garderas le produit de ton travail, voilà nos conditions.

— Salam [1]! saëb! répondit le pauvre diable en portant la main droite à ses pieds, sur son cœur et à ses lèvres, ce qui est le plus grand signe de respect que les Cyngalais d'origine maure puissent donner.

Un pêcheur gagne par nuit, vu le bas prix du poisson, de douze à quinze sous en moyenne, et cependant ce qu'il rapporte ordinairement vaudrait en Europe plusieurs centaines de francs. Il est rare qu'il n'ait pas dans sa capture un ou deux de ces saumons noirs du cap Comorin, fort communs dans ces parages, et que l'on est obligé de servir sur une claie d'osier, à cause de leur grosseur, ils pèsent communément de trente à quarante livres.

Chek-Toullah était donc ravi de notre générosité, il avait eu tout d'abord quelque peine à y croire.

— Puisque les saëbs m'accompagnent, continua le Karawé, je vais faire la pêche aux flambeaux, cela les amusera plus que les lignes de traîne, de fond, ou les filets.

— Fais comme tu l'entendras. Quand partons-nous?

— À votre disposition, saëb!

— Mais tu ne m'as donc pas compris, nous

1. Expression générale spécifiant monsieur, salut ou merci.

ne voulons rien ordonner, rien faire... Si nous dirigions ton embarcation et la pêche, autant vaudrait que nous prissions un canot et que nous allassions nous promener en mer, agis comme si tu emmenais tes enfants avec toi.

— Le pauvre Cyngalais ne peut pas être le père des Doré-Belatti (seigneurs étrangers).

— Que t'importe, puisque nous le voulons.

— Vous avez donné un ordre, Chek-Toullah l'exécutera.

En prononçant ces paroles, le musulman se redressa de toute sa hauteur, et tout fier d'être traité ainsi en présence des autres pêcheurs, il ordonna à ses deux aides d'apprêter le catimaron.

Les Macouas retournèrent à leur besogne, car le soleil qui, en disparaissant dans la nappe liquide, donne chaque jour aux pêcheurs le signal du départ, n'allait pas tarder à se coucher.

Nous nous dirigeâmes vers notre paillote, pour prendre des vêtements de circonstance et préparer nos provisions de bouche.

Après avoir revêtu un costume complet de flanelle bleue, et passé nos revolvers dans une ceinture de même étoffe, nous ouvrîmes la caisse aux conserves dont j'avais toujours soin de faire le plein chaque fois que nous passions dans une ville ou un village où se trouvait un magasin d'articles d'Europe.

— Vous savez, me dit en riant mon ami, que tout navire en partance prend toujours trois ou quatre fois plus de vivres qu'il ne lui en faut; pour parer à tout événement, je vous engage à mettre dans le sac en filet des provisions pour trois jours.

— Soyez sans crainte, répondis-je sur le même ton, et si nous venons à être poussés sur une île déserte, nous ne mourrons de faim que le plus tard possible.

Je choisis une boîte de pâté de lièvre de deux kilos; un rôti de veau conservé dans la gelée du même poids, six boîtes de sardines et un long tube de fer-blanc, dans lequel dormait mollement couché, dans de la graisse blanche, un gigantesque saucisson. Le tout portait la marque Rodel frères de Bordeaux, dont j'ai déjà eu occasion de parler. Les produits de cette maison sont les seuls que j'aie jamais achetés dans mes voyages, et je les recommande à tous les voyageurs et touristes, comme la plus parfaite de toutes les conserves alimentaires; j'ai fait quatre fois la traversée du Pacifique, de San-Francisco aux îles de la Société et des îles de la Société aux côtes de la Californie, avec des moyennes de quarante à quarante-cinq jours de mer, et ces conserves sont les seules qui ne m'aient jamais affaibli l'estomac, et qui soient restées, même après plusieurs années d'expédition, dignes de la cuisine française.

J'en parle ici, non pour faire plaisir aux honorables négociants qui les fabriquent, que je n'ai pas l'honneur de connaître, mais par un véritable esprit de reconnaissance, car je suis intimement persuadé que je leur ai dû la conservation de ma santé pendant les dix ans que j'ai parcouru le monde.

La santé est le premier des biens du voyageur, sans elle rien ne lui est possible, et je crois rendre un véritable service à ceux qui, par goût ou par devoir, sillonnent les mers ou habitent les pays tropicaux, en leur indiquant des conserves véritablement dignes de ce nom...

— Si vous ajoutiez deux pâtés de foie gras, me dit mon ami, du ton du plus parfait gourmand, au moment où j'allais refermer la caisse, voyez, il y a encore beaucoup de place dans le filet.

— Va pour les deux pâtés, répondis-je en riant, je vois que nous allons faire une véritable partie fine, et que nous ne ressemblerons guère à ces pauvres naufragés dont vous voulez vous procurer les émotions.

Après avoir garni nos gourdes de vieux cognac, nous plaçâmes quatre bouteilles de vin dans un second filet en tresse de cocotier, je pris sous le bras une boîte de biscuits de mer, *prince Albert*, pour nous servir de pain, et nous nous acheminâmes du côté du catimaron qui se balançait doucement à la lame à deux mètres du rivage.

Nos provisions furent installées par Amoudou au fond du tronc d'arbre du milieu, creusé, ainsi que je l'ai expliqué, en forme de pirogue, et le filet qui contenait les bouteilles mis *à la traîne*, comme disent les marins, derrière le radeau; il plongeait de deux pieds au moins dans l'eau, c'était le meilleur moyen pour ne rien briser.

Chek-Toullah avait amarré dans le milieu une énorme jarre en terre pleine d'eau douce, nous n'avions donc pas besoin d'en emporter.

Au moment où nous allions faire à Tinou et à Amoudou la recommandation de bien veiller sur les divers objets, et surtout sur notre caisse d'armes, que nous étions obligés de laisser dans la paillote, ce dernier prit la parole et me dit d'un ton résolu :

— Tinou et moi nous allons vous accompagner, saëbs.

— C'est impossible, lui répondis-je, le Karawé a deux aides avec lui, et le catimaron ne peut contenir plus de cinq personnes.

— Nous avons arrêté un autre catimaron.

— Comment, sans notre permission...

— Ama (madame), quand nous sommes partis de Chandenaguy (Chandernagor), a fait jurer à moi de ne jamais quitter saëb, et Amoudou tiendra sa parole, saëb n'ira pas en mer, ou bien Amoudou le suivra.

Il n'y avait rien à répondre à cela, je savais que mon Nubien se ferait couper en quatre plutôt que de céder. Une promesse faite à Ama pour lui était sacrée, et il n'eût jamais osé reparaître devant elle s'il ne l'avait pas tenue, aussi fut-ce avec un bien faible espoir de le convaincre que j'ajoutai :

— Et nos approvisionnements, et nos cartouches, et nos armes, qui les gardera ?

— Saëb a la clef de la caisse dans sa poche, répondit aussitôt mon fidèle serviteur, et moyennant quatre fanons, un pion de police du thasildar (chef du village) restera assis sur la caisse jusqu'à notre retour.

Je vis bien que le coquin s'était arrangé pour que rien ne vînt troubler son projet, aussi, après avoir interrogé mon ami du regard, je me décidai à céder, je dois dire qu'au fond je n'étais point trop fâché de l'aventure, nous jouions gros jeu sans que cela paraisse, et un courage et un dévouement comme ceux d'Amoudou et de Tinou n'étaient pas à dédaigner.

— C'est bien, répondis-je, vous pouvez nous suivre. Les deux gaillards poussèrent un cri de joie, et en un clin d'œil se dépouillèrent de tous leurs vêtements. N'eût été la dignité que nous étions obligés de conserver en face des indigènes, nous eussions volontiers imité cet exemple, car nous allions rester toute la nuit avec de l'eau jusqu'aux hanches, le catimarou naviguant complétement à fleur d'eau.

Il n'est pas jusqu'à leurs provisions que nos deux farceurs n'eussent préparées d'avance, mais elles étaient fort simples, se composant seulement d'une douzaine de noix de coco, dont le lait et l'amande devaient leur suffire pour boire et manger. Le radeau préparé, le Karawé nous fit signe de nous y installer.

Nous nous assîmes à l'arrière, sur les deux troncs d'arbre, l'un à droite et l'autre à gauche, laissant nos jambes pendre dans l'intérieur du tronc du milieu, de cette façon nous pouvions rester en face l'un de l'autre pendant tout le voyage.

Deux fortes tresses de kair (filasse de coco) avaient été frappées de chaque côté du catimaron pour nous servir d'appui en cas peu probable de gros temps : à la moindre apparence douteuse, nous devions nous les entourer plusieurs fois autour du corps, pour n'être pas roulés hors de l'esquif.

Après avoir remonté notre ceinture jusque sous les bras, et placé nos revolvers sur la poitrine dans leur enveloppe de cuir, pour leur éviter le contact de l'eau, nous vîmes avec satisfaction qu'il ne nous manquait rien pour faire une heureuse excursion.

Presque bord à bord avec nous, Amoudou et Tinou, debout sur un esquif complétement plat, et trois fois plus petit que le nôtre, attendaient, une pagaie à la main, le signal du départ. Le frêle radeau ne pouvant contenir quatre personnes, nos deux hommes s'étaient engagés à remplacer l'aide du pêcheur qui leur avait loué l'embarcation.

Comme tous les indigènes, nos serviteurs étaient de vrais amphibies et nous n'étions nullement inquiets d'eux, malgré le singulier véhicule qu'ils avaient choisi.

— A tout prendre, me dit M. Lafarge, il est heureux qu'ils nous suivent, ils ne risquent pas de trouver en mer de boutique de tchandos (marchands d'arack et autres liqueurs fortes).

— C'est vrai, répondis-je, mais aussi voyez comme ils ont su prendre leur précaution. Ne remarquez-vous pas cette énorme jarre de terre noire, fortement amarrée au milieu de leur catimaron, et bouchée avec de l'étoupe ? je suis sûr qu'elle est pleine de callou (jus fermenté du cocotier).

— Je la croyais pleine d'eau.

— Amoudou et votre Tinou ont trop de mépris pour ce vulgaire liquide, ils ne se seraient pas donné la peine d'en emporter.....

Selon la coutume, les deux chefs des castes Macouas et Karawés donnèrent le signal du départ, et les deux cents catimarons au moins qui attendaient tout parés, sous l'effort vigoureux de leurs équipages, s'élancèrent en avant.

Ce fut d'abord un concert assourdissant de cris destinés à marquer la mesure pour pagayer avec ensemble, et nous franchîmes sans encombre les trois flots de la barre, qui, même par les temps calmes, sont toujours d'une certaine force sur ces côtes.

En quelques minutes nous étions dans la lame, et le soleil, qui dorait encore faiblement l'horizon, nous permit de jouir de cet émouvant et grandiose spectacle.

Une houle lente et uniforme soulevait de ces grandes lames longues de plus d'un kilomètre, que connaissent tous les navigateurs de l'Océan indien; sous l'habile direction de nos pagayeurs nous montions sans efforts au sommet, et redescendions de même, comme si nous allions

plonger dans un gouffre sans fond. Le catimaron, fortement incliné à la descente, se trouvait
bientôt au bas de la gorge liquide comme entre
deux montagnes d'eau, il se relevait alors insensiblement et recommençait à gravir le flot suivant, pour redescendre encore et remonter de
nouveau.

Quand nous nous retournions pour regarder
la terre dans cette position, il nous semblait, à
travers la faible lueur du crépuscule, que c'était
elle, et non la mer, qui s'élevait et s'abaissait
tour à tour.

Par respect, les autres catimarons nous avaient
laissé prendre la tête, seul le radeau d'Amoudou suivait dans notre sillage presque à nous
toucher. Peu à peu, les bruits de la terre s'étei-
gnirent et la nuit étendit son noir linceul sur les
eaux.

Les premiers instants d'obscurité, je dois
l'avouer, me donnèrent le vertige, et par instinct j'enroulai rapidement deux ou trois fois
autour de moi la tresse de kair. Le mouvement
de notre catimaron, le murmure vague et indéfi-
nissable des flots, l'absence de bruits humains,
l'eau qui me fouettait le corps par instant, tout
contribuait à me plonger dans un malaise
étrange, il me semblait parfois que les cordes
qui reliaient nos troncs d'arbre étaient prêts à

se briser, et que nous allions rouler dans la vague, comme des épaves sans point d'appui.

En ce moment, j'entendis la voix d'Amoudou entonner à quelques brasses de moi un refrain malabare.

Hé ho, hé ho, tanie conda,
Peroungalor cany pomlé.

« Ohé ohé, apporte de l'eau, jeune fille de Peroungalor.... »

Son compagnon et nos pagayeurs joignirent bientôt leur voix à la sienne... ce fut comme un réveil bienfaisant au milieu d'un cauchemar affreux, cette illusion d'isolement qui m'avait presque halluciné s'envola et je redevins maître de mes impressions.

— Si nous allumions un cigare, me dit mon ami, qui n'avait pas donné signe de vie depuis notre départ, je sus le lendemain qu'il avait éprouvé à peu près les mêmes émotions que moi.

— Volontiers, répondis-je d'une voix assurée. (Désormais le danger pourrait venir, il me trouverait solide au poste.)

Au même instant, Chek-Toullah donna à ses hommes l'ordre de stoper. — Nous sommes assez loin de la côte pour commencer à pêcher, leur dit-il.

Le catimaron d'Amoudon suivit l'impulsion et s'arrêta à quelques mètres de nous. Les grandes lames, produites par le voisinage de la terre, s'étaient apaisées de façon à ne former qu'une houle presque insensible qui devait, d'ici quelques heures, se changer en calme plat. L'Océan, dans cette saison, chaque jour au lever du soleil, ressemble presque à un vaste lac endormi.

Tout à coup une vive lueur illumina les flots; le Karawé venait d'allumer une torche en bois de cocotier imprégnée de résine; il l'attacha au bout d'une petite perche horizontale qui dépassait d'environ un mètre les bords du catimaron, et reposait sur un petit chevalet plus élevé, pour ne pas être atteinte par les flots.

Au moment où la torche s'était éclairée, nous avions vu les deux pagayeurs retirer précipitamment leurs jambes de l'eau où ils les avaient laissées depuis le départ, car ils pagayaient assis à l'extrémité des deux troncs extérieurs. Nous leur demandâmes les motifs de cet acte.

— Mahapongous (les requins), répondirent-ils simplement. Ce mot nous donna le frisson. Nous avions oublié le seul, le réel danger que nous devions courir... Ces squales voraces sont en effet en si grande quantité dans la mer des Indes qu'il est presque impossible à un Européen de se baigner sur les côtes de Malabar ou de Coromandel.

Tant qu'ils avaient pagayé, comme ils atteignaient les moyennes de cinq à six nœuds, les deux aides de Chek-Toullah, assis sur les extrémités des poutres extérieures du catimaron, avaient laissé leurs jambes dans l'eau sans souci des requins, dont la vitesse ne dépasse guère deux nœuds, mais maintenant que nous étions arrêtés, ils n'auraient pu conserver cette position deux minutes sans risquer de se faire couper les jambes.

— Avant peu, les mahapongous vont venir se promener autour de l'embarcation, attirés par la lumière, nous dit le Karawé; j'engage les saëbs à rester dans l'intérieur du catimaron, et surtout à ne pas plonger leurs mains dans l'eau, et ils verront de près, sans courir aucun risque, le grand ennemi des pêcheurs.

Nous assistâmes à une scène véritablement fantastique.

Tandis que notre catimaron abandonné à lui-même dérivait lentement à la lame, les poissons, appelés par la lumière de la torche, montaient en foule du sein de l'Océan. Tout d'abord des milliers de clupes argentées vinrent miroiter à la surface, mais ce ne fut pour ainsi dire qu'un éclair, car à peine se furent-elles montrées qu'el-

les plongèrent dans *les prafonds,* laissant après
elles une innombrable quantité de traînées lumi-
neuses et phosphorescentes qui les faisaient res-
sembler à de petites étoiles filant sous les eaux.

Chek-Toullah et ses deux Macouas, debout
sur le tronc extérieur du catimaron d'où se pro-
jetait la torche, tenant chacun à la main un petit harpon acéré en forme de lance, emmanché
dans une tige de rotin longue d'environ trois
mètres, attendaient, en se maintenant par des
miracles d'équilibre, des adversaires plus dignes
d'eux. Dans ce genre de pêche, chaque homme
se fait un point d'honneur de ne jamais manquer son premier coup.

Tout à coup nous eûmes l'explication de la
rapidité avec laquelle le banc de clupes nous
avait faussé compagnie. Trois ou quatre bonites
à ventre rayé ou thons des tropiques émergè-
rent avec une vitesse réellement vertigineuse,
mais avant qu'elles eussent dépassé le rayon il-
luminé par la torche, la lance du tandel (patron) partit avec la rapidité d'une flèche, et l'une
d'elles, frappée en plein corps, se mit à faire des
efforts surhumains, pour se dégager du harpon
qui l'avait presque traversée.

Autant que nous pouvions en juger, cette
bonite était énorme et il ne fallait pas songer à
l'amener à bord avant son dernier soupir, car

le harpon n'eût point soutenu son poids hors de l'eau. Elle nous était arrivée avec ses compagnes, en poursuivant le banc de clupes qui venait de disparaître.

Chek-Toullah abandonna sa lance, qui était maintenue à un anneau du catimaron par une solide tresse en kair d'une douzaine de brasses, et la bonite, après avoir plongé cinq ou six fois à bout de corde, revint à la surface en se débattant un instant, elle finit par rester immobile.

Un frénétique hurrah, parti des deux embarcations, salua ce magnifique début de pêche.

Un des aides se jeta immédiatement à la mer, entoura l'énorme poisson d'un filet, et remonta à bord.

Les trois indigènes réunis eurent toutes les peines du monde à le hisser sur le catimaron : il avait deux mètres vingt centimètres de longueur, et le tandel nous affirma qu'il pesait au moins un demi-bahar (deux cent quarante livres.) Le catimaron que montaient Amoudou et son camarade n'aurait pu le transporter qu'à *la traîne*. Quant au nôtre, qui mesurait six mètres cinquante de long sur trois mètres vingt de large, il en aurait certainement porté une demi-douzaine. L'énorme tronc d'arbre du milieu, qui avait été creusé comme une embarcation par le feu, avait à lui seul un mètre soixante de largeur, mais il était constamment plein d'eau, car, ainsi que je l'ai déjà expliqué, nous naviguions à fleur de surface. A part l'inconvénient léger, sous ces chaudes latitudes, d'avoir les jambes constamment dans l'eau, je ne connais pas de plus solides moyens de la locomotion à la mer. Ces troncs d'arbres assemblés résistent aux plus forts cyclones.

En un instant, chacun eut repris son poste et nous attendîmes, dans l'immobilité la plus complète, que de nouveaux hôtes de l'Océan, fascinés par la lumière, vinssent nous rendre visite.

La nuit en ce moment était splendide, des milliers d'étoiles se réfléchissaient sur la nappe entièrement apaisée, et nos catimarons restaient immobiles à la surface comme des bouchons de liége sur une pièce d'eau. Aussi loin que la mer pouvait s'étendre, l'Océan ressemblait à une plaque de marbre noir constellée d'or, mer et cieux se confondaient et se renvoyaient comme à plaisir ces millions de points lumineux, atomes de l'infini... mondes incommensurables pour nous.

Je le demande à l'esprit le plus prévenu?... Comment veut-on que les voyageurs à *imagination*, comme les appellent MM. Cernuschi et Duret, poétisent de pareilles situations? De tous côtés les abîmes sans fond, au-dessus l'immensité, et au milieu de tout cela quelques hommes sur des troncs d'arbres, se sentant *si petits* auprès de ce *si grand*, qu'ils ne se disent rien, parce qu'ils ne trouvent pas de mots à la hauteur de leur émotion.

Pendant plusieurs heures nous nous laissâmes emporter par le rêve, oubliant nos pêcheurs et nous-mêmes et, chose extraordinaire, nos pensées suivaient le même cours sans que nous nous le soyons communiqué. Par une association d'idée singulière, quittant les rivages indiens, nous nous étions laissés absorber par le souvenir... L'immense solitude de l'Océan nous avait ramenés vers la patrie et les absents. Je sortis le premier de cette somnolence lucide, et regardai avec curiosité ce qui se passait autour de nous.

Nos trois pêcheurs avaient presque rempli l'intérieur du catimaron de pélamides, de dorades rouges, de vavales d'un vert émeraude, excellents à manger crus, de grondins, de trigles, de rougets et de homards, mais ils n'avaient pu donner de pendant à la bonite qui, seule de sa taille, trônait en reine au milieu du radeau.

Il était environ une heure du matin, lorsque la fatigue et la fraîcheur relative qui s'était élevée nous engagèrent à rendre visite à nos provisions qui flottaient dans leurs barils de fer-blanc. Muni du couteau à conserve, j'arrachai le pâté de lièvre de son enveloppe, pendant que mon ami faisait de son côté une incision circulaire dans le sommet de la boîte de biscuits.

Je ne crois pas que nous ayons jamais fait repas plus singulier et de meilleur appétit. Nous étions en train de jeter quelques reliefs aux myriades de petits poissons qui continuaient à être attirés des profondeurs de l'Océan par la lumière de la torche, lorsque tout à coup nous vîmes le Karawé éteindre précipitamment le feu, et ses deux aides se jeter sur leurs pagaies. En un instant le catimaron se mit à voler sur les eaux.

— Qu'y a-t-il? fis-je aussitôt, intrigué au plus haut point par cette rapide interruption de la pêche.

Nous entendîmes alors au milieu de la plus profonde obscurité la voix grave de Chek-Toullah qui nous disait :

— Attention, saëbs, et ne quittez pas l'intérieur du catimaron, ce sont les mahapongous?

— Que dit-il? fit mon ami, qui n'avait sans doute pas entendu ce dernier mot.

— Nous sommes poursuivis par les squales, répondis-je.

— Quel dommage, continua simplement mon

insouciant compagnon, que l'obscurité ne nous permette pas d'essayer nos revolvers sur eux.

Une demi-douzaine de longues traînées phosphorescentes, qui rayaient la mer de chaque côté de notre radeau indiquaient seules la présence de ces terribles poissons, qui pendant quelques instants essayèrent de lutter de vitesse avec nous, mais nos pagayeurs avaient la main ferme, et dix minutes ne s'étaient pas écoulées que les squales avaient abandonné une poursuite inutile, leur vitesse étant fort heureusement en raison inverse de leur férocité.

Il n'y a pas un seul poisson, même parmi les plus petits, qui n'échappe facilement au requin. Aussi, ce monstre toujours affamé, et toujours en quête de nourriture, n'arrive-t-il à subvenir à ses besoins que par surprise, et en se contentant de poissons morts ou malades.

Je me hâte de prévenir le lecteur que presque toute l'émotion de l'incident consistait surtout dans l'étrangeté de notre situation, et l'impression que produit toujours la présence d'animaux que l'on sait aussi terribles; quant au danger, il n'aurait pu venir que de notre propre imprudence, ou de l'oubli du chef karawé à nous avertir, et ce dernier cas ne pouvait que bien difficilement se présenter, car les pêcheurs au flambeau sont immédiatement prévenus de l'arrivée du requin par la disparition immédiate de ces milliers de petites clupes et ablettes de mer qui grouillent constamment sous la torche à la surface de l'eau.

Au bout d'une demi-heure de cette course, le flambeau fut rallumé, et nos hommes continuèrent paisiblement à jouer de la lance, et à remplir l'espace du catimaron réservé à leur capture.

— Est-ce qu'il ne vous arrive jamais, dis-je au tandel, de saisir un requin quand vous pêchez au filet?

— Très-rarement, saëb, me répondit le brave homme, car, quand nous n'avons pas de feu à bord de notre embarcation pour nous troubler la vue, nous les apercevons de très-loin, grâce au sillage phosphorescent qu'ils laissent derrière eux, et nous changeons immédiatement de station. Cependant, il arrive quelquefois qu'ils montent du fond de la mer, et alors, s'ils s'engagent dans nos filets, ces engins sont à peu près perdus pour nous, car ils les coupent avec la plus grande facilité et se mettent à les dévorer.

— Les requins dévorent vos filets !

— Oui, saëb ! ils avalent tout ce qu'ils rencontrent, et il m'est arrivé souvent, après en avoir tué au harpon, de trouver dans leur ventre des morceaux de câble de navire, du bois

18

pourri et des noix de coco tout entières que le flot avait emportées en pleine mer.

— Est-ce que vous pouvez attaquer cet animal avec votre catimaron ?

— Certainement, saëb, et pour peu que cela vous plaise, nous pourrons, au lever du soleil, harponner le premier que nous rencontrerons, il y en a tellement sur ces côtes que nous n'aurons que l'embarras du choix.

Lorsque les étoiles commencèrent à pâlir au firmament, et que la Croix du Sud ne nous montra plus que sa branche supérieure, la torche fut éteinte de nouveau, les lances assujetties le long du catimaron, et les pagayeurs, sur l'ordre du tandel, *enlevèrent* l'embarcation dans la direction de la terre, dont nous devions être à sept à huit milles environ.

Je dois dire que nous étions à bout de forces et soupirions après le retour, et bien qu'au lever du jour nous ayons aperçu de nombreux ailerons de squales sillonnant la surface de l'Océan, l'idée ne nous vint pas de demander au tandel l'exécution de sa promesse. Depuis plus de dix heures nous naviguions sur des troncs d'arbre sans pouvoir changer de position, avec la moitié du corps dans l'eau, et il nous tardait d'aller goûter quelques heures d'un repos bien gagné dans notre petite hutte de feuillage.

Mais il était dit que nous n'éviterions pas les émotions de cette lutte étrange, car, parvenus à cinq cents mètres à peine du rivage, le terrible aileron qui décèle à la surface de l'eau la présence du requin en train de quêter sa nourriture, se dressa tout à coup devant nous, et avant que nous ayons eu le temps de dire au tandel de l'éviter, ce dernier avait déjà donné l'ordre à ses hommes de cesser de pagayer.

— Laissons faire, dit mon ami, aussi bien cela complétera agréablement notre excursion.

En apercevant le requin, Amoudou et son camarade avaient également abandonné le pagaie et nous entendîmes mon Nubien qui faisait avec Tinou le pari d'aller seul tuer le requin.

Je savais Amoudou capable d'exécuter son dessein, il y avait à peine deux mois qu'il avait tué un de ces terribles animaux dans la baie de Kalpentyn, pour sauver la vie à un Macoua; mais aucun danger ne nous menaçait, et dans les circonstances présentes un pareil acte n'eût été qu'une inutile fonfaronnade. Aussi lui ordonnais-je, de façon à être obéi, de se tenir en repos et de laisser au tandel et à ses Karawés le soin de pêcher la bête.

Par un mouvement insensible de pagaie, le catimaron avait présenté peu à peu son arrière

au requin qui s'avançait; ce dernier n'était plus
qu'à une trentaine de mètres de nous, lorsque
Chek-Toullah jeta à l'eau un crochet à trois
dents garni d'un des plus gros poissons de la
pêche et retenu par une forte corde en kair. A
peine l'appât était-il tendu et la corde amarrée
solidement à un des troncs d'arbre du catimaron, que nous vîmes le squale augmenter de
vitesse, arriver en se tournant légèrement sur
le côté, seule position qui lui permît de saisir
sa proie, en raison de l'inégalité de ses mâ-
choires, et happer poisson et crochet en un
instant.

— Tchicran po, tamby ! s'écria le tandel à
ses hommes (en avant ferme, camarades).

Ces derniers se mirent immédiatement à
pagayer avec force, et nous ne pûmes retenir
un cri de joie en voyant le requin qui faisait
d'inutiles efforts pour se dégager, obligé de
suivre l'impulsion du radeau.

Les branches du crochet lui avaient traversé
les chairs, entre l'œil et la mâchoire supérieure.
Un quart d'heure après nous atteignions le rivage, et les Karawés achevaient leur capture à
coups de lance.

Pour nous, sans attendre la fin de l'aventure,
nous nous hâtâmes de nous rendre dans notre
paillote, où, après avoir changé de vêtements,

nous nous étendîmes avec délice sur une natte de rotin. Il nous eût été impossible d'aller plus loin. . . . .

Lorsque j'ouvris les yeux, il faisait grand nuit, mon ami reposait encore, et Amoudou qui veillait près de la porte m'indiqua silencieusement avec ses doigts qu'il était neuf heures du soir, nous avions dormi près de quatorze heures.

Le lendemain, nous employâmes nos loisirs à de plus modestes distractions, et fûmes rendre visite le long des rizières et des marécages aux courlis, aux bécassines et aux pluviers dorés qui, sous les tropiques, fourmillent littéralement dans les hautes herbes. Sur le soir, comme nous rentrions à notre campement, Amoudou nous remit un petit billet qui avait été apporté par un *sercar* dans la journée. Il venait de *l'assistant* du colonel Evans, et était signé captain : Frank Nolan.

L'assistant du directeur des chasses, ayant su par le thasildar que nous nous étions enquis de son chef pour lequel nous avions une recommandation spéciale, nous écrivait pour nous offrir l'hospitalité dans sa maison, il s'excusait fort poliment de n'être point venu lui-même nous faire son invitation, des nécessités de service ne lui permettant point de quitter la station en l'absence du colonel, et il terminait en nous assurant qu'il ferait son possible pour nous rendre le séjour de la contrée agréable.

Il va sans dire que nous n'hésitâmes pas à accepter des offres faites aussi franchement, et nous quittions le lendemain Kahawatté pour nous rendre à la station de Wallévé sur la rivière de ce nom. Le capitaine Nolan, à qui nous avions expédié immédiatement un message de remercîments, avait mis le comble à ses prévenances en nous envoyant un guide.

Nous déjeunâmes près du petit lac de Maro-kade, et sur le soir nous apercevions les rives du Wallévé.

En longeant la rivière au coucher du soleil, comme nous nous arrêtions pour examiner un pont de cordes en fibres de coco, jeté avec beaucoup de hardiesse dans l'espace, nous entendîmes tout à coup des rugissements prolongés monter des berges inférieures jusqu'à nous, et nous étant avancés sur les bords du ravin, nous aperçûmes deux jaguars qui se chargeaient avec fureur, tandis qu'à côté d'eux, une femelle en rut se roulait en miaulant sur le sable blanc de la plage. Les deux gaillards étaient trop occupés pour faire attention à nous, et nous continuâmes au plus tôt notre route, pour nous éloigner d'aussi dangereux voisins.

A quelques milles de Florid-Garden, ainsi se nommait l'habitation où nous nous rendions, nous rencontrâmes notre futur hôte, qui venait au-devant de nous. Notre mutuelle présentation fut des plus cordiales, et c'est à ses côtés, dans son boggey, que nous achevâmes la route qui nous restait à parcourir.

Après les premiers compliments d'usage que le capitaine termina gracieusement, en nous assurant qu'il était notre obligé de ce que nous avions consenti à venir égayer un peu sa solitude, il nous fit indiquer nos chambres, en nous disant que le dîner était à nos ordres et qu'il serait prêt dès que nous le serions nous-mêmes.

Mon ami qui, jusqu'au milieu des jungles, conservait toujours les formes de la plus exquise galanterie, on en sait quelque chose à Pondichéry, se hasarda de répondre que nous étions nous-mêmes aux ordres de lady Nolan.

— Hélas, messieurs, fit en riant notre hôte, lady Nolan n'existe que dans mes rêves, et elle n'a pas encore voulu se hasarder dans le sentier que je foule depuis vingt-huit ans.

Son rire franc et communicatif nous gagna et l'aimable jeune homme nous quitta en ajoutant :

— Je vous cède ici, messieurs, tous les droits de la maîtresse de maison, usez-en à votre guise, je désire que vous ne vous trouviez pas trop mal de mon hospitalité de garçon.

Quel charmant Anglais ! telle est la réflexion qu'après le départ du capitaine nous échangeâmes immédiatement entre nous. J'en ai rencontré comme cela deux ou trois dans mes voyages qui étaient arrivés à une désespérante perfection de bon ton et *d'humour*, alliant la retenue de l'homme qui sait son monde à cet exquis laisser-aller qui double entre gens qui s'estiment le plaisir des premières relations, et donne une apparence d'intimité déjà vieille à des amitiés de la veille.

La nuit était en ce moment complète, et, autant que nous avions pu en juger, l'habitation de notre hôte était splendide. La salle à manger que nous avions aperçue en passant sous une vérandah, surchargée de cristaux, de fines porcelaines et de flacons allongés qui se rafraîchissaient dans des seaux d'argent pleins de glace, nous invitait à ne point trop différer notre visite, aussi nous livrâmes-nous avec empressement à deux métis qui, entièrement nus et les éponges de *massage* à la main, nous attendaient pour diriger notre bain.

Quels délicieux réconforts que ces bains indous ! nous nous dirigeâmes vers une salle toute stuquée de haut en bas, n'ayant d'autre ouverture qu'une porte située à environ un mètre cinquante du sol. Nous descendîmes dans cette piscine par une demi-douzaine de marches de granit, et, à peine avions-nous touché le sol, que, du toit en zinc qui formait réservoir, tomba sur nous, pendant quelques minutes, une véritable cataracte d'eau fraîche; non contents de cela, les deux métis, chacun une lance à la main, nous envoyaient sur toutes les parties du corps des gerbes liquides à nous faire perdre la respiration. Au bout de cinq minutes de cette inondation générale, tout s'arrêta comme par enchantement, et les Cyngalais, s'emparant de nous, commencèrent cette délicate opération du massage qui, en moins de rien, rend toute sa vigueur au corps le plus fatigué.

Huile douce d'abord pour assouplir les membres, savonnage à grande eau pour faire disparaître les corps gras, essences les plus fines pour achever la toilette, le tout nous fut administré en quelques instants avec la plus rare habileté, et bientôt après nous faisions notre entrée dans la salle à manger, avec un de ces appétits qui sont la plus douce récompense des fatigues d'un voyageur.

Une soupière de mouloucoutanie, sorte de bouillon parfumé qui est un poëme de gourmandise, retourna à l'office complétement vide.

Nous attaquâmes alors des queues de langoustes braisées, avec une sauce aux piments, qui ne fit qu'une résistance de quelques minutes et furent immédiatement remplacées par des filets de saumon noir, cuits au beurre blanc et couchés sur un hachis de citron vert, et une timbale de levrauts qui avaient mijoté pendant plusieurs heures dans une bouteille de vin de Madère. Cette première partie du repas, par une attention délicate, appartenait à la cuisine indo-française. Après un repos de quelques instants, la cuisine anglaise fit son apparition avec le rôti, composé de trois pièces, une selle de mouton avec ses deux gigots, ficelée et troussée comme un poulet; une douzaine de bécassines en broche, grasses comme des molettes de beurre, et un dindonneau sauvage. Au centre de la place que ces rôtis entouraient comme trois forts détachés, se trouvait une montagne de pommes de terre cuites à l'anglaise, c'est-à-dire à la vapeur; il y aurait eu de quoi rassasier une compagnie de Highlanders...

Nous fîmes de notre mieux, c'est tout ce que je puis dire!... Suivant les physiologistes et les sages, il faut se lever de table avec un léger restant d'appétit. Hélas, nous fûmes obligés de le consacrer à la cuisine indoue, qui vint réclamer son tour avec ses carrys de gibier et de crevettes, aussi saluâmes-nous, avec le bonheur du combattant qui voit arriver du secours, l'apparition d'un bloc de glace où l'ananas, la pomme cannelle, la goyave rose et la vanille fraîchement cueillie mêlaient leurs nuances et leurs parfums.

Des corbeilles de tous les fruits du pays composèrent le dessert.

Je ne dis rien des vins, qui étaient tous de choix et à qui quatre à cinq mois de mer avaient donné une précoce maturité.

Le café, qui la veille était encore *sur la branche qui l'avait vu naître*, fut grillé, pilé dans un mortier de marbre et précipité dans l'eau bouillante en cinq minutes, dans la proportion d'une demi-livre pour trois tasses, et quand il se mit à rebondir en flots noirs et dorés dans nos coupes de vieux chine, la salle entière fut imprégnée de son parfum.

Que dirai-je de plus? à la fin du repas, l'Angleterre et la France se jurèrent une amitié éternelle.

Que l'on ne conclue pas de ces détails à un dîner d'apparat. Tous les officiers détachés, tous les membres du *civil service* mènent dans l'Inde une vie tellement luxueuse, que rien en Europe ne pourrait en donner une idée. Avec des appointements qui varient de cinquante à trois cent mille francs par an, de l'assistant collecteur au juge de la haute cour de Calcutta, tous trouvent encore le moyen de faire des dettes.

Il faut bien vivre! vous diront le collecteur ou le magistrat, avec leur palais, leur armée de domestiques et leur douzaine de *purs sangs* dans les *box*.

Il faut bien vivre! vous dira le négociant qui dépense un lac de roupies [1] pour l'entretien de sa maison.

Il faut bien vivre! vous dira le dernier des employés, dont les services et l'intelligence vaudraient en Europe cent francs à peine par mois. Mais qu'est-ce que vivre, pour cet homme venu dans l'Inde comme soldat ou matelot? « Vivre, comme dit Jacquemont, c'est avoir un cheval de selle, un cabriolet, une maison pour soi seul, une jeune maîtresse indoue, le moyen de boire une bouteille de vin par jour, une ou deux bouteilles de bière, enfin de ne boire d'autre eau que l'eau de selz. Du reste, il va sans dire que dans un climat si chaud il faut un nombreux domestique... Tous les Anglais qui viennent dans l'Inde estiment qu'ils font par là un énorme sacrifice et qu'ils ont droit aux plus fortes indemnités. Dans

1. Deux cent cinquante mille francs.

aucune autre partie du monde ils n'ont les mêmes prétentions à la richesse, à l'opulence. Cette confiante ambition de fortune, chez bien des gens auxquels leur nullité ne donne vraiment que peu de droits, a quelque chose d'impertinent... .»

Si le plus mince des employés de commerce ne peut vivre autrement qu'il vient d'être indiqué, qu'on juge par cela de l'existence que doivent mener les fonctionnaires du *civil service* et les officiers détachés dans les stations.

Le capitaine Frank Nolan n'avait pas fait ajouter un plat de plus à son dîner pour nous recevoir.

— Que voulez-vous, nous dit-il, lorsque nous désertâmes la salle à manger pour aller prendre le frais sous la vérandah, la vie se compose de mouvement et d'excitation; loin de tout centre intelligent, constamment en présence de la forêt, de la jungle et du fleuve que vous entendez murmurer d'ici... pour ne pas me laisser aller à cette existence efféminée et pleine de charmes rêveurs que mènent, dans ce pays, les trois quarts de mes camarades, j'ai triplé mon personnel de serviteurs, j'ai six chevaux de selle, quatre d'attelage et cinq éléphants; je chasse avec un équipage qu'envierait un roi, je couvre ma table de fleurs, d'argenterie et de cris-

taux, et elle est toujours servie comme si dix
personnes devaient dîner avec moi; je m'as-
treins à ne jamais pénétrer dans ma salle à
manger en tenue négligée... suivant le dicton
antique que vous connaissez : Frank Nolan
dîne chez Frank Nolan, je cherche avant tout à
conserver le respect de moi-même, à rester ce
que m'ont fait ma famille et mon éducation, *un
gentleman*, et à éviter, par les soins incessants
que réclament le nombreux domestique et le
luxe dont je m'entoure, cet abrutissement sys-
tématique dans lequel tombent une foule de mes
compatriotes, par l'abus des liqueurs fortes, l'oi-
siveté et les femmes.

La chasse et le dressage des éléphants donnent
aux officiers de station qui ne s'en remettent pas
à leur escouade indigène et tiennent à se rendre compte par eux-mêmes, la plus intéressante
des occupations. Pour ma part, c'est avec un
véritable bonheur que j'étudie ces animaux extraordinaires, dont la rare intelligence me plonge
parfois dans des rêveries sans fin sur l'origine
des espèces terrestres, et je me prends parfois
à me demander, comme mon compatriote Darwin, si tout ce qui existe n'est pas dû à la mo-
dification lente, mais continue, de formes per-
fectibles *sélectionnant* peu à peu des qualités
naturelles que l'hérédité perpétue.

— Je suis heureux, mon cher hôte, interrompis-je, de vous dire que je partage entièrement vos idées, et je professe pour l'éléphant un véritable culte.

— C'est sans contredit l'animal qui se rapproche le plus de l'homme par son intelligence, sa rare perspicacité, les ressources de son esprit inventif, sa mémoire et le développement singulier de toutes ses facultés. Depuis huit ans que j'habite la station de Walléwé — j'ai vu de lui des traits si extraordinaires, qu'ils étonneraient fort en Europe, où l'éléphant a été si diversement apprécié, maltraité même par certains naturalistes, qui ne l'ont jamais étudié ailleurs que dans leur cabinet.

— Nous comptons bien que vous nous en ferez connaître quelques-uns...

— Mieux que cela, je vous ferai assister à des scènes incroyables, nous avons ici un éléphant dompteur qui est une véritable merveille, c'est lui qui forme tous ses congénères destinés au train d'artillerie...

En ce moment un des sercars du capitaine se glissa silencieusement sous la vérandah, son maître fit un geste devant lequel il s'inclina pour toute réponse.

— Messieurs, nous dit notre hôte, le thé est servi dans la paillote du jardin, si vous voulez

bien me suivre je vais vous indiquer le chemin,
il y fait beaucoup plus frais qu'ici.

Nous nous engageâmes dans un petit sentier
qui montait en serpentant au milieu de bosquets
de lauriers-roses et de cannelliers, le long d'une
enceinte qui dominait le fleuve. Au sommet, se
trouvait une maisonnette indoue, construite en
bois de bitt noir, avec une rare élégance ; nous
y pénétrâmes à la suite de notre nouvel ami. L'intérieur se composait d'une grande pièce couverte
des nattes les plus fines ; des divans de crin, aussi
larges que des lits, recouverts de housses de
Bengalor, en garnissaient tous les côtés, une
demi-douzaine de hamacs de toutes formes, re-
tenus dans des anneaux d'argent par des corde-
lettes de soie, pendaient le long des colonnettes
en bois de teck rouge qui alternaient avec les
panneaux de bitt ; au milieu, une table en laque
du Japon, en harmonie avec la hauteur des
divans, complétait cet ameublement oriental,
d'une richesse inouïe dans sa simplicité. Toutes
les colonnes étaient incrustées d'ivoire, et les
panneaux baguettés or, peints par les soins d'un
habile mouchi, représentaient les scènes les plus
curieuses des amours de Lakmi, la Junon indoue. La table était surchargée de cigares de
toutes provenances et de houkahs indigènes, et
une théière en argent trônait au milieu d'une

guirlande de coupes de vieux Chine qui attendaient qu'on les emplît du liquide odorant. De
larges ouvertures pratiquées sur les quatre faces
laissaient entrer à flots la brise de la nuit.

— C'est là, nous dit le capitaine, que chaque
soir je viens respirer la fraîcheur qui se dégage
du fleuve, et après une journée, soit de chasse,
soit de dressage et d'exercices différents, rêver
et vivre un peu avec moi-même.

Nous venions à peine de prendre place sur
les divans, qu'un léger bruit se fit entendre sous
la vérandah, et que le sercar chargé du service
du petit pavillon entra ; sur un signe interroga-
teur de son maître, il répondit simplement :

— Nautchnys !

Nous avions tous compris, et nous nous mîmes à sourire.

— Messieurs, nous dit notre hôte, je vois que
le bruit de votre arrivée s'est déjà répandu à plusieurs milles à la ronde ; ce sont les belles filles
de Wellépannie qui viennent vous rendre visite.

Les deux expressions de nautchnys et de dévadassi sont à peu près synonymes et désignent
dans l'Inde les bayadères attachées au service
des dieux et de l'amour.

A Ceylan, le nom de nautchnys désigne
plus spécialement les bayadères musulmanes.
Ces femmes ne sont pas, comme les dévadassi

indoues, attachées au service des mosquées; elles se bornent à chanter, à danser et à livrer leurs charmes aux plus offrants, sans rien de cette retenue pleine de grâce et de poésie des bayadères indoues.

Elles sont aussi beaucoup plus accessibles aux étrangers, n'étant point séparées d'eux par des préjugés de nourriture et surtout de caste. Ce sont en résumé de simples filles de joie dans le genre des almées égyptiennes, mais plus piquantes que ces dernières, tant par leur rare beauté que par la richesse et le pittoresque de leur costume.

Elles venaient de Wellépannie, village de pêcheurs musulmans, sur le bas du fleuve, et c'eût été une véritable cruauté que de refuser de recevoir ces charmantes pécheresses. Sur l'invitation de notre hôte de pénétrer dans le pavillon, trois d'entre elles se détachèrent du groupe et vinrent s'accroupir à nos pieds. Nous les priâmes de s'asseoir sur le divan, ce qu'elles firent sans hésiter. Elles laissèrent alors tomber le long voile de crêpe de Dakka qui les entourait, et elles parurent dans le plus provoquant de tous les costumes. La poitrine, les bras et la taille nue, leur pagne de mousseline blanche était retenu sur les hanches par des ceintures de soie de diverses nuances, et leur abondante chevelure noire était

tressée avec des fils de vétyver et des bouquets
de ces petites immortelles jaunes aux parfums
pénétrants que les Indous emploient dans toutes
leurs cérémonies.

Elles étaient là, souriantes, dardant sur nous
leurs grands yeux noirs pleins de promesses et
de fascination, lorsque le capitaine, leur adres-
sant la parole en tamoul, leur fit comprendre ce
que nous attendions d'elles.

— Chantez-nous, leur dit-il, quelques-uns des
airs populaires de la côte.

Une de celles qui étaient restées sous la
vérandah se détacha alors du groupe et vint
battre la mesure en pinçant méthodiquement
les cordes d'une petite guitare.

Les trois autres se mirent à chanter.

Ce que nous entendîmes alors ne saurait se
traduire en aucune langue, et les hardiesses éro-
tiques de l'antiquité seraient de chastes com-
plaintes en comparaison des airs dialogués des
nautchnys.

De tout ce qui fut mimé et chanté devant
nous, un seul morceau peut être présenté au
lecteur, à condition d'une grande prudence de
traduction; c'est celui du voyageur et de la taniegartchie (porteuse d'eau).

Le voici ; les deux nautchnys le chantaient en se renvoyant les couplets.

LE VOYAGEUR.

Où cours-tu, ô jeune fille plus belle que la femelle du paon, avec tes moucoutys (bijoux) de neuf sortes, tes lèvres plus rouges que le corail, tes yeux plus bleus que le nilpalam (bluet)?

LA TANIEGARTCHIE.

Que t'importe, ô voyageur, le lieu où je porte mes pas? Dis-moi plutôt à quel nom tu réponds, et quel est le lieu qui t'a vu naître.

LE VOYAGEUR.

Je suis de Madura, dans le Malayalom, et mon nom est Cama, fils de Casyappa.

LA TANIEGARTCHIE.

Vrai! tu t'appelles Cama (dieu de l'amour); montre-moi alors ton carquois et tes flèches.

LE VOYAGEUR.

Ne me diras-tu pas le tien en échange, et le lieu où tu te rends ?

LA TANIEGARTCHIE.

Volontiers, je n'ai pas de raison pour te cacher cela.

LE VOYAGEUR.

Hâte-toi donc de déférer à mes vœux.

LA TANIEGARTCHIE.

Mon nom est Poulôcadi, et je vais au puits voisin remplir ma panelle.

LE VOYAGEUR.

Laisse-moi me charger de ce soin, et ensuite je te la placerai moi-même sur la tête.

LA TANIEGARTCHIE.

Le motif n'est pas assez sérieux pour te détourner de ta route. Quels sont tes desseins ?

LE VOYAGEUR.

N'aie point peur, ta vue réjouit mon cœur, et je veux t'entretenir galamment en suivant le même sentier que toi.

LA TANIEGARTCHIE.

Je connais les motifs qui font que les hommes suivent les jeunes filles sur les routes désertes.

LE VOYAGEUR.

Si tu les connais, pourquoi courir ainsi comme une biche devant le chasseur ? prends garde, belle Poulôcadi, de fatiguer inutilement ton beau corps, et de pâlir ton visage. Vois, tes seins bondissent dans ta course comme deux oranges que la brise agite au bout d'une branche.

LA TANIEGARTCHIE.

Que t'importe? je ne te connais pas, laisse-moi.

LE VOYAGEUR.

Tu fuis en m'ordonnant de te laisser. Je ne te quitterai pas.

LA TANIEGARTCHIE.

Hélas! ce que tu dis est-il bien, et que vont dire les passants en nous voyant ensemble?

LE VOYAGEUR.

Ils diront : Voilà un homme et une femme qui se rendent à la fontaine... et la femme, après avoir puisé à la source, laissera le voyageur appuyer ses lèvres brûlantes sur les bords de sa panelle, et l'homme sera désaltéré de sa soif ardente.

LA TANIEGARTCHIE.

Je ne comprends pas ton langage, cesse de me suivre.

LE VOYAGEUR.

C'est en vain que tu m'ordonnes de te quitter, tes yeux ont allumé le feu qui me dévore, c'est par tes soins seuls qu'il peut être éteint.

LA TANIEGARTCHIE.

Nul homme ne m'a encore tenu ce langage; que deviendrais-je si je me laissais aller à t'é-

couter? quel est, dans mon aldée, le jeune homme
qui voudrait dépenser une cache pour m'acheter
des bijoux de noce?

LE VOYAGEUR.

Tes yeux brillent comme des diamants, ton
visage est aussi resplendissant que celui de la
déesse qui préside à la lune. Qui pourrait rester
insensible à tes charmes? Cède à mon amour, ô
belle vierge!

LA TANIEGARTCHIE.

C'est en vain que tu me poursuis de tes flatte-
ries, que tu me donnes les noms les plus beaux,
perroquet au langage trompeur, je ne veux pas
t'écouter.

LE VOYAGEUR.

Prends pitié de mon tourment.

LA TANIEGARTCHIE.

Cesse de me contraindre, ne mets point ma
patience à l'épreuve.

LE VOYAGEUR.

Penses-tu me rebuter par tes méchantes paroles?

LA TANIEGARTCHIE.

Je ne forme aucun projet; tu prononces des
mots incohérents qui ne sont point dignes d'un
homme de raison.

LE VOYAGEUR.

Que m'importent la raison, la sagesse et toutes les vertus que l'homme invoque ; la souffrance d'amour ne peut se calmer que par la possession ; puisse Cama t'inspirer les mêmes désirs qu'à moi ?

LA TANIEGARTCHIE.

Cesse à l'instant ce langage. Quoi ! tu oses porter la main sur mon pagne !

LE VOYAGEUR.

Écoute, Poulôcady, je veux presser tes seins nus aussi fermes que le fruit pamplemousse, poser mes lèvres sur les tiennes, te serrer dans mes bras et déposer dans ton sein les premières larmes de l'amour.

LA TANIEGARTCHIE.

Les sages qui se retirent dans les bois après avoir renoncé à tout pour pratiquer la sagesse, disent que ce n'est point là le bonheur.

LE VOYAGEUR.

Laisse là ces vieillards courbés par les ans, qui prêchent la chasteté à l'heure où ce n'est plus un sacrifice. Quand as-tu vu de jeunes hommes fuir l'amour, et Siva n'est-il pas représenté dans le linguam ?

LA TANIEGARTCHIE.

Fuis-moi! cesse tes poursuites...

LE VOYAGEUR.

Le sang me bout dans les veines, je ne saurais me contenir plus longtemps.

LA TANIEGARTCHIE.

Que t'ai-je fait pour me traiter ainsi? Mes refus ne te rebutent donc pas?

LE VOYAGEUR.

Rien ne saurait arrêter un amoureux, et je vais me briser la tête contre la margelle de ce puits si tu refuses de m'entendre.

LA TANIEGARTCHIE.

Hélas! ne te porte pas à cette extrémité; tes paroles sont entrées dans mon âme comme un poison subtil, et malgré moi l'amour commence à troubler mes sens.

LE VOYAGEUR.

Viens ici, derrière ces buissons de cactus; nul ne pourra nous y troubler.

LA TANIEGARTCHIE.

Mes yeux ne distinguent plus le chemin, ma panelle s'échappe de mes mains, la voilà cassée... Que dira ma mère quand je rentrerai au logis ?

LE VOYAGEUR.

Viens, te dis-je, que je t'enseigne toutes les ivresses de la volupté.

LA TANIEGARTCHIE.

Jure-moi de ne m'oublier jamais !

LE VOYAGEUR.

Viens sans plus tarder, le dieu d'amour va te décocher sa première flèche.

LA TANIEGARTCHIE..

O mon bien-aimé, noie tes yeux dans mon regard, presse mes lèvres contre les tiennes, ma poitrine contre ta poitrine, enlace-moi de tes baisers comme la liane qui serpente autour d'un tronc d'arbre.

LE VOYAGEUR.

Tiens, reçois ces caresses, je te donne ma vie.

LA TANIEGARTCHIE.

O mon amant ! ô mon amant ! ô mon amant !

LE VOYAGEUR.

Je me meurs dans tes bras.

LA TANIEGARTCHIE.

O ! mon lion, redouble tes transports.

LE VOYAGEUR.

Ma bien-aimée! ma bien-aimée! ma bien-
aimée!

LA TANIEGARTCHIE.

Tiens, reprends tes forces dans un nouveau
baiser, presse-moi bien sur ton cœur, ne crains
pas de froisser mes membres, de meurtrir mes
seins, la douleur augmente les plaisirs de l'a-
mour...

LE VOYAGEUR.

Que tu es belle, ainsi frémissante!

LA TANIEGARTCHIE.

Je reçois tes caresses, comme le lis qui s'en-
tr'ouvre aspire les gouttes de rosée.

LE VOYAGEUR.

Écoute, nos transports rendent jaloux les oiseaux des bois.

LA TANIEGARTCHIE.

Appa! appa! tchi! tchi! appa[1]!

LE VOYAGEUR.

Calme-toi, ô belle fille qui viens de sacrifier
pour la première fois au dieu d'amour.

---

1. Interjections intraduisibles, dans la situation où elles
sont prononcées.

LA TANIEGARTCHIE.

J'ai froid!...

LE VOYAGEUR.

Toute ma vie vient de passer dans ton sein.

LA TANIEGARTCHIE.

Hélas ! que vais-je devenir si tu m'oublies ou si tu m'abandonnes ?

LE VOYAGEUR.

Ne crains rien, je prends à témoin ces bosquets ombreux, où les dieux jouent avec les nymphes des bois, que je t'aimerai toujours.

LA TANIEGARTCHIE.

Vois mon pagne, tu m'as connue vierge !

LE VOYAGEUR.

Chaque jour je reviendrai près de cette fontaine qui a entendu tes premiers soupirs, et tu confondras encore tes plaintes amoureuses avec le bruit de ses eaux.

LA TANIEGARTCHIE.

Puisse ton amour rester fidèle à cette promesse aussi longtemps que ces eaux arroseront les champs de riz et rempliront les panelles[1] des jeunes filles.

1. Sorte d'amphore en terre pour puiser l'eau.

Tel est cet hymne de l'amour, que toutes les bayadères et nautchnys de la côte de Coromandel et de Ceylan chantent dans les orgies brahmaniques avec de légères variations suivant les castes et les lieux. Il existe dans toutes les langues du sud, kanara, telinga, tamoul, etc... On le retrouve en sanscrit sous le nom d'Avrita et Avany[1], ou encore de Yavana et Nourvady, mais dans un langage plus élevé et avec des sentiments moins sensuels. Salomon l'a chanté dans le Cantique des cantiques, toute l'antiquité a eu son hymne de l'amour.

On comprendra en lisant entre les lignes que cette traduction n'est qu'un écho châtié. Une traduction littérale n'eût pas été possible dans un livre où l'écrivain, tout en dépeignant exactement les mœurs de l'extrême Orient, tient par-dessus tout à respecter le lecteur et à se respecter lui-même.

La nuit était fort avancée lorsque les bayadères musulmanes prirent congé de nous. En recevant notre offrande, leurs petites mains moites et souples tentèrent une nouvelle interrogation, qu'elles accompagnèrent d'un regard plein de provocante langueur, mais, ne recevant pas de réponse, elles se résignèrent à nous faire le sa-

1. Voir *Voyage aux ruines de Golconde.*

lam du départ, et s'enveloppant de nouveau dans leur long voile de mousseline, elles disparurent comme de blancs fantômes derrière les bosquets de cannelliers qui entouraient l'habitation.

— Vous plairait-il, messieurs, de coucher dans ce pavillon, et de dormir au milieu de cet air frais et réparateur ? nous dit alors notre hôte.

Sur notre réponse affirmative, il envoya chercher des mauresques, sorte de vêtement de nuit en soie, et fit installer les hamacs que le sercar garnit de moustiquaires.

Au moment où nous nous disposions à nous coucher, le capitaine porta à sa bouche un sifflet d'argent suspendu à l'une des colonnes, et en tira un trille prolongé assez semblable à celui que lance le maître d'équipage pour appeler les matelots à la manœuvre.

— Que faites-vous? lui dis-je ; est-ce une nouvelle surprise que vous nous ménagez ?

— Écoutez, me répondit-il simplement. Nous fîmes silence... et au milieu des bruits monotones du fleuve qui coulait silencieusement à quelques pas de nous, nous perçûmes vaguement dans le lointain, au bout de quelques minutes, trois ou quatre hurlements dont nous ne pûmes préciser exactement l'origine.

— Les panthères et les jaguars, nous dit notre hôte, sont en ce moment en quête de leur
nourriture : à quelques milles en amont du Wallévé, il y a un abreuvoir très-fréquenté par eux,
et il leur arrive quelquefois de venir rôder jusqu'auprès de ce pavillon.

— Ne pensez-vous pas alors qu'il serait dangereux de rester ici ?

— Non, car je viens d'appeler mon garde du
corps habituel.

Tout à coup, un éclat strident comme un dé-
chirement de trombone nous fit tressaillir. Nous
nous retournâmes... En face de la porte et mas-
quant complétement la sortie, un énorme éléphant noir se tenait agenouillé sur ses pattes de
devant, projetant dans la chambre sa longue
trompe qui vint jusqu'à son maître pour chercher une caresse.

— Bien ! Hayder-Ali, lui dit ce dernier, cou-
che-toi au travers de la porte, et que homme ou
bête, personne ne passe.

Pour toute réponse, l'animal s'étendit tout de
son long dans la direction indiquée, il avait apporté avec lui un petit faix de cannes à sucre
pour égayer les ennuis de la veillée, et il se mit
immédiatement à en mâcher une avec insouciance, en balançant de droite à gauche son
énorme tête par manière de distraction.

— Maintenant, messieurs, nous dit le capitaine Frank Nolan, intendant pour la reine de la station de chasse du Wallevé, nous pouvons dormir.

Cinq minutes après, nous étions commodément installés dans nos hamacs, et bercés par les harmonies étranges qui s'élevaient des jungles et du fleuve, malgré les glapissements des chacals et les rugissements des fauves, nous fermions paisiblement les yeux.

Le lendemain, quand nous nous réveillâmes, il faisait grand jour. Les fraîches brises du matin agitaient légèrement les tattis de vétyver qui garnissaient les croisées, une lumière chaude et dorée se décomposait en mille nuances différentes dans le feuillage des grands arbres, et les oiseaux chanteurs saluaient de leurs notes cadencées le retour du soleil.

On a beau la revoir cent fois, cette première heure des tropiques, célébrée par Jacquemont, et qui plongeait de Warren dans l'extase ; jamais on ne devient indifférent à ses charmes incomparables, et l'esprit le moins poétique, en face de cette nature qui se réveille toute chargée de fraîcheur, de parfums et d'éternelle jeunesse, se prend lui-même à se sentir plus heureux de vivre et plus jeune.

Le capitaine était déjà levé, et nous l'entendî-

mes qui donnait dans le jardin quelques ordres
à son métis. Hayder-Ali avait également quitté
son poste de fonction pour retourner aux coralis.
Le bain était prêt, nous nous y plongeâmes
avec délice, et après avoir installé dans les appartements mis à notre disposition les différents
objets à notre usage et nos armes, nous nous
rendîmes dans la salle à manger où nous rencontrâmes notre hôte.

— Messieurs, nous dit le charmant compagnon, j'ai dérogé à mes habitudes ce matin en
vous attendant; je désire que vous sachiez que
chacun est libre ici de l'emploi de son temps
jusqu'au dîner, pour lequel l'exactitude est de
rigueur.

Le premier et le second déjeuner sont servis
quand il plaît à chacun; le lunch n'a d'autre règle que l'heure de votre appétit; il est toujours
prêt puisqu'il se compose d'œufs, de poissons
fumés, de jambon et de bière. Quant au dîner,
il est servi à six heures et demie et n'admet pas
d'excuses.

— Il nous paraît plus simple de suivre vos
habitudes, répondis-je : nous ne formons pas
une si nombreuse compagnie que nous ne re-
cherchions toutes les occasions d'être réunis.

— Bien volontiers, messieurs; si je n'avais
pas mon service que je prends au sérieux, à l'en-

contre de la plupart de mes camarades, je vous
demanderais vos habitudes et tout serait dit.
Mais, puisqu'il y a nécessité, voici les miennes.
A six heures du matin, je prends une tasse de
moulocoutanie avec un verre de scherry, puis je
me rends aux exercices de dressage.

A neuf heures et demie je déjeune et visite
après les bureaux de l'administration anglo-indi-
gène qui sont sous mes ordres.

A une heure je lunche et fais la sieste jusqu'à
trois heures, puis je retourne au champ de manœuvres, où les éléphants sont dressés à toutes
leurs fonctions du train d'artillerie et des équipages jusqu'à cinq heures, moment où l'apaise-
ment de la chaleur me permet de monter à cheval...

Nous fûmes tout à coup interrompus dans
cette conversation par le refrain d'un coureur
indigène qui descendait le long du fleuve, et
poussait les cris monosyllabiques dont les bohis
ont l'habitude de se servir pour s'entraîner eux-
mêmes :

Oh ! oh ! Ké ! hé !

Oh ! oh ! Ké ! ha !

Le coureur traversa sans s'arrêter l'esplanade
qui entourait l'habitation, et arriva tout ruisse-
lant de sueur aux pieds de l'escalier de la vérandah sous laquelle nous nous étions rendus

en l'apercevant. Il s'inclina suivant le mode
indou, élevant au-dessus de sa tête un pli ca-
cheté qu'il avait apporté dans un petit sac suspendu à son cou.

Le capitaine décacheta la missive qui lui était
adressée. Une lettre est toujours dans l'Inde un
événement, et ce n'est pas sans émotion qu'on
la déplie; l'usage de s'écrire par pure politesse
y étant fort peu répandu, en dehors des relations
de parenté intime, on s'attend le plus souvent
à des nouvelles graves ou importantes. C'est
presque toujours inopinément qu'on y apprend
la mort d'un parent ou d'un ami dont on a, vu
la distance qui vous sépare de l'Europe, ignoré
la maladie.

Nous regardions le capitaine sans nulle pensée d'indiscrétion, mais pour essayer de surprendre sur son visage un signe de joie ou de
chagrin, lorsqu'il nous dit avec un large et franc
sourire plein d'un inexprimable étonnement:

— Messieurs, c'est une lettre du colonel
Evans.

— Il arrive.

— Non, et je vous le donne en mille pour
deviner ce qu'il m'écrit.

— Ma foi, nous préférons donner un gage.

— Eh bien, le colonel, des vallées de Balangoddé où il chassait, est allé à Colombo, appelé

par un message du gouvernement, et voici son
laconique billet :

« La Reine vient de déclarer la guerre au
Négus d'Abyssinie. Je suis nommé commandant
du parc d'artillerie à dos d'éléphants qui se
forme à Bombay. Envoyez tous mes bagages
dans cette ville, je ne retourne pas à Wallevé.
Vous êtes nommé superintendant de la station
en mon lieu et place. A cause de la guerre qui
va employer beaucoup d'officiers, votre position
ne sera donnée à personne, et vous devrez vous
passer d'assistant... »

Dans le même pli se trouvait un message du
gouverneur de Ceylan, qui enjoignait au capitaine Frank Nolan d'expédier sur Pointe de
Galles, à la disposition du service de l'artillerie,
tous les éléphants dressés dont il pouvait disposer, et ordre lui était donné d'en rassembler
immédiatement le plus grand nombre possible
par l'achat et la chasse. Nous comptons, disait
ce haut fonctionnaire, que la station de Wallevé
pourra nous en fournir au moins deux cents...

En achevant de nous faire connaître ces documents, le capitaine, que le sentiment de la
nouvelle responsabilité avait rendu d'abord soucieux, s'écria tout à coup avec feu :

— A demain la grande chasse, messieurs,
demain nous partons pour la jungle.

Et ayant fait apporter des verres qu'il remplit de vieux wisky d'Écosse : A la reine !... nous dit-il, il poussa alors trois hurrahs frénétiques, auxquels nous nous joignîmes volontiers.

Le soir même, tous les éléphants dressés à la manœuvre que possédait la station, furent expédiés sur Pointe de Galles. Et le lendemain, au lever du soleil, nous quittions les rives du Wallevé, pour nous enfoncer dans les vallées supérieures. Vingt-deux éléphants de chasse, admirablement dressés, possédant chacun leur cornac, et une cinquantaine de rabatteurs de la caste nilmakareya nous accompagnaient.

Le chef de file des éléphants se nommait Maha-Singha, du nom d'un des anciens rois de Ceylan, il devait à ses exploits cette distinction particulière.

Le capitaine avait mis à notre disposition l'illustre Hayder-Ali, notre gardien de la veille, sur lequel on avait installé un magnifique haoudah. Tinou et Amoudou, dont nous avions besoin pour notre service particulier, avaient pris place sur l'arrière-train de notre monture.

Le nouveau superintendant suivait sur un magnifique cheval de Singapour qu'il devait laisser au grand bengalow, de Talawa, lieu central de ralliement.

Nous allions pendant des longs jours chasser

20

l'éléphant sauvage au milieu des jungles, des forêts et des marécages... j'avais rêvé cette vie depuis mon excursion au lac Kendellé [1], mes désirs les plus chers étaient satisfaits.

1. *Voyage au pays des Bayadères.*

FIN.

Imprimerie Eugène HEUTTE et Co, à Saint-Germain.

TABLE.

BIBLIOTHÈQUE NATIONALE R.F. IMPRIMÉS

PREMIÈRE PARTIE.

Imprimerie E. Heutte et Cie, à Saint-Germain.

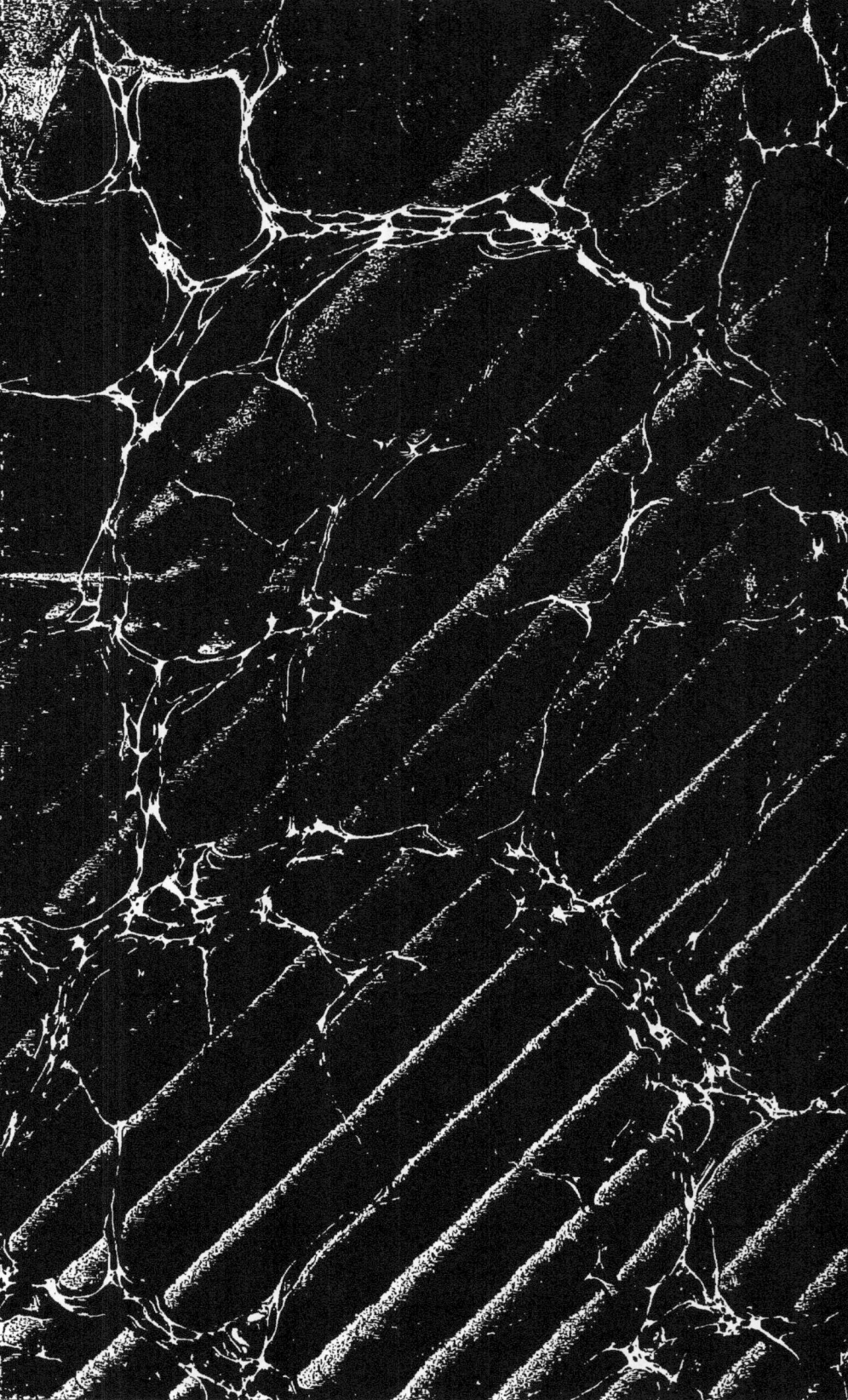

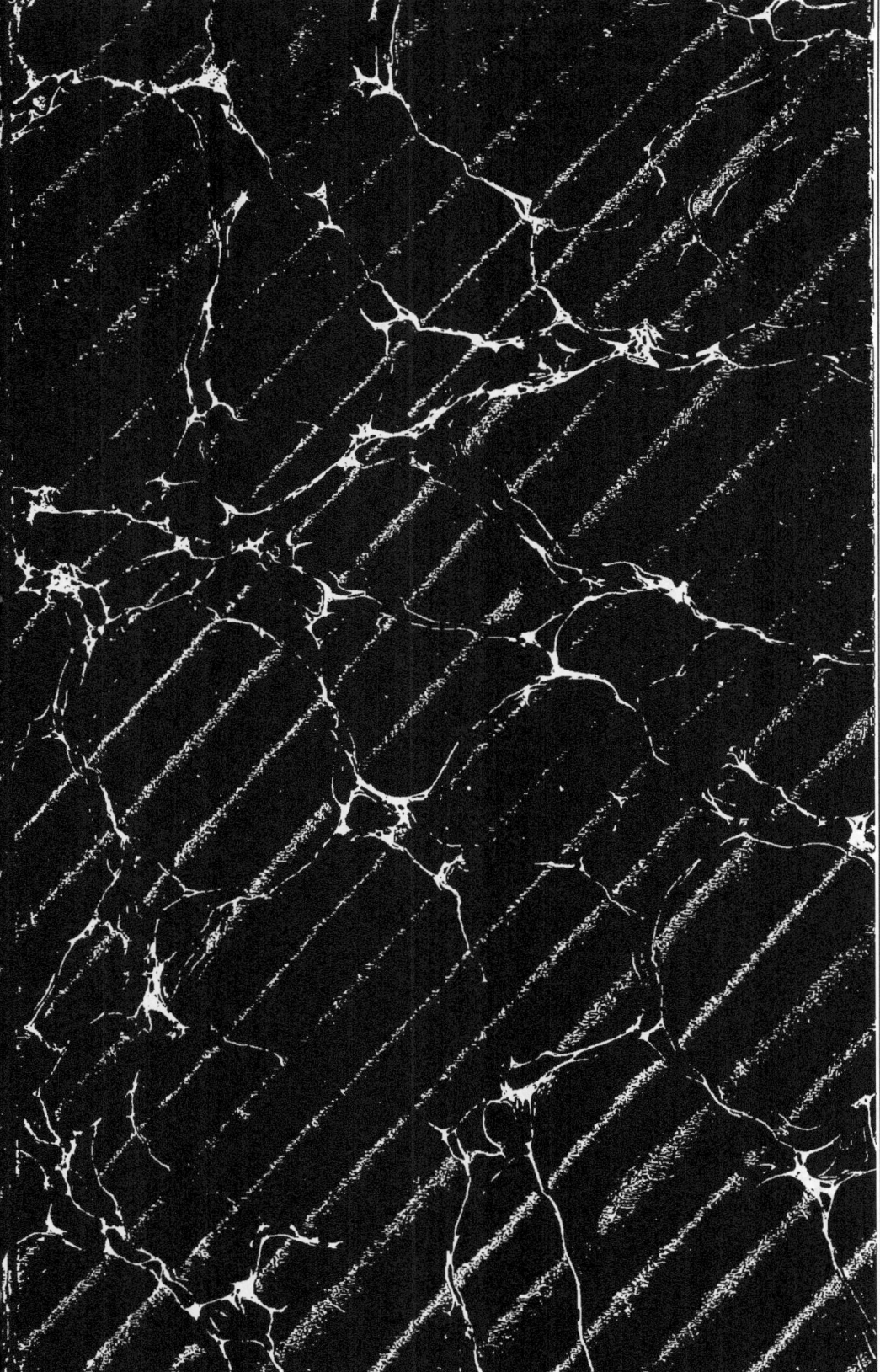

www.ingramcontent.com/pod-product-compliance
Lightning Source LLC
Chambersburg PA
CBHW070305030726
47505CB00004B/915